13 TRUMPŲ ISTORIJŲ`

Cathy McGough

Stratford Living Publishing

Autorinės teisės © 2022 m. Cathy McGough

(Atskiros istorijos, parašytos, publikuotos ir saugomos autorių teisių nuo 2004 iki 2022 m.)

Visos teisės saugomos.

Ši versija paskelbta 2025 m. vasario mėn.

Jokia šios knygos dalis negali būti atgaminta jokia forma be raštiško leidėjo ar autorės leidimo, išskyrus atvejus, kai tai leidžiama pagal JAV autorių teisių įstatymą, be išankstinio raštiško leidėjo „Stratford Living Publishing" leidimo.

ISBN PAPERBACK : 978-1-998651-21-4

ISBN ebook: 978-1-998651-22-1

Cathy McGough pagal 1988 m. Autorių teisių, dizaino ir patentų įstatymą įrodė savo teisę būti identifikuota kaip šio kūrinio autorė.

Cover art powered by Canva Pro.

Tai grožinės literatūros kūrinys. Visi veikėjai ir situacijos yra išgalvoti. Panašumas į gyvus ar mirusius asmenis yra grynai atsitiktinis. Vardai, personažai, vietos ir įvykiai yra autoriaus vaizduotės vaisius arba išgalvoti.

KĄ SAKO SKAITYTOJAI...

DANDELION VYNAS
JAV

„Dandelion vynas" - tai geras apsakymas, nors epilogas mane šiek tiek nuliūdino dėl to, kaip viskas pasikeitė. Buvo savotiškai malonu trumpam apsilankyti laike, kai viskas buvo kitaip.

„Trumpas, mielas pasakojimas, vedantis prisiminimų taku į paprastą gyvenimą idilišką vasaros dieną."

RYŠKIAUSIA ŽVAIGŽDĖ

„Meilė niekada nepraeina. Lindos ir Viljamo meilės gyvenimas apibendrintas šioje trumpoje istorijoje. Istorija apie nusivylimą ir kovą, kai per visa tai išlaikoma meilė."

MARGARET APREIŠKIMAS
Kanada

„Šią novelę pradėjau skaityti vos per kelias minutes nuo jos įsigijimo, o kai pradėjau, turėjau pabaigti. Ši istorija man labai patiko. Ji gerai parašyta, ir negalėjai nejausti užuojautos pagrindinei herojei. O nuo netikėtumo pabaigoje man atvipo žandikaulis."

DARRYL IR MES
JAV
„Baisu. Trumpa saldžiarūgštė istorija apie moters tragediją ir jos bandymą susidoroti su ja būnant nėščiai."
DIDŽIOJI BRITANIJA
„Puiki istorija. Puikios emocijos. Tikrai užjaučiau Katę ir Darilą."

SKĖTIS IR VĖJAS
JAV
„Moderniausia ir aktualiausia mokslinė fantastika. Trumpas geras skaitinys."
„Autorė suka išradingą mokslinės fantastikos istoriją, kurdama pavojingą vėją, skraidantį skėtį, besisukantį žalią butelį ir dar daugiau. Trumpa istorija su greitu veiksmu."
Indija
„Kokia jaudinanti kelionė! Srovė itin greita, o rašymas nuoseklus ir sklandus. Kažkodėl man tai priminė Jerome K Jerome'ą ir „Tris vyrus valtyje"."
DIDŽIOJI BRITANIJA
„Blogų savaitgalių motina susitinka su ateiviu. Su sausu šmaikštumu parašytas bizzarro pasakojimas, kuriame veikia ateiviui būdingas didžiulis žalias objektas, skėčiai ir ginklai.

Labai išradinga, o gal net beprotiška istorija, kuri prikaustys iki paskutinio puslapio. Cathy McGough už kūrybinę vaizduotę - pilnas įvertinimas. Gali priversti jus garsiai juoktis ir išlieti kavą."

MIRTIES TROŠKIMAS
JAV

„Vakar vakare, kai nuėjau miegoti, perskaičiau ją per pusvalandį. Man buvo liūdna dėl šio žmogaus, kuris manė, kad jo gyvenimas beprasmis. McGoughas veda skaitytoją prie pat ribos, ir net kai jis jau peržengia tašką, iš kurio nebegalima grįžti, neįsivaizduoji, kuo viskas baigsis. Puiki istorija, kurią galima skaityti per pietų ar kavos pertraukėlę."

„Man patiko Cathy McGough kūrybiškumas kuriant trumpą 20 puslapių novelę su didele gyvenimą keičiančia vieno žmogaus, kuris negalėjo rasti savo gyvenimo tikslo, patirtimi."

„Šią knygą jau kurį laiką turėjau savo KIndle, bet kai pagaliau nusprendžiau ją perskaityti, nepaleidau jos iš rankų, kol nebaigiau. Nors skaitoma labai trumpai, siužetas ir veikėjai visapusiškai išvystyti. Labai patiko."

„Skaitoma tarsi epizodas iš „Pasakojimų iš kriptos" ar „Saulėlydžio zonos"."

„Man patiko ir skaitydama klausiau KODĖL? Kai sužinojau, pasibaisėjau, tokie dalykai yra mano baisiausias košmaras."

JAV IR D. BRITANIJA

„Autorius meistriškai pasitelkia veikėjo vidinį monologą, kad atskleistų jo gyvenimą ir sprendimą, su kuriuo jis kovoja. Prikaustė mane iki pat pabaigos. Šią sumaniai papasakotą istoriją labai įdomu skaityti, todėl labai rekomenduoju."

Turinys

Dedikacija — IX

Įžanga — XI

1. DANDELION VYNAS — 1
2. RYŠKIAUSIA ŽVAIGŽDĖ — 19
3. MARGARET APREIŠKIMAS — 27
4. SKĖTIS IR VĖJAS — 45
5. DARRYL IR MES — 87
6. MIRTIES TROŠKIMAS — 139
7. ATSISVEIKINIMAS — 159
8. TIK DVIDEŠIMT — 169
9. PANDEMIC BOY — 181
10. VIZITUOTOJAI — 185
11. NAMAS — 189

12. MURDER	207
13. SANS MASQUE	213
Padėkos	221
Apie autorių	223
Taip pat pagal:	225

Dedikacija

FOR DIANNE

Įžanga

Mieli skaitytojai,

į šį apsakymų rinkinį įtrauktos šešios mano skaitytojų mėgstamiausios istorijos ir septynios naujos istorijos, kurias parašiau pandemijos metu.

Sakoma „lauk seną ir naują", bet aš sakau, kad pažvelkime į visą vaizdą.

Sėkmingo skaitymo!

Cathy

DANDELION VYNAS

Buvo 1967 m., vasara jau buvo beveik pasibaigusi, kai aš traukiau savo suklerusį raudoną vežimą žvyruotu akmenuotu akligatviu grįstu keliu. Mano vežimo ratų kaukšėjimas buvo pažįstamas garsas žmonėms, gyvenantiems mūsų maršrute.

„Graži diena pasivaikščiojimui", - sakydavau.

„Tikrai taip. O dabar geros dienos", - atsakydavo jie.

Jei mano draugei Sandrai ir man pasisekdavo, jie atnešdavo mums ledinio vandens, kolos arba limonado. Nors mes negyvenome netoliese, dauguma su mumis elgėsi maloniai. Dauguma, bet ne visi namų savininkai.

„Nebūk kenkėjas", - visada man sakydavo tėtis, ir aš toks nebuvau. Visada rūpinausi savo reikalais. Nesiblaškiau ir nesistengiau atkreipti į save dėmesio. Ar galėjau padėti, jei girgždantys ratai girgždėjo?

Buvau mergaitė, turinti tikslą, todėl nesvarbu, kad man skaudėjo rankas, nors ir norėjau, kad jos augtų greičiau. Nesvarbu, kad vežimėlis apsivertė duobėje ar nuvažiavo į griovį. Vis dėlto galvoje sukosi mintis apie pamišusią moterį viename iš namų. Bijojau viena eiti pro jos namus.

Kitų apsilankymų metu ji šaukdavo ant mūsų, kad nieko nedarome. Arba keikdavosi ant mūsų. Kartą ji net pasiuntė į lauką savo šunį, kuris lojo ir lojo. Šunelis saugojo kelią, tarsi jis būtų jos nuosavybės dalis. Žvilgtelėjau į stogą, kur vėjyje plevėsavo sena Kanados vėliava. Kai kas sakė, kad ji atsisakė kelti naująją vėliavą su dideliu klevo lapu. Ji ir jos šuo man kėlė šiurpą.

Mano kvėpavimas padažnėjo, kai priartėjau prie baimę keliančio namo. Kadangi tai buvo akla gatvė, neturėjau kito pasirinkimo, kaip tik pravažiuoti. Sustojau ir atsigręžiau pažiūrėti, ar neateina Sandra. Jos dar nesimatė.

Tada prisiminiau, kad kišenėje turiu laimingą močiutės triušio pėdą. Ji suteikė man drąsos. Abiem rankomis patraukiau vežimą ir nuskubėjau paskui.

Žinojau, kad senoji ponia Makgirė yra ten. Man nereikėjo jos matyti. Galėjau ją pajusti. Namuose kairėje, už užuolaidų. Žvelgdama į mane piktomis akimis. Ji nekentė vaikų, visų vaikų.

Po kelių namų vos nesuklupau ant batų raištelio. Prieš pritūpdamas, kad jį vėl užriščiau, sutvirtinau vežimą. Tai darydama žvilgtelėjau per petį ir pamačiau, kaip virpa užuolaidos. Dabar tai buvo nesvarbu. Buvau nepasiekiamas jos piktomis akimis.

„Ei, palauk! Palauk!" - mano draugės balsas lydėjo jos sandalų batelius, susiliečiančius su akmenuotu keliu. Pagaliau mano geriausia draugė tai padarė. Sandra visada į viską vėluodavo. Pasisukau jos link ir stebėjau, kaip ji prabėga pro senolės Makgirės namus. Pasiekusi mane ji buvo išsikvėpusi. Puolėme viena kitai į glėbį. Abi saugiai prabėgome pro senosios raganos buveinę.

„Pats laikas!" Šiek tiek nekantriai pasakiau, kai išsiskyrėme.

„Atsiprašau, turėjau atlikti namų ruošos darbus, o mama buvo pasiryžusi iššukuoti mano plaukus. Ji sakė, kad esu vieša gėda!"

„Tavo suknelė graži, - pasakiau atkreipdama dėmesį į klostes ir lankus, puošiančius dvi priekines kišenes. Ji buvo graži ir visiškai netinkama vaisiams skinti.

Sandra viena ranka sugriebė savo pusę vagono rankenos, o kita prispaudė suknelės priekį. „Nekenčiu rožinės spalvos, - pasakė ji.

Jos ranka šalia manosios puikiai prigulė ir mes lengvai traukėme vežimėlį viena šalia kitos.

„Mama privertė mane pažadėti, kad pakeliui namo užsuksiu į kampinę parduotuvę ir nupirksiu duonos". „Matai, ji davė man dvidešimt keturis centus ir penkiolika centų, kad galėtume pasidalyti bananinį ledinuką." Ji ištiesė ranką į kišenę.

„O, tai yra ko laukti." Bananai buvo mūsų mėgstamiausias skonis.

Ėjome toliau. Kažkur už mūsų lakstė šuo.

„Kad gaučiau pinigų už ledinukus, *turėjau* apsivilkti šią kvailą suknelę".

„Ji nėra kvaila", - tariau meluodama ir norėdama turėti savo gražią suknelę, kurią galėčiau vilkėti ne bažnyčios dieną. Turėdama du brolius, seserį ir dar vieną kūdikį, vargu ar greitai gausiu naują suknelę.

Sandra sušnabždėjo: „Ar matai ją?" Žinojau, kad ji turi omenyje senelę Makgirę. „Ar pajutai, kad ji šiandien tave stebi pikta akimi?"

„Ne, nes sukryžiavau pirštus ir akis". Meluočiau.

„Gerai pagalvoji." Ji perkėlė didžiąją dalį svorio ant savo šono ir paklausė: "Nori, kad kurį laiką perimčiau ir traukčiau?"

„Ne, gali susitepti suknelę". Sandra gūžtelėjo pečiais. „Kartu smagiau", - pasakiau, kai pasivaikščiojome pro pono Holiday namus, o paskui pro pono ir ponios Otter namus.

Beveik pasiekę kelionės tikslą, nutilo. Būdami geriausi draugai neturėjome visą laiką kalbėtis. Mūsų kelionės tikslas buvo bendras, priklausantis nuo ponios Virdžinijos Martin * juodųjų serbentų krūmų. Jei serbentų būtų daug, ji galėtų leisti mums pasiimti dalį. Jei derlius būtų menkas, mūsų kelionė vėl būtų buvusi veltui.

„Negaliu sulaukti, kada pamatysiu, kiek ten yra vaisių", - pasakiau.

„Turiu nuojautą, kad mums pasiseks", - pasakė Sandra.

Sustojome ir apžiūrėjome ponios Virdžinijos namą. Priekinis sodas visada buvo nepriekaištingas, tarsi vėjas būtų žinojęs, kad šiukšles ir lapus reikia nuolat nupūsti, kad jie nesugadintų jos gražios vejos.

Nuo pat mažens visuomet ieškojau draugiškų veidų namuose. Mama sakė, kad tai įprotis, iš kurio ilgainiui išaugsiu.

Ponios Virdžinijos namas turėjo neįprastą, bet malonų veidą su dviem apvaliais langais viršuje. Kai žaliuzės būdavo atitrauktos iki pusės arba iki galo, jos atrodydavo tarsi akių vokai. Šis bruožas skyrėsi nuo visų kitų mano matytų namų. Tarp akių augo nosis. Nosis iš plytų. Skirtumas buvo tas, kad šios plytos stovėjo, o likusios plytos buvo į šonus. Mane šiurpino, nes atrodė, kad statybininkas žinojo, jog nosies bruožą kuria tik man. Žinau, kad tai tikriausiai skamba kvailai. Toliau - burna, kurią suformavo dvigubos durys. Viršuje esantis vitražas priminė dantų eilę su breketais.

Man patiko stovėti ir žiūrėti į namą, nes čia taip pat klestėjo gamta. Juokavau prisiminęs, kaip dėl laukiniai augančių gebenių kartais atrodydavo, kad namas turi ūsus ar barzdą.

Pastebėjau, kad Sandra niūniavo *Penny Lane*. Ji visada niūniuodavo, kai jai būdavo nuobodu. „The Beatles" buvo neblogi, bet man labiau patiko „The Stones".

Sandra nusibraukė nuo veido šviesius plaukus, o musės dūzgė aplink ją, tarsi jos prakaitas būtų kvietęs rojų.

Paleidau vagonėlio rankeną ir atsistojau ant pirštų galų, kad galėčiau pažvelgti per tvorą. Tikėjausi, kad šį kartą esu pakankamai aukštas, bet man nepasisekė. Sandra pabandė, nes buvo truputį aukštesnė, bet ir ji negalėjo įžiūrėti per tvorą. Aš laikiau vežimą stabiliai, o Sandra įlipo į jį ir bandė įžiūrėti, bet ir tai nepadėjo.

„Manau, kad geriau tiesiog nueikime ten ir paklauskime, - pasakė Sandra.

„Teisingai."

Užvažiavome su vežimu ant ponios Virdžinijos pievelės ir pastatėme jį, tada pasivaikščiojome ilgu, gėlėmis apsodintu privažiavimu. Saulėgrąžos linkčiojo galvomis, lenkdamos mums galvas, tarsi būtume tarp jų einantys karališkieji asmenys. Kelios kiaulpienės kovojo savo pusbrolio šešėlyje.

„Prisimeni, kaip tėtis leido mums paragauti jo pagaminto kiaulpienių vyno?"

„Tai buvo baisiausia, ką esu ragavusi, - pasakė Sandra.

„Žinau, bet vis tiek neturėjai jo spjaudyti". Juokėmės prisimindamos, kaip vynas apipylė tėčio marškinius. „Tėtis manė, kad buvai labai nemandagi."

„Nenorėjau." Ji pažvelgė į savo kojas. „Ei, žinai ką? Galėtume paprašyti saulėgrąžų ir jas parduoti."

„Jos gražios, bet laikykimės plano. Ponia Smit sakė, kad sumokės mums du ketvirčius (penkiasdešimt centų) už tiek juodųjų serbentų, kiek tik galėsime nunešti, taigi jau turime pirkėją. Nepažįstame nė vieno, kuris norėtų saulėgrąžų".

„Aš tik pagalvojau, kad kažkam gali prireikti sėklų. Bet gerai."

Pažvelgiau į draugą ir nusprendžiau daugiau nieko šiuo klausimu nesakyti.

Laiptų apačioje susirinkome mintis. Iš patirties žinojome, kad svarbu ne tai, ką sakome, o kaip sakome.

Praėjusį kartą mums nepavyko, ir labai nepasisekė. Ponia Virginija sakė, kad juodieji serbentai dar nepasiruošę. Ji pasakojo, kad labai džiaugiasi galėdama sukurti keletą naujų receptų Kasmetinei rudens mugei.

Ponia Virdžinija buvo garsi mūsų apygardoje, nes už receptus, susijusius su juodaisiais serbentais, buvo pelniusi ne vieną aukso medalį. Jos nuotrauka dažnai būdavo išspausdinama vietos laikraštyje, kartais net ant pirmojo viršelio.

Ji turėjo teisę pasilikti vaisius sau, bet pasaulis turėjo dalytis. Tikėjomės įtikinti ją skirti mums dalį juodųjų serbentų.

Tąkart apsilankius, nusivylimas tikriausiai matėsi mūsų veiduose, nes ponia Virginija pakvietė mus vietoj to padėti jai skinti obuolius ir kriaušes. Ji pasiūlė mums sumokėti po dešimt centų, tačiau to nepakako, kad gautume tai, ko norėjome. Padėkojome jai už malonų ir dosnų pasiūlymą, bet atsisakėme.

„O jei ji atsisakys?" - klausėme. paklausė Sandra, susiraukusi žiūrėdama man į akis.

Ištiesiau ranką ir paliečiau draugės ilgas šviesias garbanas, o tada truputį patraukiau sruogą. „Nagi, išsiaiškinkime."

Sandra pradėjo bėgti, bet aš laiku ją pasivijau ir ištariau žodžius „DECORUM", į kuriuos Sandra atsakė: „Ką?" „Sulėtink tempą, - sušnabždėjau. „Nepamiršk, kad esame jaunos damos."

Mes kikenome. Sandra vėl išlygino suknelės priekį.

Aš ištraukiau rankas iš kišenių ir pasiekiau klaustuką. Man dar nespėjus jo paliesti, ponia Virdžinija pravėrė duris. Ji šypsojosi ne tik lūpomis, bet ir akimis. Ji džiaugėsi mus matydama, tai buvo geras ženklas.

„Kas pas mus šį gražų rytą?" - paklausė ji, puikiai žinodama, kas pas ją atėjo, nes mes su Sandra grįždavome visą vasarą. Daugiau nei tuziną kartų buvome užkopę į jos verandą ir klausinėję apie juoduosius serbentus.

„Tai mes, aš ir Sandra", - pasakiau ir abi tarsi susižvalgėme. Tai buvo geriausias mūsų bandymas daryti kurtinius, nors tikra Anglijos karalienė gal ir nebūtų taip pagalvojusi. Ponia Virdžinija paplojo.

„Na, gerai, gerai, - pasakė ponia Virdžinija, žiūrėdama į mus aukštyn ir žemyn. Sandra su savo gražia rožine suknele, o aš su savo kombinezonu. „Argi jūs abi neatrodote..." Ji suabejojo. „Jūs man primenate..." Ji padarė pauzę, jos žodžiai ir veido išraiška sustingo. Jos akys liūdnos, bet tik sekundę. Ji nusišypsojo. „Jūs abi atrodote kaip paveikslas, tiesą sakant, norėčiau jus nufotografuoti, jei neprieštaraujate?"

Jos pasikeitimas iš laimingos į liūdną ir vėl į laimingą privertė mane susiimti už pilvo. Pažvelgiau į Sandrą ir mes sutarėme. Ponia Virdžinija pakvietė mus į vidų palaukti, kol ji paruoš fotoaparatą. Kitame kambaryje girdėjome, kaip ji atidaro ir uždaro stalčius.

„Man neramu dėl vagono, - sušnabždėjo Sandra.

Aš atsilošiau ir pažvelgiau pro langą. „Viskas gerai." Po to nuolat stebėjau vagoną, nes nenorėjau, kad jis vėl dingtų.

Kaip tą kartą, kai įėjome į vidų išgerti stiklinės limonado. Kai vėl išėjome, jo jau nebebuvo. Ėjome ir ėjome, bandydami jį surasti, bet vagono nebuvo nė ženklo.

Sandra ir aš grįžome namo. Buvau siaubingai nusiminusi, verkiau kaip kūdikis. Vagonas man daug reiškė, girgždantys ratai ir visa kita. Jį man Kalėdoms padovanojo seneliai.

Mūsų tėvai ir draugai ieškojo, kol užsidegė gatvės žibintai. Kitą dieną įdėjome skelbimą į Dingusių ir rastų daiktų knygą. Jis buvo rastas už miško, apvirtęs ūkininko lauke.

Mes, Sandra ir aš, žinojome, kas jį ten padėjo. Žinoma, tai buvo senoji ponia Makgirė, bet įrodymų neturėjome. Tėtis sakė, kad niekada nieko negalima kaltinti be įrodymų, bet mes matėme, kaip ji mus stebėjo pikta akimi.

Kaip tik tuo metu grįžo ponia Virdžinija su „Kodak Instamatic". Buvau matęs jo reklamą tėčio žurnalo „Life" egzemplioriuje. 104 buvo tikras kamštis.

„Susirinkite, mergaitės."

„Ar lauke nebūtų geresnė šviesa?" Paklausiau.

Ji nusišypsojo ir atidarė priekines duris.

Laukėme verandoje, stengdamosi per daug nesiblaškyti, kol ponia Virdžinija nusprendė, kur mums stovėti, kad būtų geriausia šviesa.

Atsirėmiau į verandos sieną, bandydamas įžiūrėti juodųjų serbentų krūmus, bet tai nepadėjo.

„Hmmm, - tarė ponia Virdžinija, - gal nueikime į sodą? Kai viskas žydi, galėtume padaryti nuostabių nuotraukų".

Sandra ir aš nusišypsojome.

Nusileidome laiptais žemyn. Sandra vienu greitu šuoliu pasiekė apačią, o aš tuo labai nesidžiaugiau. Panašu, kad ponia Virdžinija tam neprieštaravo. Ėjome jai iš paskos, įsiklausydami į kiekvieną žodį. „Čia auga petražolės, o čia mano pomidorai. Mano, kokie jie šiemet užaugo aukšti. Nieko nėra geriau už šviežią pomidorų padažą. O štai čia - mano kiaulpienių plotelis. Iš jų gaminu kiaulpienių vyną."

Sandra sudejavo ir nusišypsojo.

Panašu, kad ponia Virdžinija to nepastebėjo. „O štai čia yra mano juodųjų serbentų lysvė, bet, žinoma, jūs, mergaitės, tai jau žinote".

Stengiausi neatrodyti pernelyg susijaudinusi ir metusi žvilgsnį atgal per petį į vežimą, įvertindama, kiek daug galėtume nuvežti per vieną kelionę. Gailėjausi, kad neatsivežiau jo su mumis į sodą.

Pajutau, kaip Sandros ranka prisilietė prie manosios. Pastebėjau, kad jos burna plačiai atvėpusi žiūrėjo į serbentus. Ji atrodė kaip šuo, laukiantis vakarienės.

„Uždaryčiau, jaunoji ponia, - sušuko ponia Virdžinija, - nebent norite pagauti keletą musių".

Sandra paslėpė burną už rankos.

Ponia Virdžinija juokėsi beveik žagsėdama, žiūrėdama į žydinčius juodųjų serbentų krūmus. Vaisiai kabojo, paruošti nuskinti. Daug ir daug serbentų. Buvome tokios susijaudinusios, kad išleidome klyksmą.

„Pirmiausia nuotraukos, - priminė mums ponia Virdžinija. Ponia Virdžinija stengėsi rasti geriausią įmanomą kampą, atsižvelgdama į tai, kad medžiai buvo išsitiesę saulės šviesoje, sudarydami šešėlius.

Supratau, kad esant tiek daug serbentų, paruoštų skinti, poniai Virdžinijai prireiks mūsų pagalbos ir ji turės mums pasiūlyti daugiau pinigų nei tada, kai prašė skinti obuolius ir kriaušes. Su obuoliais ir kriaušėmis buvome apriboti tuo, ką galėjome pasiekti. Su juodųjų serbentų krūmais galėjome vaikščioti ir skinti kiekvieną serbentą.

„Ar galime dabar nusiskinti?" - klausė ji. Sandra paklausė.

Papurčiau galvą, tikėdamasi, kad ji nepražiopsojo mūsų šansų.

„Norėčiau nusifotografuoti su juodųjų serbentų krūmais už nugaros. Dabar atsargiai, nesutraiškykite jų ir nenukirskite vaisių, ir dėl Dievo meilės, nevalgykite nė vieno iki nuotraukos, nes jūsų rankos ir burnos bus suteptos. Ką tik prisiminiau. Dabar jūs, mergaitės, palaukite čia, o aš trumpam įeisiu į vidų."

Vieni, atsistoję priešais serbentus, atrodė, kad jie mus šaukia vardais. Mes jaudinomės. Laukėme. Stengėmės neklausyti šnabždančių juodųjų serbentų krūmų. Jie pakvietė mus nusiskinti. Paragauti.

„Tai beprotiška", - pasakė Sandra. Ji išskėtė ir sugniaužė kumščius. Pasisuko ir atsigręžė į juodųjų serbentų krūmus.

Aš irgi pasisukau. „Sutinku. Bet jei palauksime juodųjų serbentų, per vieną popietę uždirbsime pakankamai pinigų juos parduodami".

„Teisingai", - pasakė Sandra, žvelgdama į vaisių kekes. „Bet man reikia vieno".

„Nereikia, - pasakiau.

„Bet ji niekada nesužinos!"

„Gerai, išsirinkime vieną uogą".

„Bet jos tokios mažos."

Sandra išsirinko vieną ir aš taip pat. Įsidėjau ją į burną, o saldumas ir rūgštumas privertė mane norėti dar vienos. Ir dar. Pasiėmėme po saują ir įsidėjome jas į burną. Serbentų sultys padengė mano liežuvį.

Ponia Virdžinija grįžo į sodą.

Turbūt atrodėme labai gražiai. Sandra su sultimis, išteptomis ant veido ir suknelės. Aš slėpiau rankas kišenėse.

Ponia Virdžinija ant mūsų nesupyko. Vietoj to ji pasakė: „Oho, pažiūrėkit į savo gražią suknelę." Ji papurtė galvą. Ji atsitraukė. „Tai viskas, mergaitės. Dabar jūs abi eikite namo."

„Bet ponia Virdžinija. O kaip dėl juodųjų serbentų?"

„Taip, - atsakė Sandra, - atsiprašome, kad nelaukėme, bet jie mus šaukė".

Ponia Virginija nusijuokė. „Prisimenu, kaip jie šaukė mane ir mano seseris".

Ji vėl nuliūdo, o mano skrandis padarė tą juokingą dalyką. „O kaip dėl nuotraukų?"

Ponia Virdžinija paprašė mūsų užimti savo vietas ir tada pasakė: „Sakykite sūris". Po keleto nuotraukų ji paklausė: „Kodėl jūs abi vis dėlto taip domitės mano juodaisiais serbentais?"

Sandra pašnibždėjo man į ausį ir mes sutarėme jai viską papasakoti.

„Ponia Virginija, mes norime užsidirbti pakankamai pinigų, kad galėtume apsikeisti draugystės apyrankėmis. Matėme jas turguje, o jos kainuoja po ketvirtadalį už vienetą, - pasakė Sandra.

„Moteris iš turgaus jas gamina pati. Ji sakė, kad galėtume surengti draugystės ceremoniją ir tada būtume geriausi draugai visam gyvenimui".

Ponia Virdžinija iš pradžių nekalbėjo. Vietoj to ji išėjo pro vartus, o mes paskui ją. Ji sustojo ir palietė saulėgrąžų veidus, tarsi gėlės būtų seni draugai. Atrodė paskendusi mintyse.

Pagalvojau, ar ne per daug prašome, o mainais siūlome per mažai.

„Eikite su manimi, - pasakė ponia Virdžinija ir ėmė skinti pienes. Kai jos rankos buvo pilnos, ji perdavė keletą jų Sandrai, o pati nuskynė daugiau ir perdavė man. Vis dar nebaigusi, ji surinko daugiau ir laikė jas suknelės priekyje. Ji atsisėdo ir padarė krūvelę iš tų, kurias surinko. Ji paprašė mūsų sujungti savo gėles su jos. Mes taip pat atsisėdome: Sandra iš vienos pusės, o aš iš kito.

Ponia Virdžinija paėmė vieną gėlę, paskui kitą. Stebėjome, kaip ji įkišo nagą į kotelius ir leido pienėms tekėti. Nors jos pirštai tapo lipnūs, ji ir toliau juos jungė siūlais, sudarydama kiaulpienių virtinę. Baigusi vieną virvelę, ji pradėjo kitą.

„Matote šią pienišką medžiagą?" Paklausė ponia Virginija. Mes linktelėjome galva. „Kaip manote, kas tai?"

„Ar tai kraujas?" Sandra paklausė.

Aš irgi susimąsčiau, bet nenorėjau to sakyti, nes niekada anksčiau nebuvau girdėjęs apie baltąjį kraują. Nedrįsau spėlioti ir vietoj to gūžtelėjau pečiais.

„Ar jūs, merginos, esate girdėjusios apie lateksą?"

Papurtėme galvas.

„Jį naudoja gumai gaminti."

„Turite omenyje, pavyzdžiui, mano guminį kamuoliuką Indijoje?"

„Jis atšoka labai aukštai!" Sandra pasakė.

„Taip, mergaitės, jūs jį turite. Štai kodėl jis toks lipnus". Ji toliau vėrė gėles. „Kai buvome jūsų amžiaus, mes su seserimis tokias gamindavome".

„Kas joms, turiu omenyje tavo seserims, nutiko?" Sandra paklausė.

„Jos danguje", - pasakė ji, pradėdama trečią gėlių virvelę.

„Jos bent jau yra kartu."

Ponia Virdžinija paglostė man ranką. „Tu labai brandi savo amžiui, ar ne? Sakėte, kad jums ką tik sukako septyneri?"

„Sakiau."

„O tu, Sandra?"

„Man irgi septyneri."

Ponia Virdžinija žvelgė į dangų ir kelias akimirkas stebėjome virš mūsų plaukiančius debesis.

„Tas atrodo kaip meška", - pasakiau rodydama į viršų.

„O šitas atrodo kaip didelė nieko dėmė", - pasakė Sandra.

Mes nusijuokėme. Ponia Virdžinija turėjo gražų juoką. „O dabar, kas pirmas?" - paklausė ji ir, kadangi buvau arčiausiai jos, paėmė mane už rankos. Ji uždėjo gėlių virvelę ant mano riešo ir uždarė ratą: tai buvo apyrankė. Tą patį ji padarė ir ant Sandros riešo, paskui uždarė trečiąjį aplink savo riešą.

„Ak, - pasakė ponia Virdžinija, pastebėjusi, kad jai liko nemažai pienių. Ji ėmė jas rišti, kol jų neliko nė vienos. Ji atsistojo. Mes taip pat atsistojome.

Ponia Virdžinija uždėjo gėlių vėrinį Sandrai ant galvos. „Tai vadinama girlianda, - pasakė ji. „Ar ir tu norėtum tokios girliandos?"

„Ne, ačiū", - pasakiau.

„Gal galėčiau padaryti tau gražų vėrinį?"

Pažvelgiau į savo kojas. "Nenorėčiau sunaudoti visų pienių. Jų reikia vynui".

Sandra perkreipė akis ir iškišo liežuvį.

Ponia Virdžinija nekreipė dėmesio į Sandros veido tempimą.

"Oi, nieko baisaus, - tarė ponia Virginija, - dar turiu šiek tiek likusių nuo praėjusių metų." Ir ėmė skinti. Prisijungėme ir mes trys, dirbdamos kartu, netrukus jau turėjau gražų saulėtą kaklo vėrinį. Kai sukiojausi, ji taip pat sukiojosi.

Pasidžiaugusios savo papuošalais, Sandra ir aš neskubėjome išvykti ir popietę praleidome ravėdamos piktžoles ir tvarkydamos sodą.

Kai jau buvo beveik pietų metas, pasakėme, kad turime eiti.

"Palaukite čia akimirką, - pasakė ponia Virdžinija. Ji grįžo su šluoste, dubeniu, pilnu vandens, ir kišenine knygele. "Ar galiu?

Kai Sandra linktelėjo galva, ponia Virdžinija pamerkė šluostę į vandenį ir nuvalė dėmę nuo Sandros suknelės. "Ji išdžius, kol eisi namo." Ji šluoste nuplovė mūsų rankas ir veidus.

"Ačiū", - pasakėme.

"O, ir dar vienas dalykas," - ji pasiekė savo kišeninę ir padavė mums du ketvirčius.

Juk galėjome nusipirkti draugystės apyrankes!

Nedvejodami ir nesitarę dėkingai atsisakėme.

Atrodo, kad ponia Virdžinija neprieštaravo. "Iki pasimatymo kitais metais", - pasakė ji prieš uždarydama lauko duris.

Mes tempėme tuščią vežimą nelygiu keliu, atsargiai laikydami rankeną, kad nesugadintume apyrankių.

"Gal kitais metais?" Sandra paklausė.

„Taip, gal kitais metais", - atsakiau. „O dabar eikime pasiimti to duonos kepalo".

Sandra įkišo ranką į kišenę. Žingsniavo aplink grąžą. „Nepamiršk bananų ledinuko".

Priėję prie kampinės parduotuvės numetėme rankinuką ir skubėjome į vidų, nė nepagalvoję apie senelę Makgirę.

EPILOGAS

Po keturiasdešimt septynerių metų su paaugliu sūnumi grįžau į šią gatvę ir, kaip galite įsivaizduoti, daug kas buvo pasikeitę. Kai kas pasikeitė į gerąją pusę, o kai kas - ne.

Gatvė nebebuvo aklavietė. Ji buvo visiškai išasfaltuota ir išplatinta, todėl joje nebebuvo griovių. Dauguma namų buvo perstatyti, apkalti medinėmis ir aliuminio dailylentėmis. Prie kelių buvo pritvirtintos palydovinės antenos.

Dabar, kai gatvė buvo atvira, erdvę užpildė naujas kelias, daugybė namų, mobiliojo ryšio bokštas ir hidrotechnikos įrenginys.

Ponios Virginijos namas buvo nugriautas ir paverstas vienetais. Galinis sodas buvo išgrįstas į automobilių stovėjimo aikštelę.

Senosios ponios Makgirės namas atrodo beveik taip pat, nors užuolaidos pakeistos Kalifornijos langinėmis.

Sandra ir aš pasukome skirtingais keliais, kai jos šeima persikėlė į Šiaurę. Ji grįžo namo 1975 m., ir mes nuėjome pažiūrėti filmo „*Žandikauliai*". Po to mūsų ryšys nutrūko.

Mano raudonasis vagonas buvo perduotas mano broliams ir seserims, paskui pusbroliams ir pusseserėms. Jei jis galėtų kalbėti, galėtų papasakoti daug nuostabių istorijų.

Vien paminėjus juoduosius serbentus vis dar grįžtu į 67-ųjų vasarą.

RYŠKIAUSIA ŽVAIGŽDĖ

Buvo vėlus vakaras, o jauna pora stovėjo po neaprėpiamo naktinio dangaus skraiste. Už jų sienos ribas saugojo kvepiančių visžalių medžių siena.

Mėnulio pilnatyje Viljamas ir Linda buvo įžeminti laikydamiesi už rankų, nors jų akys ir dvasia buvo įsmeigtos į žvaigždes.

Vidurnakčio dangus virš jų plačiai ištiesė rankas. Tamsios nakties glėbyje jie lėtai šoko pagal pasirinktą Šiaurės pašvaistės repertuarą, o žvaigždės ir žibuoklės grūmėsi dėl dėmesio.

Pora jautėsi taip, tarsi būtų vienintelės dvi gyvos būtybės, likusios žemėje. Kartu jie buvo pasaulio pakraštyje, stebėjo klausydamiesi, susituokę su dangumi, o po to, kai išskrido šiaurės pašvaistė, su stimuliuojančiais tylos garsais.

Kol neiššvito viena vieniša žvaigždė, tiesiai priešais juos atkreipianti į save dėmesį. Krintanti žvaigždė. Krintanti. Deginanti kelią per dangų. Šnypščianti, nematomos elektros srovės viduje, greitėjanti, krintanti.

„Klausyk, ar girdėjai?" Viljamas paklausė.

„Taip, tai skambėjo kaip angelų pliaukšėjimas sparnais, - atsakė Linda.

Jie žiūrėjo, kaip jis judėjo pirmyn, keitė kursą, paskui išnyko už debesies. Patirtis, kurią patyrė matydami ir dalydamiesi ja, leido porai pasijusti tarsi kažko didingesnio, kažko nežemiško.

Mes visi gimėme iš žvaigždžių dulkių. Susiję amžinai - ir gyvieji, ir mirusieji.

Kai žvaigždė nebebuvo matoma, pora atsisėdo kartu ir laukė, kol dar kažkas nutiks. Nė vienas iš jų nekalbėjo, nes laikė atmintį, maišėsi jausmai ir pojūčiai. Amžinai įrėmindami šią akimirką savo mintyse.

Linda ir Viljamas tvirtai žinojo vieną dalyką - gamta buvo raktas. Dienomis, kai viskas atrodė neįmanoma, kai gyvenimas buvo nepavydėtinas, dvasinis ryšys su stichijomis juos gydė. Suteikė jiems vilties ir pakylėjo jų širdis, protus ir kūnus.

„Ar norėjai ko nors palinkėti?" Linda paklausė, kai būrys kanadinių giesmininkių prabilo per dangų.

„Ne, aš jau turiu tave, - atsakė Viljamas, paėmęs Lindą ant rankų. Jauna pora toliau žiūrėjo į dangų, kol žąsų nebebuvo nei matyti, nei girdėti.

Linda ir Viljamas tiek daug išgyveno kartu, tačiau vienas kitam užteko.

„Žinai, galėčiau amžinai sėdėti čia su tavimi, Viljamai, ir leisti pasauliui praeiti pro šalį. Nesijaučiu nieko nepraleidžianti, man patinka, kai pasaulis tyli ir atrodo, lyg mes su tavimi būtume atsidūrę savotiškoje saloje."

Viljamas apkabino ją dar arčiau ir dabar Linda patogiai įsitaisė jam ant kelių.

Jiems susikibus už rankų, tolumoje pasigirdo sirenos garsas. Ji akimirkai įsiveržė į jų mažą pasaulį, kol Viljamas pašnibždomis ėmė deklamuoti savo mėgstamiausią Volto Vitmeno eilėraštį:

„*Kai išgirdau mokytą astronomą,Kai įrodymai, skaičiai buvo išrikiuoti stulpeliais prieš mane,Kai man rodė diagramas ir diagramas, kad galėčiau jas sudėti, padalyti ir išmatuoti,Kai maišydamas išgirdau astronomą, kur jis skaitė paskaitą su dideliais plojimais paskaitų salėjeKaip greitai, nesuprantama, pavargau ir susirgau, kol pakilęs ir sklęsdamas išėjau pats vienas į mistišką drėgną nakties orą ir kartkartėmis,Žvelgdamas į žvaigždes visiškoje tyloje.*"*

Tolumoje pasigirdo sirenos šauksmas, kuris nutraukė akimirką. Paskui ją sekė dar viena ir trečia. Echoskopai sudrumstė ramybę, bet tik trumpam, kaip ir žvaigždė. Viena rėkė, kita degė. Abiem reikėjo kažkur patekti - greitai. Pirmasis - bjaurus, šiurkštus garsas, reiškiantis pavojų ir chaosą. Bičiuliui reikėjo pagalbos, nedelsiant. Antrasis - žvaigždė, gražiais angelo sparnais plazdanti, mirštanti. Pabaiga.

Toks yra gyvenimas ir tokia yra mirtis. Mes visi baigiame taip pat, kad ir kiek rėktume ar kaip stengtumėmės išsiskirti, būti naudingi.

Pora liko sėdėti, visiškai pasimetusi akimirkoje. Dalijosi kiekvienu įkvėpimu, kai aplink juos skleidėsi naktis. Čirškė vikšrai ir dūzgė uodai. Medžiai dejavo, reikšdami pasipiktinimą vėjui, kad šis per anksti juos pažadino.

Linda prisiminė dieną, kai pirmą kartą sutiko Viljamą. In buvo vidurinėje mokykloje, o jiems buvo šešiolika metų. Linda buvo naujokė, kilusi iš kariškių šeimos, kuri nuolat kraustėsi. Vis dėlto jai niekada nebuvo sunku pritapti ar susirasti draugų, nes ji buvo miela ir graži, todėl žmonės ją traukė. Pirmą kartą pamačiusi Viljamą futbolo aikštėje, ji suprato, kad jis yra tas vienintelis. Jis žvilgtelėjo į jos pusę, nusišypsojo ir po kurio laiko pakvietė ją į pasimatymą. Netrukus jiedu tapo pora, vidurinės mokyklos numylėtiniais. Jiems lemta būti kartu amžinai.

Viljamas buvo vienintelis vaikas ir jo pirmoji meilė buvo sportas. Jis tikėjosi, kad baigęs mokyklą gaus nemokamą futbolo stipendiją ir įstos į vieną geriausių universitetų. Kai nesitreniravo, jis žaidė. Jis nebuvo mokslininkas, toli gražu ne, bet žavėjosi reikliu darbu ir puikiai vertino charakterį. Vieną dieną jis pastebėjo Lindą, kuri sunkiai atidarinėjo savo spintelės spyną. Jis pasisiūlė padėti, bet ji atsidarė tą pačią minutę, kai jis paprašė. Po tos dienos jis norėjo ją pakviesti į pasimatymą, bet to nepadarė iki tos dienos, kai jie apsikeitė žvilgsniais futbolo aikštėje. Kai ji jam nusišypsojo, jis suprato, kad ji yra ta vienintelė.

Deja, jų karjeros keliai patraukė skirtingomis kryptimis. Abu jie atsisveikino su ašaromis akyse. Abu pažadėjo grįžti namo kiekvieną savaitgalį ir palaikyti ryšį kiekvieną dieną. Iš pradžių jie rašė žinutes ir skambino kasdien, paskui perėjo prie kas antros dienos, vėliau - kas savaitę. Tačiau viskas buvo gerai, nes jie vis tiek kiekvieną savaitgalį grįždavo namo, kad pamatytų vienas kitą ir pabūtų kartu. Išsiskyrimas ir vėl susibūrimas juos sustiprino ir dar labiau sujungė. Tada kažkas atsitiko, nė vienas nežinojo, kas tai buvo. Galbūt jie buvo per daug užsiėmę, o galbūt buvimas atskirai tapo nauja norma.

Pasiilgę vienas kito draugijos, bet negalėdami jos turėti, jie pradėjo susitikinėti su kitais žmonėmis. Jie sutiko susitikinėti su kitais žmonėmis, taip sakant, išbandyti vandenį.

Viljamas susitikinėjo vieną ar du kartus, bet kad ir su kuo susitikdavo, galvojo tik apie Lindą. Jam buvo įdomu, ką ji daro ir su kuo yra. Jis stengėsi nesirūpinti, kai žmonės apie ją kalbėdavo arba matydavo ją pasimatymuose, bet jam tai rūpėjo - jis ją mylėjo, ji jam buvo viskas, bet jei ji buvo laiminga, jis buvo pakankamai vyriškas, kad atsitrauktų ir duotų jai laiko išsiaiškinti tai, ką jis jau žinojo.

Linda taip pat vaikščiojo į pasimatymus, ji buvo stulbinanti ir protinga. Ji stengėsi išstumti Viljamą ir mintis apie jį iš galvos. Ji išbandė viską, susitikinėjo su vaikinais, kurie buvo kitokie nei Viljamas, bet visada kažko trūko. Išgirdusi, kad jis susitikinėja su kitomis moterimis, ji iškišo smakrą ir pasakė: „Jei jis gali tai daryti, vadinasi, ir aš galiu". Viena iš jos draugių, kuri slapta norėjo Viljamo dėl savęs, ją atstūmė, ir Linda toliau susitikinėjo su vaikinu, kuris, kaip žinojo, buvo ne jai. Tiesą sakant, nė vienas vaikinas negalėjo prilygti Viljamui, nes ji mylėjo jį ir tik jį. Jos širdis negalėjo mylėti jokio kito.

Tada ji grįžo namo, o Viljamas irgi buvo namie, jie bėgo vienas pas kitą kaip aktoriai filmuose ir prisiekinėjo, kad baigę mokyklą daugiau niekada neišsiskyrę. Taip ir įvyko.

Po penkiolikos metų vis dar susituokę. Vis dar kartu.

Net ir tada, kai neteko darbo. Darbas toje pačioje įmonėje turėjo savų privalumų, bet ne tada, kai ekonomika ėjo blogyn ir buvo paskutinis, pirmas, išeina. Linda buvo atleista pirmoji, ir ji stengėsi susirasti kitą darbą, bet, gimus kūdikiui, jie nusprendė likti toje pačioje įmonėje: Viljamas dirbo visą darbo dieną ir turėjo visas medicinines išmokas, o Linda liko namuose, kol jų sūnus buvo pakankamai didelis, kad galėtų lankyti vaikų darželį (kurį įmonė turėjo savo teritorijoje).

Vietoj to, kad ekonomika gerėtų, ji blogėjo, ir netrukus Viljamas taip pat tapo bedarbiu. Abu ėmėsi atsitiktinių darbų, kur tik galėjo ir kada tik galėjo, dalydamiesi sūnaus priežiūra, nes samdyti auklę būtų buvę per brangu, o jiems reikėjo kiekvieno cento, kad galėtų toliau mokėti hipotekos paskolą.

Kai darbo nebeliko, jie neteko namų. Kaip ir visi jų draugai, jie buvo įkeisti iki gyvos galvos ir liko be namų. Keletą mėnesių jie gyveno automobilyje, kol kreditoriai juos susekė ir atėmė ir jį.

Jie liko kartu, stiprūs. Laikydamiesi vienas kito.

Kai jie neteko sūnaus, tai buvo visko išbandymas. Neturėjo sveikatos draudimo, namų, adreso. Virusas, gripas, plaučių uždegimas ir vieną naktį jo nebeliko.

Jo netektis juos beveik privedė prie kracho. Jie svyravo ir svyravo, nes nevilties bangos juos traukė žemyn, o alkoholio buteliai, kuriais jie gydėsi patys, kelias akimirkas juos pakeldavo į viršų, paskui nublokšdavo į griovį ir beveik išardydavo. Dabar jie turėjo tik prisiminimus apie savo berniuką ir nuotrauką, įrėmintą plastikiniame lizde pagalvės centre, kurią nešėsi kuprinėje su drabužiais, tualeto reikmenimis ir tualetinio popieriaus ritinėliu.

Tada jie atrado ryšį su sūnumi per gamtą. Jie vaikščiojo, vis aukščiau ir aukščiau, jausdami jo buvimą santykyje su dangumi. Nereikėjo maisto, o kai jo reikėjo, rasdavo ką nors gamtoje. Maudėsi upeliuose, valgė obuolius ir laukines uogas. Kiaulpienes ir laukinius šparagus. Svirplių galvutes ir svogūnėlius. Vandeninės kruopos ir šiauriniai laukiniai ryžiai. Visus skanėstus jie galėjo susirasti ir pasigaminti neturėdami nieko po ranka. Jie gurkšnojo rytinę rasą nuo medžių lapų, o kai lijo lietus, atvėrė burnas į dangų ir gėrė.

Ir jie rado šią vietą, aukštai virš miesto šviesų. Toli nuo pagundų ir garso taršos. Gamtos apsuptyje, kur jie galėjo būti visiškai kartu. Tokioje vietoje, kur jiems nereikėjo slėptis nuo skausmo, kur gamta jį sugėrė už juos, juose.

Ten, kur krintančios žvaigždės paprastumas galėjo juos sužavėti ir per vieną akimirką, mirštant naktinei žvaigždei, sugrąžinti jiems sūnų.

„Geriau eikime miegoti, rytoj laukia didelė diena, - ištiesęs rankas ir užsimerkęs pasakė Viljamas.

„Vis dėlto nenorėčiau, kad tai baigtųsi."

Per žolę šokinėjo triušis, kartkartėmis sustodamas pakvėpuoti oru. Jų skrandžiai gurgėjo, bet nė vienas nenorėjo atimti gyvybės dėl pašaro.

Linda įkišo ranką į kuprinę ir išsitraukė pagalvę. Ji pabučiavo sūnaus nuotrauką, o Viljamas padarė tą patį.

Viljamas patapšnojo vietą sau, paskui Lindai.

Linda išpureno pagalvę. Ji ir padėjo ją ant žemės, kur priglaudė skruostą prie sūnaus nuotraukos. Viljamas padarė tą patį.

Jie prisiglaudė vienas prie kito kaip du šaukštai.

Kadangi Viljamas sėdėjo gale, jis atsargiai išskleidė laikraščio puslapius, Vėjo gūsis nulėkė į juos, pranešdamas apie savo buvimą. Viljamas laikė laikraščius prispaudęs prie krūtinės, saugodamas juos taip, tarsi jie būtų vertingesni už auksą.

Kai oras vėl nurimo, Viljamas užklojo Lindą pirmuoju ir antruoju puslapiais, paskui pasidengė trečiuoju ir ketvirtuoju.

Jie prisiglaudė arčiau. Taip arti, kaip tik gali būti du žmonės.

„Laba naktis, meile", - pasakė jis.

„Naktinė meilė", - atsakė ji.

*When I Heard the Learn'd Astronomer by Walt Whitman 1865

MARGARET APREIŠKIMAS

O re tvyrojo pavasaris. Vis dėlto Margaret negalėjo išsivaduoti iš slogios nuotaikos.

Kai jausmai ją užvaldydavo, Margaret apkabindavo pati save, nes niekas kitas to nesiūlė. Draugai sakė, kad ji išsisukinėja. Ji turėtų kalbėti garsiai. Prašyti, o ne *reikalauti* to, ko jai reikia. Jie sakė, kad ji neturėtų tikėtis, jog jos vyras turi E.S.P.

Tokiomis akimirkomis Margaret susisukdavo į įsivaizduojamą pūkuotą kamuoliuką, tarsi mama meška. Tada ji išsitempdavo ir žiovavo, tarsi būtų pabudusi iš ilgo žiemos miego.

Dar išgerk, sakydavo, tarsi apsipylus viskas pagerėtų.

Margaret troško naujos pradžios. Sezoninio atgimimo, per kurį ji vėl galėtų susijungti su savo esme.

***

Penktą valandą ryto vakariniame Toronto priemiestyje, netoli Ontarijo ežero, paukščiai grįžo iš žiemos atostogų. Keletas jų liko ištisus metus - juos ji laikė savo draugais visais metų laikais. Jie jau buvo nušlavę šilauogių krūmą. Norėdama juos sugrąžinti, Margaret pripildė lesyklėles juodųjų aliejinių saulėgrąžų sėklų.

Žiemą paukščių balsų repertuaras buvo labai įvairus - nuo mėlynųjų zylių iki kardinolų, balandžių ir kikilių. Kiekvieną rytą Margaret laukdavo tyloje, kad išgirstų, kaip jie atneša naujas dienas. Atsigaivinusi kūnu ir mintimis, ji užmerkdavo akis ir vėl užmigdavo. Kol ją pažadindavo nesutariantys balsai.

Tai buvo jos paauglys sūnus ir jos vyras. Nors jie buvo to paties kraujo, jų hormonai kovojo dėl dominavimo, ir jie susikibdavo ragais, ypač rytais.

Margaret ir Maiklas Lindstromai susituokė prieš trylika metų, netrukus po to gimė jų sūnus, kuriam dabar trylika. Kai kas sakė, kad pora *turėjo* susituokti, bet tai buvo ne jų reikalas.

Jie susipažino per aklą pasimatymą ir iš karto susižavėjo. Maiklas buvo transporto pramonės vadovas. Margaret dirbo dviejuose darbuose ir tuo pat metu mokėsi koledže, siekdama grafinio dizaino bakalauro laipsnio.

Maiklas dirbo ilgas valandas. Kadangi Margaret studijavo ir dirbo dviejuose darbuose, pora matydavosi retai. Tačiau kai jie susitikdavo, tarp jų įsiplieskdavo kibirkštys. Meilė tvyrojo ore. Prie jų prieidavo nepažįstami žmonės ir komentuodavo, kaip jie atrodo įsimylėję, o saulė netruko nušvisti, kai jie vaikščiojo susikibę už rankų.

Margaretos draugės pavydėjo jai, kad ji turi nuolatinį draugą, ir nerimavo. Dėl įtempto darbo grafiko jos vos turėjo laiko pasimatymams, ką jau kalbėti apie pilnaverčius santykius su vyresniu vyru.

„Tiesiog linksminkitės be jokių lūkesčių", - patarė Anabelė, nors ji pati, norėdama išvengti komplikacijų, turėjo atvirų durų politiką, kuri leido jai keisti partnerius vos užsukus.

„Bet jis man patinka. Turiu omenyje, *tikrai* patinka, - atsakė Margaret.

„Jei jam lemta būti, tai gali palaukti, kol baigsi studijas", - pasakė Liza, kuri buvo įsitraukusi į universitetinį žaidimą ilgam. Ji siekė astrofizikos bakalauro laipsnio, paskui perėjo į mokslų magistrantūrą ir vis dar sprendė, kokį laipsnį studijuoti baigus studijas. „Jis senas, bet ne senovinis ir vargu ar greitu metu pradings".

Jis malonus, švelnus ir rūpestingas. Be to, jis pakvietė mane į darbo koncertą, kad susipažinčiau su jo kolegomis. Sako, kad nori mane parodyti". Ji nusišypsojo.

„Tau ir taip užtenka darbo dviejuose darbuose ir mokslo diplomo siekimo, - pasiūlė Anabelė. „Jau nekalbant apie tai, kad esi per jauna prisirišti. Nebent jums abiem tai patiktų." Ji nusišypsojo ir su Lizzy trinktelėjo stiklinėmis.

Manau, kad galėčiau pasakyti „ne", - pasakė Margaret ir įpylė dar vyno į savo taurę.

„Ko tu nenori daryti, - pasakė Liza. „Aš sakau, kad eik. Susipažink su visais nuobodžiais žmonėmis, su kuriais jis dirba kiekvieną dieną. Tai tikrai išgydys tave nuo visų iliuzijų, kurias turi apie jį, - jei niekas kitas to nepadarys."

Margaret atsiduso ir grįžo prie savo studijų. Jis nebuvo toks senas ir nesielgė senas. Septynerių metų skirtumas šiais laikais buvo niekis.

Vėliau ji su Maiklu išėjo vakarieniauti, kur susipažino su keliais jo darbo draugais. Ji buvo arčiau jų amžiaus nei Maiklas, bet jis su visais sutardavo ir, stebėtinai, ji maloniai leido laiką. Jai patiko, kai Maiklas pristatė ją kaip savo merginą. Tai pasakęs jis pažvelgė į ją taip, tarsi tikėjosi, kad ji tai paneigs, bet ji paėmė jo ranką. Jai labai patiko būti jo gyvenimo dalimi.

Netrukus po darbo koncerto Maiklas pakvietė Margaret prisijungti prie jo ir vykti į komandiruotę už miesto. Ji atsisakė, bet tada pagunda aplankyti Sietlą, Vašingtono valstiją, privertė ją suabejoti savo sprendimu. Juk ji vis dar galėjo mokytis, o ir atotrūkis nuo kasdienės rutinos būtų buvęs sveikintinas. Jei ji išvyktų, grįžusi iš tikrųjų imtųsi knygų.

„Visos išlaidos apmokamos", - įkalbinėjo Maiklas. „Dieną aš būsiu išvykęs... turėsi daug laiko mokytis prie baseino - sūkurinėje vonioje".

Ji papurtė galvą, kad ne, bet jis matė, kad ji silpsta.

„Ir skrisime verslo klase".

Na, tai ir baigėsi. Ji susikrovė lagaminą ir jie išvyko į Sietlą, kur dieną mokėsi. Naktimis vieną vakarą jie žiūrėjo „Mariners" žaidimą, kitą vakarą ėjo į roko klubą „Tractor Tavern". Sietlo centre jie klausėsi Billo Klintono paskaitos. Jie pakilo į Space Needle, apžiūrėjo Chihuly sodą ir nuėjo į Popkultūros muziejų. Tai buvo tarsi jų medaus mėnuo; ore tvyrojo meilė ir jie susilaukė Tommy. Margaret ir Maiklas nekalbėjo apie vaikus. Margaret nežinojo, kaip prieiti prie šios temos. Ji svarstė galimybę pasidaryti abortą, bet jai buvo nelemta skaudinti žmogų, kuris nepasirinko gimti. Ji pakvietė Maiklą vakarienės ir palietė šią temą.

„Noriu šeimos, daug vaikų", - pasakė jis.

Ji nusišypsojo.

„Tačiau aš nemanau, kad esu vedybinis tipas," - jis padarė pauzę. „Tačiau jei būtų vaikas, svarstyčiau galimybę susituokti. Visi vaikai nusipelno kuo geresnės pradžios."

„Manau, kad esu nėščia", - ištarė ji.

Iš pradžių jis tylėjo, paskui pašoko ir apkabino ją. Jis pasakė, kad jie turi tai tvirtai žinoti. Ji užsirašė pas gydytoją. Kai jis patvirtino tai, ką ji jau žinojo, jie prisiglaudė vienas prie kito ir verkė kaip idiotai. Net ir dabar, kai ji galvojo apie tą dieną, turėjo kovoti su ašaromis.

Ji metė studijas koledže, kai rytinis pykinimas užvaldė jos gyvenimą. Atrodė, kad praleistos pamokos kaupiasi. Kai tapo aišku, kad reikės kartoti visus metus, Margaret pasiėmė akademines atostogas ir visas jėgas sutelkė į ateitį. Iki kūdikio gimimo reikėjo daug ką nuveikti. Jie pardavė savo butą. Nusipirko namą užmiestyje ir greitai iškėlė vestuves Civilinės metrikacijos biure, kad viskas būtų oficialu.

Netrukus nauja mama leido dienas kurdama jų namų jaukumą. Sužinojusi, kad jiems gims berniukas, Margaret visu greičiu ėmėsi kurti nuostabų vaikų kambarį. Jie pasirinko sporto temą: beisbolą, ledo ritulį, krepšinį. Netgi futbolą. Visus sporto užsiėmimus ji ir Maiklas mielai stebėjo per plokščiaekranį televizorių.

Kai Maiklas būdavo darbe, kartais Margaret paruošdavo padėklą su maisto produktais, pavyzdžiui, ledais, salierais, grybais ir salsa. Tada ji įsitaisydavo priešais televizorių, įjungdavo kūdikį raminančią muziką ir skaitydavo jam. Margaret neteko suskaičiuoti, kiek kartų ji mažyliui skaitė „*Ko laukti, kai laukiatės*". Jai tai buvo tarsi kūdikio biblija, o dalijimasis žiniomis dar labiau sustiprino jų ryšį.

Vieną saulėtą popietę ji nuėjo į vietinį naudotų knygų parduotuvę su mėgstamiausių knygų, kurias mėgo būdama maža mergaitė, sąrašu. Ji pamiršo paklausti Marko, kokios buvo jo mėgstamiausios knygos, bet jis niekada nebuvo didelis skaitytojas. Prireikė dviejų kelionių, kad suneštų visas knygas į vidų. Ji atsisėdo ant lovos, priešais save pasidėjusi dėžes su knygomis. Ji negalėjo patikėti, kad visas jas rado! Net „Pokį šuniuką", kuri buvo pirmoji knyga, kurią ji pati išmoko skaityti. O ir ji pervertė Šarlotės tinklo, Anos iš Žaliojo gaublio, Smalsutėlio Džordžo, Bobbsi dvynių, Heidi ir visos Hario Poterio serijos knygų kopijas. Markas nusijuokė ir pasakė, kad jiems geriau investuoti į knygų lentyną. Jis pasielgė geriau, pats ją pastatė, sakydamas, kad jo sūnaus miegamajame nebus jokių tų bambukinių baldų.

Netrukus atkeliavo Tomis, ir jis buvo gražiausias meno kūrinys, kokį ji kada nors matė. Kartais ji negalėjo patikėti, kad jį sukūrė ji ir Maiklas. Jos širdis augo, ji niekada nežinojo, kad gali ką nors mylėti labiau nei Maiklas: o mylėjo jį labai stipriai.

Maiklas norėjo iš karto susilaukti dar vieno kūdikio, tačiau antras nėštumas nebuvo įmanomas. Tommy gimdymas buvo sunkus, ir gydytojas patarė jiems nebandyti dar kartą. Maiklas sutiko, kad neverta rizikuoti, ir jis su tuo sutiko, bent jau taip sakė. Margaret juo netikėjo, nors anksčiau jis visada buvo sąžiningas.

Garsus triukšmas apačioje vėl prasiveržė, išmušdamas Margaret iš vėžių ir grąžindamas į realybę. Pirmasis ėmė šaukti Tomis, daužydamas spintelę, tada Maiklas jį išbarė ir viskas greitai paaštrėjo. Jie susikivirčijo dėl pačių juokingiausių dalykų. Nė vienas iš jų nebuvo rytinis žmogus... nei ji.

Jai užteko vieno paprasto ryto ramybės ir tylos, kad grįžtų į savo vėžes.

Margaretė svarstė galimybę atsikelti, bet paskui atmetė šią mintį. Ji palauks, kol jie paprašys jos pagalbos. Jie neišvengiamai *paprašys*.

Tomis užsuko į jos kambarį. Užuot nutildęs balsą, jis sušuko: „Ar tu miegi, mama?" Jis palaukdavo sekundę ar dvi, kol ji sujudėdavo.

„Taip", - visada atsakydavo ji, trindama pavargusias akis, nors užmigti per šurmulį būtų neįmanoma.

Dabar, kai jis atkreipdavo jos dėmesį, jis šaukdavo: „Mamai, nerandu savo sportinių marškinėlių".

Ji nusišypsodavo, nes visada juos padėdavo į tą pačią vietą, bet šį kartą to nepaminėjo. Kokia buvo prasmė? „Jie yra tavo spintoje, meile."

„Jų taip, NE!" - pasakė jis, po to tuptelėjo, atsitraukė ir trinktelėjo durimis.

Ji ėmė skaičiuoti: vienas Misisipė, du Misisipė, trys Misisipė.

„Radau! Ačiū, mama! Ji visą laiką buvo čia."

Margaret vėl įsitaisė po antklode ir vėl užmigo. Kol į jų kambarį negrįžo jos vyras Maiklas. Jis laikėsi griežto režimo. Pirmiausia tualetas, tada rankų plovimas, dantų valymas, dantų siūlas, liežuvio krapštymas su nutrūktgalviškais ir labai girdimais gagenimo garsais (dėl to ji dažnai užsidengdavo ausis pagalve). Viską suskaičiavo sekundžių tikslumu.

Baigęs jis plačiai praverdavo duris, ir karštas garas išeidavo anksčiau nei jis į kambarį. Ji žiūrėdavo, kaip jis kerta grindis, tarsi sektų paskui bėgantį vaiduoklį. Nuo jo kelno kvapo ir šiltų garų jai pasidarė mieguista ir netrukus ji vėl užmigo.

„Margaret, ar nematei paklydusios rankogalių sagos?"

Ji pakeldavo galvą: „Pastaruoju metu - ne", - atsakydavo, kai jis raustelėdavo viršutiniame stalčiuje, iki galo jo neuždaręs. Tada jis atidarė vidurinį stalčių, palikdamas jį iš dalies atidarytą. Galiausiai apatinį stalčių ištraukdavo iki galo. Armonika priminė laiptus, tačiau tai buvo pavojinga, nes bet kurią akimirką galėjo lengvai apvirsti. Ji įsivaizdavo, kaip Tomis eina pro šalį ir visa komoda nusileidžia ant jo. Siaubas dėl to, kas gali nutikti, draskė ją iki širdies gelmių. Jei jai tektų jį ištraukti iš po apačios... Ar ji turėtų jėgų? O kas, jei... Ji pašoko iš lovos ir uždarė kiekvieną stalčių.

„Aš ketinau tai padaryti, - pasakė Maiklas, kai išeidamas užtrenkė už savęs duris.

Kadangi ji jau buvo atsikėlusi, prisispaudė prie uždarytų durų nugarėlės, kol iš apačios Tommy sušuko: „Mama, aš nerandu savo pietų!"

„Jis yra tavo pietų dėžutėje, antroje lentynoje, dešinėje šaldytuvo pusėje".

„Ne, nėra", - atsakė jis.

„Jau einu", - pasakė ji, griebdama durų rankeną, bet jai nespėjus atidaryti, jis sušuko: "O, jau matau! Ačiū, mama."

Grįžusi į savo kambarį, sumurmėjo „ *nėra už ką* ", nes juodas plyšys po lova viliojo. Ji galėjo įlįsti tiesiai ten, kur jai nieko netrukdė, išskyrus dulkių zuikučius. Po ja ji būtų susikūrusi savo pačios supergalią - apsauginį tamsos skydą, kuris atstumtų garsiai skambančius piktus balsus.

Balsai, artėjantys vis arčiau, padėjo jai apsispręsti, ir ji įlindo į tamsią erdvę. Jaukioje aplinkoje jos kvėpavimas ir širdies plakimas sulėtėjo. Ji užmerkė akis, susiglaudė, tada, ištiesusi ranką aukštyn, patraukė antklodę iki grindų ir vilkdama ją po visu kūnu ir ant jo, tarsi statytų tvirtovę.

Maiklas grįžo į jų kambarį. „Brangioji?" - tarė jis.

Tomas sustojo prie durų: „Gal ji vonioje?" - „Ne.

Maiklas patikrino, tada žvilgtelėjo į lovą.

„Ji vėl ne po ja, ar ne?" Tommy sušnabždėjo.

„Pažiūrėsim", - išgirdo Maiklo atsakymą.

Abu nusileido ant žemės ir žvilgtelėjo į tamsą. Pamatė kažkokį judesį po antklode. Maiklas pažvelgė į sūnų, tada pridėjo pirštą prie lūpų. Jis linktelėjo galva, mielai leisdamas tėvui kalbėti pirmam.

„Mielasis, - raminančiu balsu tarė Maiklas, - gal galėtum nunešti mano kelnes ir marškinius į valyklą?" Jis pravėrė burną ir vėl ją užčiaupė.

Vargšė Margaret negalėjo patikėti, kad jis pateikia jai darbų sąrašą ir kalba su ja taip, tarsi ji kiekvieną savo gyvenimo dieną slėptųsi po lova. Tai ją be galo erzino.

Nesulaukęs užuominos, jis tęsė: - O ir savaitgalį pamiršau tavęs paklausti, ar galiu pasikviesti kelis draugus. Šiandien vakare. Į mažą pasilinksminimą. Aštuonių žmonių vakarėlį, įskaitant mus. Dar kartą atsiprašau, kad taip greitai pranešiau. Norėjau tavęs paklausti savaitgalį".

Tommy žengė žingsnį, kad prisijungtų prie motinos jos vienišame kokone. Vietoj to ji limbavo ir išėjo. Atsistojusi ji nupūtė dulkes. Jie žiūrėjo į ją, bet nieko nesakė. „Jūs abu nueikite žemyn, dabar", - pasakė ji vis dar laikydama šiltą antklodę.

Maiklas žvilgtelėjo į laikrodį.

„Man viskas gerai, visiškai gerai. Būsiu ten po minutės, prašau". Ji padėjo antklodę atgal ant lovos.

„Gerai, - atsakė ir išėjo.

Jiems nuėjus, ji ištiesė ranką per lovą. Ji išjungė elektrinę antklodę ant vyro šono. Apsivilkdama savo kambarinį paltą ir šlepetes, ji įsivaizdavo, kad pamiršo išjungti jo antklodę. Ar namas būtų sudegęs? Tikriausiai. Ir tai būtų jos kaltė. Ji visada dėl visko kalta.

Ji užsivilko apsiaustą ir veidrodyje pasitaisė plaukus. Ji turėjo pasikalbėti su Maiklu apie vakarienę. Aštuoni žmonės. Šįvakar. Bent jau nebuvo taip blogai, kaip paskutinį kartą, kai buvo dvylika, arba prieš tai, kai buvo aštuoniolika. Vis dėlto ji tiek daug kartų prašė jo kitomis progomis, tokiomis kaip ši, pranešti jai daugiau. Paskutinį kartą, kai ji viską - na, beveik viską - baigė, ji neturėjo laiko lakuotis nagų. Maiklas tai nepatikliai pabrėžė svečių akivaizdoje ir net jų sūnui užteko emocinio intelekto, kad pakeistų temą, kol ji nepradėjo verkti.

Koridoriuje jos zuikio šlepetės eidamos leido kibirkštis, sukeldamos jai šoką, nes pakeliui ji pakėlė kojines, apatinius ir rankogalių segtuką. Gabalėliai ir gabalėliai, palikti jai kaip pėdsakas, vedantis ją žemyn, kur jie laukė.

Dabar ji stovėjo koridoriuje, vedančiame į svetainę. Įžengusi į vidų ji pamatė ir išgirdo, kaip jos vyras, laikydamas puodelį su arbata, krimstelėjo skrebučius. Šalia jo stovėjo Tommy, kuris kramsnojo ryžių traškučius ir praleido pro burną. Pieno lašeliai ir kruopų likučiai kaupėsi tarp jo kojų ir, atsitrenkę į kilimą, skleidė šnypščiančius garsus.

Ji mintyse pasižymėjo, kad jiems išėjus kilimą reikia įmesti į džiovyklę, ir su palengvėjimu atsiduso, kad ant grindų esantis audinys susigeria skystį, o ne sutepa, kaip ji manė, paskutinius švarius sūnaus mokyklinius marškinėlius. Ji mintyse dar kartą pasižymėjo, kad užsakys jam naujus marškinėlius - jis taip sparčiai augo, kad buvo sunku suspėti su jo augimo spurtais.

„Labas rytas, - pasakė Margaret kaip tik tuo metu, kai Fredas Flintstounas sušuko: *Vilma!*

Jos šeima patvirtino jos buvimą žvilgsniu į jos pusę, paskui visi kartu pratrūko juoktis, nes Barnis ir Fredas tęsė savo įprastas išdaigas. Jie bent jau sugyveno. Flintstounai buvo vienas dalykas, dėl kurio jie abu sutarė.

Kai buvo reklaminė pertrauka, ji pasakė: „Apie šią vakarienę, Maikle". Jis pritildė televizoriaus garsą. Tomis paprieštaravo, paskui baigė valgyti dribsnius.

„Dar kartą atsiprašau už tai", - pasakė jos vyras. „Savaitgalį per golfo varžybas kalbėjausi su savo viršininku. Nežinau, kaip jis atsidūrė čia, bet kitą akimirką jau vedžiau tą prakeiktą renginį. Nebūtinai turi būti juodas kaklaraištis ar kas nors prabangaus. Trijų patiekalų ir deserto turėtų pakakti".

„Kas mūsų svečiai? Kokį maistą jie mėgsta? Ar turi kokių nors alergijų? Ar yra vegetarų?" Ji padarė pauzę. „Kodėl gi mums neįkaitinus kepsninės?"

„Ne, grilio idėja puikiai tinka savaitgalio susitikimui, bet tai yra verslo motyvacija."

Ji atsiduso.

Jis tęsė: „Mano bosas su žmona, Džimas ir Deivas iš rinkodaros, Liusė ir jos vyras Viljamas iš teisės skyriaus. Manau, kad Liusė gali būti vegetarė arba veganė. Lance'as iš finansų ir jo žmona - su ja dar nebuvau susitikęs. Jis naujas mūsų komandoje". Jis žvilgtelėjo į laikrodį ir pašoko.

Margaret sugriebė jį už rankovės. Ji įsisegė trūkstamą rankogalių sagutę, tada įsikibo tiesiai priešais vyrą, tikėdamasi sulaukti bučinio.

Maiklas sekundėlę suabejojo, prieš duodamas Margaret tai, ką kai kas galėtų pavadinti bučiniu - ji to nepadarė. Tai labiau priminė žvilgsnį, kuris buvo atliktas akimirksniu, kai jis prabėgo pro šalį. Poros lūpos vos prisilietė.

Margaret nespėjus ištarti nė žodžio, Markas užtrenkė duris.

Ji vėl apsivijo save rankomis. Sekundę ar dvi atrodė, kad Tommy ketina ją apkabinti. Ji išskėtė rankas, o jis atsakydamas ištiesė ranką jos link atviru delnu į viršų. Ji sukryžiavo rankas, nes jis iš karto pradėjo „Pardavimų aikštelė 101".

„Matai, mama, šiandien yra mėsainių diena - du už vieną - ir man reikia pinigų. Pinigai skirti labdarai, o aš jau išleidau visus šios savaitės kišenpinigius".

„O kaip su mano pagamintais pietumis?"

„Jokių problemų, suvalgysiu juos per pertrauką."

Margaret paplekšnojo jam per galvą ir nuėjo į virtuvę, kur ant kabliuko kabojo jos rankinė. Įlindusi į vidų, ji žvilgtelėjo į savo virtuvės būklę. Kokia netvarka! O juk ji turėjo viską sutvarkyti, kad šį vakarą galėtų surengti vakarienę. Jokių problemų!

Ji turėjo tik dešimties dolerių banknotą, kurį įdėjo į jo vis dar laukiančią ranką. „Atnešk man grąžą", - pasakė ji, kai jis tvirtai trinktelėdamas durimis išėjo iš namų.

Grįžę į kambarį *Flinstounai* užbaigė: „Jūs smagiai praleisite laiką!" Margaret niūniavo kartu, o ji, persimetusi per petį kilimą, surinko purviną puodelį ir lėkštę, stiklinę ir dubenėlį.

Dabar virtuvėje ji įdėjo kilimą į skalbyklę, pusryčių indus - į indaplovę, tada įsipylė sau arbatos iš drungno puodelio. Ji grįžo į kambarį, kuriame netvarkos buvo mažiau. Ji pervertė kanalus ir užtiko „Judge Judy". Ji negalėjo nesižavėti moterimi, kuri visiškai kontroliavo visus ir viską savo teismo kambaryje.

Draugai sakė, kad ji turėtų atsikelti anksčiau nei jos šeima, taip sumažintų chaosą ir netvarką. Tuomet ji būtų buvusi prie situacijos vairo. Kiti sakė, kad ji turėtų susirasti darbą ir išeiti iš namų anksčiau nei jie, kad jiems tektų išmokti patiems pasirūpinti savimi. Tačiau ji buvo tokia pavargusi, tokia nesava šiomis dienomis, jau nekalbant apie tai, kad nedirbo nuo tada, kai dar nebuvo gimęs sūnus. Kas dabar ją samdytų?

Margaretė vis labiau buvo nepatenkinta savo likimu, nes savo gyvenimą atidavė mylimųjų poreikiams. Ji piktinosi, kad visada duoda, nors tai buvo jos pasirinkimas. Tada ji įlipdavo į kaltės ir savigailos traukinį. Ar kiekviena motina išgyveno tą patį? Šią tuštumą? Šį stumdymąsi ir traukimąsi savyje, sukuriantį tuštumą. Šią tuštumą viduje, kuriai ji leido judėti kaip vasaros audrai ir lieti lietų ant visko jos gyvenime. Ji buvo uraganas, laukiantis, kol įvyks, ir šiandien buvo ta diena, kurios ji bijojo.

Ji nusiprausė ir apsirengė, nesustodama pusryčiauti, bet neskubėdama įmetė kilimą į džiovyklę ir karštai troško išeiti. Išvykti. Bet kur, bet kur.

Margaret nukreipė automobilį prekybos centro link ir nuvažiavo. Pastatė automobilį. Pakeliui į vidų jaunas vyras vedžiojo vežimėlius. Padedant vėjui, keli buvo skirti neišvengiamam pabėgimui. Ji svarstė, ar pasakyti ką nors, kad palengvintų vyro naštą, bet vietoj to nusišypsojo jam. Po nosimi jis pavadino ją kale.

Namų šeimininkė nekreipė į jį dėmesio ir nuskubėjo į vidų. Ji negalėjo atsistebėti, kodėl jos empatiškas gestas nesulaukė nieko kito, tik įžeidimo. *Nesvarbu*, pagalvojo ji ir sutelkė dėmesį į esamą problemą: pasiruošimą vakarienei. Tačiau pirmiausia: ką ji ketino apsirengti? Ar ji turėtų pasilepinti nauja apranga? Anksčiau apsipirkinėjimas padėdavo jai pakelti nuotaiką. Galbūt tai padės ir šiandien?

Margaret ėjo mados koridoriumi ir vitrinoje rado manekeną, vilkintį prašmatnų kostiumą, kuris jai patiko. Ji įžengė į vidų, kur ją užpuolė visur esantys veidrodžiai. Ji atsitraukė. Ant eskalatoriaus ji pastebėjo plaukų ir nagų SPA centrą. Ji pažvelgė į savo nagus. Ji mieliau juos darytųsi pati namuose, kai tik žinotų, ką apsirengs, - ji tam skirtų laiko. Tačiau plaukai - tai jau kitas reikalas.

Ji stovėjo prie salono ir stebėjo, kaip stilistai juda ir yra užsiėmę. Atrodė, kad salone rami diena, nes buvo užimta tik viena kėdė. Ji svarstė galimybę įeiti į vidų ir su kuo nors pasikalbėti, bet nusprendė to nedaryti, nes žvilgtelėjo į telefoną. Laikas bėgo, o ji ir taip turėjo per daug darbo.

Jos dėmesį patraukė mirksintis neoninis ženklas. Jame buvo parašyta:

Keliaukite į savo svajonių vietą. Išpardavimas tik šiandien!

Jau nebe Margaretė, ji buvo Margarita Kuboje. Ji įsivaizdavo save Kuboje, atliekančią rumbą. Tada ji buvo Australijoje, šokanti atokioje vietovėje. Neįmanoma! Tai buvo per toli.

Ją pastebėjo maždaug perpus jaunesnis jaunuolis. „Tuoj būsiu su tavimi", - pasakė jis. Jis grįžo prie pokalbio telefonu.

Ji išdrįso įeiti į vidų ir nepatogiai atsistojo prie registratūros. Ji klausėsi ramaus jaunuolio balso. Kartais jis patvirtindavo jos buvimą šypsena. Po kelių akimirkų jis nutilo ir uždengė telefoną ranka.

„Kol lauksite, pasistiprinkite puodeliu kavos arba vandens. Aš ilgai neužtruksiu. O ir drąsiai vartykite brošiūras ir žurnalus. Aš tuoj pat būsiu su jumis."

Margaretė įsipylė sau garuojančios karštos kavos puodelį, paskui įsidėjo grietinėlės ir gabalėlį cukraus. Ji žvilgtelėjo telefonu kalbėjusio jaunuolio link, kai pastebėjo dėžutę sausainių. Tarsi ji būtų siekusi jo leidimo.

Jis vėl uždėjo ranką ant telefono aparato: - O, taip, padėk sau sausainį ar du. Nėra už ką."

„Ačiū, - sušnabždėjo ji ir paėmė sausainį. Tai buvo šokoladinis rojus.

Laukdama ji pervertė keletą žurnalų. Pirmasis buvo apie Šveicariją. Dabar ji buvo Maggie, besiruošianti slidinėti Zermatte, o aukštas, šviesiaplaukis ir gražus slidinėjimo instruktorius vardu Svenas padėjo jai su slidėmis. Dabar jie baigė slidinėti ir jis siūlė jai karštos kakavos puodelį. Ji užsimerkė ir ištiesė ranką, paskui užsimerkė ir atstūmė jį.

Ji paėmė kitą lankstinuką apie Havajus ir įsivaizdavo save Vaikikio paplūdimyje, besišnekučiuojančią su Džordžu Klouniu (George Clooney). Tada ji pažvelgė žemyn, suprato, kad dėvi bikinį, ir sušuko.

Margaret sugrįžo į realybę ir žvilgtelėjo į jaunuolį, kuris vis dar kalbėjo telefonu. Jis nepastebėjo jos protrūkio. Vau. Ji dar kartą suvalgė šokoladinį sausainį. Apie bikinį ar kitokį maudymosi kostiumėlį negalėjo būti nė kalbos.

Ant sienos ji pastebėjo plakatą, reklamuojantį kelionę į Didžiąją Britaniją. „Beefeaters". Su tomis beprotiškai aukštomis skrybėlėmis. Dabar ji buvo Cathy, ieškanti Heathcliffo Jorkšyro pelkėse. Buvo labai šalta ir vėjuota diena, bet jie vaikščiojo ir mėgavosi grynu oru...

„Ar galiu jums padėti?" - paklausė jaunuolis.

Hiklifas dingo. „Ech, tiesiog svajoju", - atsakė Margaret paraudusiais skruostais.

Jaunuolis spustelėjo klaviatūrą, žiūrėdamas į ekraną. Jis pasuko kompiuterį į ją. „Tai šios dienos tik vienos dienos paskutinės minutės pasiūlymai. Jie ką tik atėjo!"

Suintriguota ji priėjo arčiau.

„Jei jus domina Anglija, tokios kainos daugiau nerasite".

„Visada norėjau aplankyti Jungtinę Karalystę."

„Į šią kainą, - pasakė jaunuolis, - įskaičiuota automobilio nuoma ir viešbučių bei nakvynės namų derinys. Galėtumėte keliauti po apylinkes, o tada pasirinkti, kur norite sustoti ir apsistoti".

„Nežinau, kaip ten važiuoti, ar jie nevažinėja kitoje pusėje?"

„Tai tiesa, bet tu greitai tai įsisavinsi".

***

Margaret grįžo namo ir užsisakė maistą išsinešti. Iš meniu ji išsirinko įvairių patiekalų, kad patenkintų visus poreikius. Į šaldytuvą įdėjo „Chardonnay", „Rose" ir alaus. Keturis butelius raudonojo ji padėjo į vyno lentyną.

Ant liemens susijuosusi prijuostę, ji ėmėsi siurbti ir valyti dulkes. Ji perklojo švarų kilimą svetainėje. Kai viskas buvo tobulai sutvarkyta, ji padengė stalą, prie kurio buvo vietos septyniems žmonėms. Maiklas nenorėjo rizikuoti, kad Tomis sukels sceną. Tikrai ne jo viršininko ir darbo draugų akivaizdoje. Ji paruošė padėklą ir pastatė jį ant prekystalio, kad jis galėtų jį nusinešti į savo kambarį.

Margaret nuėjo į savo kambarį ir susikrovė lagaminą bei rankinį krepšį. Ji užsisakė „Uber", kad nuvežtų ją į oro uostą.

Po trijų valandų ji įsėdo į lėktuvą ir netrukus jau skrido į Jungtinę Karalystę.

Žvelgdama pro langą, sekundės dalį ją apėmė kaltės jausmas. Ji su tuo kovojo.

Ant šaldytuvo ji buvo palikusi raštelį, kad išvyksta.

Margaret nepaminėjo, kur išvyksta ir kada grįš.

Taip pat, kad nusipirko bilietą į vieną pusę. Jie tai išsiaiškins.

SKĖTIS IR VĖJAS

Buvo penktadienis, 13-oji, o vėjas švilpė aplink. Daiktai, kuriems nebuvo lemta skristi, šokinėjo ir rikošetavo. Skriejo skersai ir išilgai. Sukosi aplink mane.

Tokią dieną kai kurie pensininkai būtų galėję likti lovoje, bet ne aš. Kodėl turėčiau rizikuoti išeiti tokią baisią dieną? Vien dėl šios priežasties - man reikėjo stiprios kavos puodelio.

Todėl žaidžiau „Dodgem", slėpiausi ir nardžiau, kad išeičiau iš namų ir įsėdu į savo automobilį. Tada nuėjau link artimiausios parduotuvės. Nebuvau vienintelis drąsuolis, kuris ryžosi leistis į nežinią, kad išsigydytų priklausomybę nuo kofeino.

Eilė judėjo į priekį, vis labiau slinkdama į priekį. Užsisakiau „Extra Strong Vanilla Latte", tada automobiliu nušliaužiau prie langelio susimokėti. Ištraukęs ranką, kad paimčiau piniginę, pastebėjau, jog palikau ją namie.

Moteris prie langelio ištiesė ranką ir vėl ją patraukė atgal, kad išvengtų mažos šakelės, kuri atsitrenkė į mano langą, o paskui atsitrenkė į jos.

„Keisti, - pasakiau, kai moteris vėl ištiesė ranką. Vis dar rausiausi pirštinių dėtuvėje ir puodelių lizduose. Suskaičiavęs turėjau septyniasdešimt aštuonis centus. Po mano sėdyne buvo dar vienas doleris. Toliau ieškojau, o už manęs stovintys automobiliai laukė ir vaikinas, stovintis tiesiai už manęs, signalizavo, kiti sekė paskui.

„Užteks, - pasakė moteris, paėmusi monetas ir padavusi man kavos.

Nusišypsojau savo didžiausia šypsena ir pasakiau: „Ačiū." Uždariau langą ir nuvažiavau, vis dar tokia dėkinga. Kava kvepėjo tarsi dangus, bet sulaikiau gurkšnį, kol užsidegė pirmoji raudona šviesa.

Kol laukiau, gurkšnojau, mėgavausi, nežmoniškas skėtis medine rankena praskėlė priekinį stiklą, o paskui atšoko ir nutūpė ant netoliese esančio medžio šakos.

Net nesupratau, kad džava mane degina, kol nepasikeitė šviesoforo signalas. Saugiai sustabdžiau ir išlipau iš automobilio. Nieko nėra geriau, nei karšta kava, tekanti per koją į kojines ir batus. Pakratiau koją, kaip neseniai maudytas šuo.

Pamačiau, kad ji artėja, bet buvo per vėlu.

Tas prakeiktas skėtis. Vėl.

***

Atsibudau vis dar stovėjimo aikštelėje su medine skėčio rankena, apvyniota aplink kaklą. Buvau stipriai nukritęs, bet pakeliui žemyn sugebėjau sugriebti už automobilio durelių, kas vienu atžvilgiu buvo gerai, o kitu - blogai, nes slėpė mano bėdą.

Betonas po manimi buvo šaltas ir kempiniškas. Bandžiau atsistoti, o vėjas pagavo skėtį ir nešė jį toliau kaip paklydusį pūkelį.

Aš dar nestovėjau, bet paleidau save į viršų stumdamas savo svorį į automobilio dureles. Staigus durelių spynelės spragtelėjimas nežadėjo nieko gero — raktelius buvau palikęs užvedimo spynelėje. Apsižvalgiau aplink ieškodama telefono ir greitai supratau, kad jis yra namie su rankine.

Susikryžiavusi rankas atsirėmiau į automobilį, tikėdamasi pritraukti gerąjį samarietį.

Tolumoje pamačiau skėtį, kaip jis skinasi kelią kitur. Ups. Priešpriešiais atvažiuojantis automobilis, bandydamas išvengti virpančio dervišo, trenkėsi į kito automobilio galą. Kas nors dabar būtų iškvietęs policiją. Būčiau mačiusi, kad jie ir man padėtų. Viskas gerai.

Neilgai trukus prakeiktas skėtis vėl pakilo ir visu greičiu nuskriejo mano link. Ar aš buvau skėčių magnetas? Šį kartą jis skrido aukštai, sukdamasis. Tolumoje jis buvo gražuolis. Jis atsivėrė į visą juodą dangų. Jis buvo hipnotizuojantis, taip aukštai kilo, ir žinote seną posakį: „Kas kyla aukštyn", na, jis pasirodė esąs teisingas, nes tas prakeiktas daiktas krito į žemę, galėdamas mane nušluoti visam laikui. Kaip ir skautų šūkyje, buvau pasiruošęs ir, užuot laukęs, kol jis trenksis man į galvą, ištiesiau ranką ir griebiau jį už rankenos.

Laikiausi kaip įmanydamas, tikėdamasis, kad pats nenukentėsiu nuo Marijos Popins. Mano kojos iš tiesų paliko žemę, bet tik sekundę ar dvi, kol išgirdau sirenas ir batų kaukšėjimą į grindinį. Jauna moteris uždėjo savo ranką ant rankenos. Mes įsitaisėme, nes gatvėmis ėjo dar daugiau žingsnių, kai jos savininkas spustelėjo mygtuką ir uždarė sulankstomą kupolą.

***

Po šio keisto ryto grįžau namo ir iškėliau kojas, atsisakydamas pajudėti, kol nurims vėjas. Šio plano laikiausi tol, kol sūnus paprašė, kad šiek tiek po pusės aštuonių pasiimčiau jį iš jo draugo namų kitame miesto gale. Tėvai turėjo jį parvežti namo, bet jie buvo nervingi vairuotojai, todėl ir iškvietė mane.

Bulvarinis įtrūkimas ant priekinio stiklo nuolat priminė, kaip iki šiol klostėsi mano diena. Vis dar laukiau pranešimo iš draudimo bendrovės apie išskaitą. Jie tyrė „dievo nelaimės" atvejį.

Susisiekiau su policija, kuri pasakė, kad patikrins skėčio egzistavimo faktą, bet ne tai, kad jis susijęs su mano priekiniu stiklu. Kai jie mane pamatė, aš laikiausi ant jo.

Jausdamasis labai supykęs ant asmens, kuris nesugebėjo išlaikyti savo skėčio skiautės, pusiau norėjau parašyti tarybai ir paprašyti skėčio licencijos politikos. Tada galėčiau priversti juos sumokėti mano išskaitą, o dar geriau - paduoti į teismą.

Užvedžiau automobilį ir išvažiavau iš važiuojamosios kelio dalies, suvokdamas, kad skraidantys daiktai yra, kai mano dėmesį patraukė žalias butelis. Jis sukosi ir sukosi ratu, tarsi įsivaizduojami žmonės, žaidžiantys žaidimą „Apsuk butelį". Didžiąją laiko dalį jis neatsiplėšdavo nuo žemės ir atrodė kaip pailgas žalias kosminis laivas, nes pakildavo, kildavo vis aukščiau ir aukščiau, paskui suduždavo, sukdavosi ir vėl kildavo. Aš tęsiau kelionę, atsitiktinai ta pačia kryptimi, kuria judėjo butelis.

Kai pamačiau, kad buteliui pavojingai svirduliuojant link vienas kito eina vyras ir moteris, atidariau langą ir pašaukiau juos. Kai jie nereagavo, paspaudžiau garsinį signalą. Butelis, dabar jau aukštai pakilęs į orą, pradėjo laisvai kristi link jų. Butelis nukrito ir visa jėga trenkėsi moteriai į galvą. Žalioji tara rikošetu atsitrenkė į vyro galvą. Abejingas žalias daiktas kelis kartus pakilo ir nukrito, kol sustojo prie medžio kamieno.

Įjungiau keturračius žibintus ir išjungiau variklį prieš vėl išlipdamas iš saugaus automobilio į pavojingą vėją.

Ir vyras, ir moteris buvo sąmoningi, tačiau nejudėjo ir nebandė atsistoti. Užčiuopiau moters, paskui vyro pulsą ir, prisiminęs prieš daugelį metų baigtus pirmosios pagalbos teikimo mokymus, įvertinau situaciją. Surinkau pagalbos numerį 911. Dispečerė uždavė keletą klausimų, tačiau už mūsų spragsėjimas privertė žmones atsisėsti

Stebėjome, kaip vėjas toliau ūžė, skraidindamas butelį. Didingas verkiantis gluosnis pasilenkė jį atgauti, bet per vėlai. Vėjas perlaužė storą jo liemenį per pusę, o medžiui atsitrenkus į žemę atgarsiai sudrebino žemę po mumis.

„Pirmyn!" Šūktelėjau.

Vėjui šėlstant mums ant kulnų, mes pasileidome bėgti.

***

Kai pasiekėme mano automobilio prieglobstį ir prisisegėme diržus, užtraukiau variklį. Buteliui nebelikus akyse, nuvažiavome pasiimti sūnaus.

Keletą akimirkų atsikvėpę prisistatėme.

Brentas Velčas buvo aukštas ir labai išvaizdus vyras tamsiais plaukais ir mėlynomis akimis. Ant smakro turėjo įdubimą kaip Karis Grantas. Jis buvo vietinės advokatų kontoros partneris, labai gerai kalbėjo, pastebimai gražių manierų ir buvo nevedęs.

Eileen Manny, taip pat vieniša, turėjo ilgus šviesius plaukus ir naudojo per daug makiažo. Ji buvo santūri ir švelniai kalbanti kosmetikos atstovė, todėl jos „veidas buvo jos paletė".

Prisistačiau. „Mano vardas ir pavardė - Alisa Mičel. Esu neseniai našlė ir į pensiją išėjusi vidurinės mokyklos mokytoja".

Dabar, kai jau buvome susipažinę, jie padėkojo man už tai, kad juos išgelbėjau. Tada jie paklausė apie įtrūkimą priekiniame stikle kaip tik tuo metu, kai Džasperas įlipo į automobilį ir prisisegė diržus.

Po prisistatymo tęsiau pasakojimą apie skėtį. Mano keleiviai juokėsi iš juoko.

„Kas čia juokingo?" Paklausiau.

„Tai negalėjo nutikti niekam kitam", - atsakė Džasperas.

Išvažiavome namo, pakeliui palikdami Marką ir Eileen.

Kai pagaliau atvažiavome, supratau, kad iki šio daugiau nei turiningo 13-osios penktadienio dar buvo likusios dvi valandos. Įlipau į lovą, užsitraukiau antklodę ant galvos ir pabandžiau užmigti.

Net neįsivaizdavau, kas dar laukia.

***

Kitą rytą, šeštadienį, 14-ąją, prabudau tik po kelių minučių. Atrodė, lyg sapne būtų skambėjęs durų skambutis, kol į mano miegamojo duris pasibeldė sūnus Džasperas.

„Mama, tai tau — policininkai".

Atmetusi antklodę, užsitraukiau ant galvos naktinius marškinius, pakeičiau juos bėgimo kostiumėliu ir prieš išeidama pirštais nusibraukiau plaukus.

Mano sūnus, kuris šiems dalykams turi mažai etiketo, nors buvo auklėjamas puikiomis manieromis, paliko pareigūnus stovėti prieangyje.

Kai iškišau galvą į lauką, pusiau įėjęs, pusiau išėjęs, pakilo vėjas ir vos neišplėšė durų iš rankų.

Pareigūnų išvaizda buvo netvarkinga, o tai senais laikais būdavo vadinama „vėjuota ir įdomi". Apkūnių pareigūnų pora buvo pakankamai išvaizdūs, kad galėtų dirbti striptizo šokėjais iš „Thunder from Down Under". Pakviečiau juos į vidų.

Ne, ačiū, ponia, - pasakė šviesiaplaukis vaikinas, kuris, nusiėmęs kepurę, atrodė panašus į kitą vaikiną, tą, kuris nebuvo „Pončas" iš C.H.I.P.S.

Jonas, - ištariau garsiai to nenorėdama (šviesiaplaukio vaikino iš C.H.I.P.S. vardas man ką tik atėjo į galvą).

„Vardas Maršalas, - pasakė šviesiaplaukis. „Mano partneris yra pareigūnas Ramzis".

„Malonu susipažinti. Kuo galiu jums padėti?"

Blondinė tarė: „Vakar iš jūsų gavome pranešimą apie paliktą pagalbos skambutį, gal galite paaiškinti, kas nutiko?"

„Laukdamas, kol užsidegs raudonas šviesoforo signalas, pastebėjau link vienas kito einančius vyrą ir moterį. Pastebėjau butelį."

„Įpusėjus skrydžiui?" Ramzis paklausė.

Aš linktelėjau galva. „Taip, butelis pakilo į viršų ir vėl nusileido. Bandžiau atkreipti jų dėmesį, bet man nespėjus susivokti, butelis pirmiausia pataikė į moterį, o paskui į vyrą. Abu sunkiai krito ant šaligatvio".

„Kokios būklės jie buvo, kai juos pasiekėte, ir kiek laiko užtruko, kol juos pasiekėte?" paklausė Džonas, tiksliau, Maršalas.

„Parvažiavau per kelias sekundes ir iš karto nuėjau į jų pusę".

Ramzis buvo užrašų vaikinas, jis užsirašinėjo viską, ką sakiau.

Maršalas buvo į mane nukreipęs telefoną; jis įrašinėjo viską, ką sakiau.

Spėjau, kad viskas gerai, nors tuo metu tuo neabejojau.

„Jie buvo sąmoningi, kvėpavo, jų pulsas buvo stiprus. Tai patvirtinęs, paskambinau pagalbos telefonu 911".

„Kas nutiko tada?"

„Nugriuvo didžiulis medis ir mes nubėgome iki mano automobilio."

„Ar kuris nors iš jų prašė kreiptis į gydytoją ar vykti į greitąją pagalbą?"

„Ne, jie buvo atsibudę. Mes juokėmės ir kalbėjomės. Jų namai buvo pakeliui atgal, mes juos išlaipinome ir tai nesukėlė jokių rūpesčių."

Mes tylėjome.

***

„Apie ką visa tai?" Paklausiau jausdamas, kaip vėjas perbraukia per sportinį kostiumą.

„Ar kada nors anksčiau buvai sutikęs kurį nors iš jų?" Maršalas paklausė. „Juk jų namai netoli nuo jūsų".

„Ne." Stovėjau tyliai, bandydamas suprasti, kur jie siekia savo klausimais. Kokia reikšmė, ar anksčiau buvau matęs kurį nors iš jų? Viduje mano sūnus įjungė televizorių ir pasigirdo sprogimas. Uždariau už savęs duris ir išėjau.

„Koks tai buvo butelis?" Ramzis paklausė.

„Tai buvo žalias butelis."

Abu pareigūnai apsikeitė žvilgsniais.

„Ar tiesa, kad vakar turėjote dar vieną incidentą, susijusį su skėčiu?" Maršalas paklausė.

„Taip, tai buvo siaubingas tryliktosios penktadienis".

„Reikalas tas, - pasakė Ramzis. „Velčas ir Manis mirė".

***

Atsibudau po to, kai buvau apalpęs, o į mane žvelgė trys susirūpinę veidai. Du iš jų priklausė pareigūnams Ramziui ir Maršalui. Rankose jie laikė „Reader's Digest" egzempliorius, kuriuos mojavo man kaip gerbėjus. Kitas priklausė Džasperui, kuris laikė stiklinę vandens, iš kurios protarpiais lašėjo lašus man ant kaktos.

„Ar tau viskas gerai, mama?"

Nebuvau šimtu procentų tikra. Vis dėlto stengiausi atsisėsti, kad išvengčiau daugiau „Reader's Digest" ir vandens atakų.

„Tave ištiko lengvas šokas, - pasakė Ramzis, kaip tik tuo metu, kai prie manęs priėjo du greitosios pagalbos darbuotojai. Vienas patikrino mano pulsą, kitas užspaudė kraujospūdžio juostą ir pradėjo pumpuoti. Abu pasakė: „Viskas gerai."

Bandžiau palydėti juos iki durų, bet jie pasakė, kad tai nebūtina.

Ramzis atsisėdo priešais mane.

Pilve plazdėjo drugeliai, vis dar jaučiausi šiek tiek jautri, nes galvoje sukosi klausimai apie skraidančius butelius, žudančius žmones.

Maniau, kad galvoju tik apie paskutinę mintį, kol Ramzis atsakė: - Mirties priežasties dar nežinome. Koroneris tiria kūnus".

„Pastebėjome, kad jūsų priekiniame stikle yra didelis įtrūkimas, - pasakė Maršalas. „Ar kuris nors iš jų į jį atsitrenkė?"

„Ne, jį sukėlė skėtis".

„Manau, kad turime pakankamai informacijos", - pasakė pareigūnai.

Džasperas juos išvedė laukan.

Nuėjau į virtuvę, pasidariau stiprios arbatos ir atsidariau šokoladinių sausainių pakelį. Lauke girdėjau, kaip vėjas blaškė lapus aplink ir aplink. Atidariau galines duris ir paprašiau motinos gamtos liautis.

Kaip ir tikėjausi, ji ignoravo mano prašymą.

***

Sekmadienis buvo rami diena. Aš laikiausi nuošalyje, o Džasperas su manimi elgėsi taip, tarsi būtų Motinos diena: pusryčiai, pietūs ir vakarienė buvo lovoje. Vis dar ištikta šoko, mielai sutikau su neįgaliosios vaidmeniu vienai dienai ir tik vienai dienai.

Pirmadienio rytą iš pat ryto nuvykau į stiklo keitimo parduotuvę. Viskas, ką turėjau padaryti, tai sumokėti išskaitą, ir jie sutvarkys vietoje.

Suskambėjo mano telefonas, tai buvo pareigūnas Ramzis. Jis paprašė manęs nuvykti į nuovadą: „Ir atsivežkite savo automobilį". Paaiškinau, kur esu ir kodėl. Jis pasakė, kad mano automobilis „tiriamas". Jis pasakė, kad porą dienų būsiu be automobilio.

Pasakiau jam, kad atvyksiu kuo greičiau, ir išėjau iš patalpų.

Vėliau laukiau prie raudono šviesoforo signalo, kai pastebėjau kartu einančią jauną porą, kuri laikėsi už rankų. Kitoje rankoje laikė puodelį kavos. Ji gėrė iš žalio buteliuko. Vieną akimirką jie buvo laimingi, kitą akimirką ji numetė jo ranką lyg karštą bulvę. Jis savo ruožtu numetė karštą kavą ir ji išsiliejo ant jo kelnių ir batų.

Per sekundės mirksnį jis trenkė į jos butelio dugną ir jis pakilo į orą. Tie iš mūsų, kurie laukė prie šviesoforo, matė, kaip jis pakilo į viršų. Jis buvo tarsi raketa, kylanti tiesiai į dangaus aukštį.

Jis nusileido kaip tik tuo metu, kai jauna pora pakėlė akis.

Jis pirmiausia trenkėsi moteriai į galvą, rikošetu atsitrenkė į vyro galvą ir nuskriejo šaligatviu į gatvę.

Aš kaip mat išlipau iš automobilio, pakeliui rinkdamas 911 numerį. Kiti išlipę iš savo automobilių sekė paskui mane. Užblokavome visą sankryžą.

Mergina buvo be sąmonės, o vyras - atsibudęs.

„Greitoji pagalba jau pakeliui, - pasakiau.

Išgirdome sirenas. Pamatėme policijos automobilius.

„Ką jūs čia veikiate?" - ‚Ne,' - atsakė policijos pareigūnai. Ramzis paklausė.

„Oho, - atsakiau.

***

Paaiškinau situaciją. Šį kartą buvo daug liudininkų.

Kai greitosios pagalbos automobilis įsodino porą į vidų ir išskubėjo, pareigūnai liepė visiems, išskyrus mane, išvalyti teritoriją. Jie jau buvo pasikalbėję su dauguma liudininkų.

„Jūs mane areštuojate?"

Jie apsikeitė žvilgsniais.

„Ar jums vis dar reikia konfiskuoti mano automobilį?"

Pasirodžiau, buvau matęs daugybę policijos pasirodymų.

„Galite važiuoti namo, - pasakė Ramzis.

„Mes žinome, kur tu gyveni", - šyptelėjo Maršalas. „Tik neišvažiuok iš miesto, gerai?"

Nusijuokiau ir nuėjau savo keliu.

***

Pakeliui namo jokių incidentų nebuvo.

Į orkaitę įdėjau keptą vištą, nulupau bulves ir supjausčiau daržoves, visą laiką galvodamas apie ore sklandančius žalius butelius.

Nuėjau į savo kabinetą ir į paieškos sistemą įvedžiau „skraidantys buteliai". Joje radau nuorodą į vaikiną, kuris „YouTube" svetainėje įdėjo saldainį į butelį ir sudaužė jį ant žemės. Nieko neatsitiko. Susidomėjęs žiūrėjau toliau. Kitą kartą, kai jis jį sudaužė, butelis, pataikęs į kameros žmogaus veidą, pakilo į orą kaip raketa.

Tada susidūriau su keliais „Myth Busters" eksperimentais, kurie patvirtino, kad pilnas butelis gali sudaužyti kaukolę. Priešingai, tušti buteliai to padaryti negalėjo — šį mitą iš tiesų sugriovė dvi neseniai įvykusios mirtys.

Išjungiau kompiuterį. Daugiau nenorėjau apie tai galvoti.

Pagal signalą įėjo Džasperas. „Viskas gerai, mama?"

Papasakojau jam apie naujausią incidentą ir eksperimentus „YouTube".

„Tu juokauji, tiesa?"

Papurčiau galvą ir nuėjau į virtuvę maišyti bulvių.

„Maža to, į įvykio vietą iškviesti pareigūnai buvo Ramzis ir Maršalas. Jie turbūt mano, kad esu koks nors žiniuonis".

„Tai mažo miestelio mama, mes visi esame vieni kitų reikaluose. Ar kas nors įrašinėjo incidentą telefonais?"

Iš kūdikių lūpų. Jei būtų įrašę, tai galėjo būti įkelta į internetą.

„Kaip man jį rasti? Kokius raktinius žodžius turėtume naudoti?"

Grįžome į mano kabinetą ir tikrai ten buvo.

„Reikia pasakyti pareigūnams".

Pareigūnas Ramzis atsakė iš karto. Jasperas nusiuntė jam tiesioginę nuorodą, o aš jį papildžiau detalėmis.

Bulvės jau buvo beveik baigtos, tad išpyliau vandenį ir įbėriau šiek tiek druskos bei pipirų.

Džasperas ir aš atsisėdome vakarieniauti, fone skambant televizoriaus garsui. Buvo rodoma naujausia informacija apie butelio partrenktą porą. Mes padėjome stalo įrankius ir priėjome arčiau. Diktorius sakė, kad merginos būklė kritinė, bet, laimei, vaikino būklė stabili.

Jau nebuvome alkani.

***

Nedaug miegojau, vis krūpčiojau ir krūpčiojau.

Galiausiai pasidaviau ir pasidariau sau puodelį arbatos.

Stovėjau, laikydama ją rankoje, žiūrėjau pro langą į vėją, kuris vis dar pūtė ir suko viską aplinkui. Drebėjau.

Mano gyvenime geri ir baisūs dalykai visada įvykdavo po tris.

Nuėjau į savo kabinetą ir spustelėjau ant informacijos apie antgamtinius reiškinius, įskaitant pranašystes. Ten buvo visi ženklai. Visata bandė man kažką pasakyti.

Bet ką?

Ženklai rodė, kad tai gali būti pikta dvasia, kažkas, kas buvo nužudytas arba nužudytas anksčiau laiko. Kažkas, kas sukinėjosi aplinkui ir siekė keršto. Nemačiau jokio ryšio su aukomis. Juk jie buvo visiškai svetimi žmonės.

Ėmiau įnirtingai spausdinti. Sąrašų sudarinėjimas man visada padėdavo viską išsiaiškinti.

Į pirmą stulpelį įrašiau save. Vienišas. Našlė. Išėjęs į pensiją. Vienas sūnus. Vedęs trisdešimt penkerius metus. Vyras mirė nuo storosios žarnos vėžio. 4 stadija. Abu mano tėvai buvo mirę. Buvau vienintelis vaikas. Mūsų šeima visada gyveno vietoje. Mūsų genealogija šioje vietovėje siekia gilią praeitį.

Antrajame sąraše įrašiau Brentą Welchą. Jam buvo trisdešimt treji metai ir jis buvo teisininkas. Suvedžiau jo nekrologą. Jis buvo nevedęs. Niekada nebuvo vedęs. Gyveno vienas. Jo giminės šaknys šioje vietovėje taip pat siekė gilią praeitį. Kaip mes niekada anksčiau nebuvome susitikę? Jo giminaičiai prisidėjo prie to, kad mūsų bendruomenė taptų tinkama gyventi dar pionierių laikais. Jo motina ir tėvas buvo mirę. Jis buvo vienintelis vaikas.

Turėjome keletą bendrų dalykų. Tai privertė mane atsisėsti. Į kitą skiltį įrašiau Eileen Manny. Jai buvo trisdešimt devyneri metai. Turėjo seserį dvynę Esterą, kuri gyveno netoliese. Tiek apie tą teoriją. Jos turėjo vietinių šaknų, bet jos nesiekė tokios gilios praeities kaip Brento ir mano. Eileen buvo ištekėjusi, bet jos vyras jau buvo miręs. Abu Eileen tėvai buvo gyvi, bet jie išsikraustė. Eileen dukra mokėsi toje pačioje mokykloje kaip ir Jasperas. Keista, kad mūsų keliai anksčiau nebuvo susikirtę.

Mano sąrašuose buvo mažai informacijos ir jie visiškai nepadėjo. Jau mieguistas grįžau į lovą, kur galvoje sukosi nenaudingos informacijos sąrašai.

***

Nepaprastai smarkiai lijo, bet debesys buvo ne savo įprastose vietose. Vietoj to jie buvo žemiau manęs. Lietus lijo, nuo žemės į viršų. Dar vienas klimato kaitos ir miestų taršos požymis?

Aš plūduriavau už savęs, o kojos liko tvirtai įsitaisiusios mano „Tender Tootsies". Mano kojas slėpė gėlėtas įvairiaspalvis sijonas, septintojo dešimtmečio stiliaus. Vėjas jas apnuogino, nes sijonas išsiskleidė ir vėl sugrįžo į vidų. Ant liemens buvau užsisegusi labai storos rudos odos diržą. Jis buvo per daug aptemptas, varžė mane.

Ar aš buvau mirusi?

Aš suspaudžiau save. Taigi ne mirusi.

Vilkėjau baltą palaidinę su aukšta marga apykakle ir vėrinį, karoliukų, juodą, rožinį. Perbraukiau vėsius karoliukus per pirštus bandydama viską braukyti, bet negalėjau prisiminti, ką su jais daryti.

Vėjas mane pakėlė, nešė. Pūtė mane pirmyn ir atgal.

Mano ilgi plaukai šniokštė per nugarą į vieną tvirtą pynę. Tada stovėjau ant žemės gabalėlio, virš debesų. Nebuvo daug erdvės, kurioje būtų galima judėti nebijant nukristi

„Mama! Mama! Atsibusk! Atsibusk, prašau."

Tai buvo Džasperas. Aš grįžau.

Šūktelėjau, kai žalias ugnies kamuolys nudažė mano plaukus ir ištirpdė rožinį. Ji lašėjo man ant krūtinės ir pro pirštus.

***

Atsisėdau ir pažvelgiau į pirštus, tikėdamasi pamatyti pro juos besiskverbiančius žalius gumulėlius, bet jie buvo švarūs kaip švilpukas. Tai buvo tik blogas sapnas.

Mano sūnus vis dar šaukėsi manęs. Nubėgau į kambarį ir porą kartų atvėriau ir užmerkiau akis, kad įsitikinčiau, jog matau tai, ką matau. Kokia netvarka!

Per mano namo stogą buvo įkritęs žalias padaras. Nusileidęs į savo galutinę poilsio vietą (rūsį) jis sudaužė ir sunaikino viską, kas pasitaikydavo jo kelyje, o aplink mano namus kaip šuo, žymintis savo teritoriją, išpurškė neoninės žalios spalvos medžiagą. Žalios spalvos atspalvis būtų buvęs gražus akcentas, jei jos nebūtų buvę tiek daug ir jei ji nebūtų buvusi išpurkšta atsitiktinai.

„Kas, po velnių?"

„Ar negirdėjai?" paklausė Džasperas. „Tai buvo tarsi garsinis bumas."

Priėjau arčiau skylės. Nieko negirdėjau. Buvau miegojęs, sapnavęs. Dabar buvau atsibudęs ir be žodžių. Sukryžiavau rankas ir pažvelgiau žemyn. Iš jos kilo garai. Ištiesiau delną ir, nors jis buvo aukštu žemiau, pajutau kylantį karštį. Bandžiau kalbėti, bet nebuvo žodžių.

Džasperas stebėjo, laukė, kol ką nors pasakysiu.

Jis neatrodė panašus į daug ką, įsirėžęs į mano rūsio grindis. Jis nebuvo apvalus, kvadratinis ar kiaušinio formos. Jis turėjo daug veidų, buvo trimatis, sferinis, beveik euklidinis, vientisas dodekaedras.

„Ar nevertėtų kam nors paskambinti?" paklausė Džasperas, pasilenkęs per kraštą šalia manęs.

„Nežinau, kam turėtume skambinti. Mes nesužeisti, tai namas. Tai ne vaiduoklis, todėl Vaiduoklių išnaikinimo komanda nepadėtų. Nesu tikras, ar Neilas deGrasse Tysonas ar kuris nors iš mokslo žurnalų skambina į namus".

Džasperas nusijuokė. „Tikrai norėčiau, kad Stephenas Hawkingas dar būtų šalia".

„Manau, kad tai labiau panašu į Stepheną Kingą, - pasakiau. Buvome šoko būsenos, bet laikėmės su humoru.

„Turime nusileisti ten ir apžiūrėti iš arčiau".

„Nežinau, mama; tas daiktas skleidžia šilumą. Jaučiuosi taip, tarsi vien stovėdama čia nudegčiau saulėje."

Jis buvo teisus, bet aš to nepastebėjau, nes karščio bangos mano amžiuje buvo norma.

„O kaip dėl policijos?" Džasperas paklausė, išsitraukęs telefoną ir padaręs kelias nuotraukas.

„Nežinau, kuo jie galėtų padėti, bet bent jau yra netoli." Bijojau minties, kad teks kalbėtis su pareigūnais Ramziu ir Maršalu.

„Tai nufotografavau, - parodė man Džasperas, - kai ji praskrido pro stogą".

Žemyn judančio daikto nuotraukoje buvo matyti, kaip jis lankstosi ir išsiskleidžia prieš pat smūgį.

„Ji iškreipta, - pasakė Džasperas. „Jis judėjo labai greitai."

Paskambinau į policijos skyrių, pareigūnas Ramzis turėjo laisvą dieną, todėl paprašiau pareigūno Maršalo. Kai paaiškinau, jis paklausė: „Ar tai pokštas?".

Prieš tai nusiuntęs nuotrauką, dabar nusiunčiau jam vieną. Įrodymas. Laukiau.

Pareigūnas Maršalas paklausė, ar niekas nenukentėjo, ir aš patvirtinau, kad tik namas. Paaiškinau, kad ketiname nusileisti į apačią ir apžiūrėti iš arčiau. Jis pasiūlė palaukti jo ir apžiūrėti kartu.

Pakabinę ragelį, mes su Džasperu nuėjome į virtuvę, o aš užkaičiau virdulį.

„Iš visų pasaulio namų, kodėl būtent mūsų?" - paklausė jis.

„Kaip tik galvojau apie tą patį, sūnau." Aš taip pat galvojau apie draudimo bendrovę ir tai, ką jie pasakys. Iš pradžių sudaužytas priekinis stiklas, o dabar nugriautas namas. Supyliau vandenį į tirpią kavą ir mes atsisėdome.

„Jei jis būtų pagamintas iš nefrito, būtume smirdantys turtuoliai, - pasakė Džasperas.

„Taip, kinai nefritą vadina dangaus brangakmeniu."

Gurkšnojome ir vaikščiojome žiūrėdami žemyn, nuo jo sklido šiluma. Kylant. Pagalvojau, ar ji gali būti pakankamai karšta, kad padegtų likusią namo dalį. Nusprendžiau paskambinti ugniagesiams.

***

Netrukus į mūsų duris ėmė skambinti netikėti svečiai. Tai nebuvo nei pareigūnai, nei ugniagesiai. Tai buvo mūsų kaimynai. Jie išgirdo avariją, susirinko ir atėjo ištirti (ir įsitikinti, ar mums viskas gerai).

Jie įsmuko į vidų, pamatę, kad ir man, ir Džasperui viskas gerai.

„Čia tikrai karšta", - pasakė Artojas iš kitos gatvės pusės. Jis garsėjo tuo, kad sakydavo kruvinai akivaizdžius dalykus.

„Kas čia?" - paklausė jo žmona, žvilgtelėjusi į skylę.

„Tavo spėjimas toks pat geras kaip ir mano", - pasakiau.

„Čia policininkai, - pasakė Džasperas ir nuėjo jų įsileisti.

„Grįžkite į savo namus, - pareikalavo pareigūnas Maršalas, bet niekas nejudėjo.

Atvyko ugniagesiai su paruoštomis žarnomis. Jie sekė karštį ir purškė objektą iš viršaus. Užuot atvėsęs, jis šnypštė ir spjaudėsi. Pasipylė dar daugiau garų. Darėsi vis karščiau, taip, kad nuo drabužių ėmė tirpti.

„Atsitraukite! Atsitraukite!" pareikalavo pareigūnas Maršalas. Apsauginius drabužius dėvintys vaikinai nejautė tokio karščio kaip mes. Per kelias sekundes jie nutraukė vandens ataką.

Kaip tik tuo metu priėjo draudimo bendrovės atstovas: „Oho!" - pasakė jis.

Tai buvo paskutinis dalykas, kurį išgirdau.

***

Atsibudau lovoje, užsiklojęs antklode iki kaklo, įsitikinęs, kad ką tik sapnavau blogą sapną apie pro lubas krentantį žalią daiktą. Išėjau į lauką ištirti.

Svetainėje pamačiau milžinišką semtuvą, kuris buvo nuleistas į skylę, ketinant iškelti žaliąjį kraterį iš mano namų. Skambėjo kaip geras planas.

Daikto burna atsivėrė, didelė, didesnė, paskui tokia didelė, kokia tik galėjo būti. Ji palindo po daiktu paruoštais žandikauliais ir suspaudė.

„Visos sistemos įjungtos!" - kažkas sušuko.

Aparatas sukosi ir girgždėjo. Jis išsižiojo, paskui pasidavė su atodūsiu ir sulaužytu žandikauliu. Metaliniai dantys buvo sulenkti ir išsukti, kai tai, kas liko pritvirtinta prie kėlimo aparato, buvo ištraukta atgal į viršų.

„Kas dabar?" Paklausiau.

„Ponia, - tarė pareigūnas Maršalas, - kodėl jums ir jūsų sūnui neužsisakius viešbučio kelioms dienoms? Galbūt net turėsite draudimą, kuris tai padengs."

„Dievo dėsnis", - pasakiau.

„Mano svainis yra draudimo specialistas ir aš jo apie tai paklausiau. Jis sakė, kad dauguma draudimo polisų apima meteorus, taigi, jei galėsime nustatyti, ar tas daiktas yra meteoras, viskas bus apdrausta."

„O kas nuspręs, kas tai yra, o kas ne?"

„Mes susisiekėme su žmogumi, kuris galbūt galės mums patarti arba nukreipti tinkama linkme."

Atsisėdau į savo mėgstamiausią kėdę — be išimties savo mažą ramybės gabalėlį chaose.

***

Kai niekas nežiūrėjo, nusileidau į apačią, kad atidžiau apžiūrėčiau tą daiktą. Kai priartėjau arčiau, atrodė, kad girdžiu garsą, dūzgimą ar šurmuliavimą, kuris kuo labiau artėjau, tuo labiau stiprėjo, be to, didėjo karštis. Taip pat buvo juntamas kvapas, kuris privertė mane užsidengti nosį ranka.

Stovėdamas šalia jo pajutau, kad viskas apsivertė aukštyn kojomis. Tiesą sakant, kai pakėliau akis aukštyn, svetainėje stovėję svečiai atsispindėjo apačioje, tarsi jų kūnas būtų viršutiniame aukšte, o jų šešėlis apačioje plauktų per grindis kartu su manimi. Tai buvo keistas jausmas, tarsi būčiau ten, apačioje, bet ne vienas.

Į šešėlį panašūs dalykai buvo veidrodiniai atvaizdai su žaliomis šviesomis, energija, vedančia į objektą. Tyrinėjau svečius viršuje ir jų atitikmenį apačioje; kai jie judėjo, judėjo ir jų šešėlinė energija.

Apėjau vieną iš spindulių ir priėjau arčiau nukritusios masės, ir karštis sumažėjo. Jei laikiausi modelio, naudodamasis šešėlių energijomis, galėjau priartėti prie nukritusio objekto.

Atidžiau jį apžiūrinėdamas atkreipiau dėmesį į daikto paviršiuje esančius plyšius. Jie buvo akių formos, tačiau nebuvo nei vyzdžio, nei voko, nei blakstienų. Apėjęs aplink jį pajutau, kad svaigsta galva.

Norėdamas nusiraminti, atsirėmiau ranka į sieną. Kitas dalykas, kurį supratau, kad siena pasislinko, ir aš atsidūriau už savo namų. Mano rūsio siena tapo turniketu.

Išskyrus žolę, niekas atgal neatrodė taip, kaip turėtų. Pastogės nebebuvo, dingo ir dviračių stovas bei mano sūnaus dviratis. Kitas dalykas, visi kaimynų namai buvo dingę.

Pradėjau vaikščioti, norėdamas, kad turėčiau prie namo pritvirtintą virvę, į kurią galėčiau įsikibti, jei pasiklysčiau,

Pakėliau akis į viršų, o ten nebuvo nei saulės, nei dangaus. Tai, kas juos pakeitė, buvo tik žalia spalva viršuje ir aplinkui, išskyrus medžius. Medžiai buvo be šakų, tik kamienai, siekiantys dangų.

Pasišaipiau iš savęs, norėdamas įsitikinti, kad pabudau. Buvau.

Atsisukau ir stebėjau savo namą. Artėjantis objektas buvo matomas, pusiau vidun, pusiau išorėn.

Akimirką norėjau pasukti atgal, kol mane apėmė jausmas. Pajutau, kad noriu dainuoti, ir dainavau. Tomo Džonso „*The Green, Green Grass of Home*".

Sūpavau ir šokau su savimi, atrodė, kad plūduriuoju debesyje.

Tada mintyse suskambo ranka, mano vyro Liuterio ranka.

Apglėbiau jį aplink kaklą, o jis tą patį padarė aplink manąją.

Bučiavomės ir šokome.

Kai daina baigėsi, jis nusilenkė, pabučiavo mane ir dingo.

Aš nušluostiau ašarą.

***

Dabar jaučiausi dar vienišesnė nei tą dieną, kai jis mirė, apsivijau save rankomis ir pajudėjau namų link.

Grįžusi į vidų vėl atkreipiau dėmesį į daiktą, kuris, atrodė, judėjo ir dunksėjo. Dar kažkas, jis sukosi prieš laikrodžio rodyklę.

Viršuje išgirdau šauksmą, po kurio sekė trenksmas. Pro skylę iškrito kūnas, susijungė su savo šešėline energija, tada atsimušė į objekto paviršių. Žmogaus kūnas šnypštė ir spjaudėsi, kol iš jo liko tik X forma, kurioje išsisklaidė vyro rankos ir kojos.

Mano skrandis suvirpėjo, kai nuėjau į viršų.

***

Tušti veidai pasakė viską.

Priėjau prie Džaspero ir paklausiau, kas tas vyras. Jis paaiškino, kad tai buvo vietinio laikraščio operatorius. Jis bandė padaryti geriausią kadrą, bet per daug pasilenkė.

"Visi lauk!" Maršalas pareikalavo. Šį kartą jis neėmė atsakymo "ne".

Mes su Džasperu vėl turėjome savo namus, bent jau tai, kas iš jų buvo likę.

***

Pareigūnas Maršalas ir dar du pareigūnai stovėjo prie mano namo.

Atvyko dar du pareigūnai ir buvo dislokuoti gale.

Jie aptvėrė teritoriją juosta. Privertė smalsius kaimynus pereiti gatvę.

Mes su Jasperu atitraukėme užuolaidas ir žvilgtelėjome į lauką kaip tik tuo metu, kai juodų automobilių kolona suniurnėjo ir sustojo. Durys atsidarė vienu metu, tarsi iš filmo *"Vyrai juodais drabužiais"*. Juodi kostiumai. Ray-ban akiniai.

"O Dieve, - pasakė pareigūnas Maršalas. "Manau, kad ekspertas, su kuriuo susisiekėme, galėjo iškviesti valdžios institucijas."

"Oho, ar jis kada nors, - pasakiau.

"Oho, - sušuko Džasperas, kai užmetė akį į vienintelę moterį palydoje.

Ji vilkėjo raudoną dviejų dalių kostiumėlį su prigludusiu švarkeliu ir sijonu virš kelių. Po švarkeliu ji vilkėjo baltą palaidinę atvira apykakle ir vėrinį su deimantine širdele. Įvaizdį papildė septynių colių raudoni aukštakulniai ir prie jų priderinta rankinė.

Vyrai susilaikė, kai moteris lipo laiptais.

Ji akivaizdžiai buvo būrio lyderė.

Džasperas ir aš nuėjome prie įėjimo kartu su Maršalu ir kitais dviem pareigūnais. Susiformavome pusiau pasagos formos.

Moteris parodė savo asmens dokumentą. Ji buvo iš vidaus saugumo tarnybos, su ja buvo dar vienas agentas. Buvo du iš F.B.I. Du iš C.I.A. Du iš Užsieniečių apsaugos departamento. Du iš Slaptosios tarnybos.

„Kur jis yra?" - pareikalavo moteris. Jos vardas buvo Šarlotė Kasidė. Ji nusiėmė tamsius akinius nuo saulės ir jos varnos spalvos plaukai iškart kontrastavo su mėlynomis akimis. Rankoje ji laikė daiktą, kuris tiksėjo. „Jis ne toks didelis, kaip įsivaizdavau". Ji priėjo prie skylės su ištiestu prietaisu ir ji nutilo.

„Radiacijos detektorius?" Džasperas sušnabždėjo.

Aš gūžtelėjau pečiais.

C.I.A. žmogus Frenkas Dune'as vis užsidėdavo ir vėl nusiimdavo akinius nuo saulės, nors buvo viduje. Tai labai erzino. Jo partneris Džeikas Fletas alkūne sudavė jam ir liepė liautis. „Ponia, ką jūs žinote apie šį objektą?"

„Jis iškrito pro mano stogą. Jis juokingai karštas. Jis šnypščia, kartais brazdina. Jie bandė jį išvežti iš čia krautuvu, tai jį sulaužė". Priėjau arčiau, mostelėdamas, kad paaiškinčiau apie X formos formą, kurią paliko miręs vaikinas.

„Jo nebėra, - pasakė Džasperas.

„Kas dingo?" Šarlotė paklausė.

Pareigūnas Maršalas linktelėjo. „Fotografas įkrito į vidų ir ant jo užlipo. Ten buvo jo kūno X formos atspaudas, bet jo nebematyti".

„Galbūt jo ten niekada nebuvo?" - tarė ji.

„Jis visiškai ten buvo, - pasakiau, - turime daugybę liudininkų".

„Jėzau!" - pasakė vienas iš vaikinų iš Užsieniečių apsaugos departamento (T.D.F.T.P.O.A.). Jo vardas buvo Aleksas Grinas, ir jis panoro nuvykti ir pamatyti.

Šarlotė ėmėsi iniciatyvos ir pasiūlė grupei išsiskirstyti. Ji nurodė, kas turėtų likti viršuje, o kas su ja leistis žemyn. Aš buvau įtrauktas į pastarąją grupę.

Aleksas Grinas ir jo partnerė Džesė Filč aiškiai buvo nusiminę dėl to, kad jų neįleido, bet Šarlotė manė, kad jai ir jos komandai geriausia pirma pasiekti pavojų ir tik tada leisti kitiems išsilaisvinti.

***

Pasiekusi apatinius laiptus, ėjau lėtai, kad pakeliui galėčiau mąstyti — kartais senatvė turi savų privalumų — galvojau, ar turėčiau jiems papasakoti apie šokį su vyru. Supratau, kad turėčiau, nors iš tikrųjų tai buvo ne jų reikalas.

Iš karto pastebėjau, kad objektas pasikeitė. Dviejuose į akis panašiuose plyšiuose buvo dvi tikros akys. Tačiau jų spalva nebuvo žmogiška, nes fone buvo žalios spalvos dėmės, o vietoj vyzdžio buvo kažkas ugninio raudonio. Užgniaužiau kvapą ir žengiau toliau.

Kai atsigavau, tikėjausi, kad svečiai nustebs ar bent jau susidomės šešėliais, sklindančiais iš žmonių viršuje. Keista, bet jie, regis, to nepastebėjo.

Šarlotė buvo užsiėmusi savo jau nebetikinčio tiklo mojavimu. Ji priėjo arčiau manęs. „Kas konkrečiai tave neramina dėl šio daikto? Man jis atrodo visiškai nepavojingas".

Nuo to, kad nepasakyčiau ko nors, dėl ko būčiau pasigailėjęs, mane išgelbėjo P. G. Willow (sutrumpintai „Pingvinas") — nacionalinio saugumo atstovas. „Turėkite šiek tiek jautrumo, gerai? Į šios moters namus buvo įsiveržta ir jie buvo sudaužyti į gabalus." Jis padarė pauzę: „Ar pagalvojote, kad ji gali išsikraustyti?"

„Jis net ne kiaušinio formos, - atšovė Šarlotė pasišaipydama.

„Kiaušinis, kaip mes jį žinome", - atkirto Pingvinas.

Šarlotė nusuko akis.

„Man kelia nerimą, - pasakiau stengdamasis, kad neskambėtų per daug piktai, nors jaučiausi piktas, - ne tiek šis daiktas, kiek jūs visi, kurie šlapinatės po mano namus. Kodėl jūs čia apskritai esate? Kodėl čia ne F.B.I., C.I.A. ir Vidaus saugumo tarnybos, o Užsieniečių apsaugos departamento vaikinai?"

„Labai karšta, - pasiūlė Šarlotei kontržvalgybininkas iš Tėvynės saugumo. Jo vardas buvo Bredas Hitas ir jis gerai mokėjo konstatuoti kruvinai akivaizdžius dalykus, kaip ir mano kaimynas.

Mykiau aplink, stengdamasis atkreipti dėmesį į šešėlius. Vaikščiojau į juos ir iš jų. Nieko.

Ar tik aš vienas galėjau juos matyti?

„Kas tie plyšiai paviršiuje?" Hitas paklausė.

Priartėjau ir paklausiau, kokie. Man buvo įdomu, ką jis galėjo matyti ir ko negalėjo matyti. Jis pasakė, kad šimtai ar tūkstančiai tuščiai atrodančių į plyšius panašių dalykų. Tada jis ištiesė ranką ir būtų palietęs tą daiktą, jei nebūčiau laiku jo sustabdęs.

„Ar bandai nusižudyti?"

Šarlotė susiraukė: „Manau, kad matėme pakankamai. Tą daiktą reikia atvėsinti. Paskambink ugniagesiams. Kai jie jį atvėsins, galėsime jį išvežti iš čia. Lengva, lengva."

Papasakojau jai, kas nutiko, kai tai pabandė padaryti ugniagesiai.

Šarlotė kalbėjo tiesiai į telefoną: „Minėtas daiktas įkaista, kai ant jo pilamas vanduo. Kartoju, jis įkaista, o ne atvėsta, kai ant jo pilamas šaltas vanduo". Ji perėjo per kambarį. Visi sekėme paskui ją.

„Palaukite minutėlę, - pasakė Hitas. Visi laukėme. „Nesvarbu, - pasakė jis.

Šarlotė ir jos palyda išėjo davusi mums konkrečius nurodymus:

#1. Niekam naujam į namus neleidžiama įeiti.

#2. Be jos leidimo nieko neskelbti socialiniuose tinkluose ar kur nors kitur.

Tada jie išvyko, išskyrus du.

***

Liko Aleksas Grinas ir jo partnerė Džesė Filč. Du vaikinai iš Užsieniečių apsaugos departamento.

„Mama, ar galiu pasikalbėti?"

Atsiprašėme ir nuėjome į mano kabinetą.

„Mama, manau, kad šie du vaikinai yra idiotai".

„Džeisperai, ką čia pasakysi."

„Manau, kad turėtume kam nors paskambinti, ekspertui. Kaip Samas ir Dynas iš „Supernatural". Jie žinotų, ką daryti."

Papurčiau galvą. „Ech, Jasperai, jie yra išgalvoti personažai."

„Žinau, mama, bet tokių vaikinų turi būti ir realiame gyvenime".

„Gal panaršyk internete ir pažiūrėk, ką gali sugalvoti?"

Palikau Džasperą savo kabinete ir nuėjau ieškoti Alekso ir Džesės. Jie dėvėjo kažkokią keistą apsauginę įrangą, įskaitant uniformas ir kaukes, o su ginklais, kuriuos nešėsi, atrodė kaip vaiduoklių medžiotojai.

Tikėjausi vesti paskui save, bet vietoj to sekiau paskui berniukus. Jie tempė tiek daug papildomų daiktų, vamzdelių ir įtaisų. Vienas iš vaikinų tykojo.

Berniukai gerai dirbo kartu, su keistu osmosu. Vienas žinojo, ką galvoja kitas, dar prieš jam bendraujant. Jie priartėjo prie objekto ir, mūvėdami apsaugines pirštines, uždėjo ant jo rankas. Jų kostiumai iš pradžių atliko savo darbą — iš pradžių. Jie apsikeitė žvilgsniais ir pakėlė vienas kitam nykščius.

Aš priėjau kiek arčiau, aptikęs keistą kvapą. Kažkas degė. Pirmiausia užsidegė Džesės pirštinė, paskui Alekso. Jie pribėgo prie kriauklės ir kita ranka nuplėšė savo išardytas pirštines. Jų rankos buvo apdegusios, bet ne taip smarkiai, kaip galėjo būti.

„Oho!" Džesė pasakė nusiėmusi kaukę. „Tas kalės sūnus karštesnis už pragarą".

Šis tiesos protrūkis privertė mane nusijuokti, kai Aleksas nusiėmė kaukę. „Ar pastebėjai tą daiktą?"

Abu vyrai pažvelgė vienas į kitą, o paskui į mane. Nebuvau tikras, apie ką jie kalba, todėl tylėjau.

„Taip, - pasakė Džesė. „Akys".

Buvau nustebusi, kad jie gali jas matyti, ir taip pasakiau.

„Palaukite minutėlę", - pasakė Aleksas. „Norite pasakyti, kad galite jas matyti be jokių akių prietaisų?"

Aš linktelėjau galva.

„Ką dar galite matyti?" Džesė paklausė.

Suabejojau ir pasakiau, kad tuoj grįšiu. Jie vėl užsidėjo gobtuvus, o aš nuėjau į viršų pademonstruoti šešėlių energijos. Laukiau, tikėdamasis išgirsti ką nors iš jų, pavyzdžiui, susižavėjimo šūksnį, bet nieko neišgirdau."

„O, tu grįžai", - pasakė jie.

„Ką nors pastebėjote?"

„Ar galiu pasinaudoti jūsų tualetu?" "Ne. Aleksas pasakė ir nuėjo į viršų.

Džesė užsidėjo gobtuvą, o kai Aleksas grįžo, jie apsikeitė žvilgsniais.

„Vadinasi, tu matai šešėlius?"

„Mes per jį perbraukiame rankomis", - prisipažino Džesė. „Ir dar jį perskaitėme".

Priėjau arčiau. „Na, nelaikykite manęs įtampoje."

„Tai jonizuoto oro švytėjimas, Rydbergo atomai, todėl ir žalias atspalvis", - pasakė Aleksas. „Sunku paaiškinti, nes paprastai tai vyksta tik kosmose arba tokiose vietose kaip poledinė žvaigždė. Tai labai retas reiškinys, turiu omenyje, kad kažkieno rūsyje jis negirdėtas".

Man atsivėrė burna. Užčiaupiau ją.

„Aliuminio pagrindu, - paaiškino Džesė. „Nėra toksiškas ar pavojingas. Manome, kad objektas čia atsidūrė atsitiktinai, iš labai,

labai toli. Atsižvelgiant į jo dydį ir formą, jau nekalbant apie svorį, išsiųsti jį atgal bus nelengva. Tiesą sakant, tikriausiai neturime tam tinkamos technologijos."

„Man reikia išgerti, - pasakiau.

Kai ėjau į viršų, Džesė paklausė: „O kaip dėl sienos?"

„Darant prielaidą, kad ji gali ją matyti, - pasakė Aleksas.

Apsimetęs, kad jų negirdėjau, tęsiau. Paskui į save paleidau šlakelį viskio.

„Mama?"

„Esu virtuvėje, mieloji."

„Radau du vaikinus, panašius į Semą ir Diną. Jie dabar važiuoja čia, maždaug už keturiasdešimt penkių minučių, naudodamiesi savo GPS. Tikiuosi, neprieštarausi, bet pasiūliau jiems einamąją sąskaitą. Iki šimto dolerių, kad padengtų savo išlaidas".

Šyptelėjau. „Gerai."

„Jie turi interneto svetainę, daugybę atsiliepimų ir patirties antgamtinių, okultinių ir ateiviškų reiškinių srityje."

„Puikiai sekasi, Džasperai. Pranešk man, kai jie atvyks. Tuo tarpu aš užimsiu du apačioje esančius svečius".

„Ar tau viskas gerai, mama? Atrodai šiek tiek pavargusi?"

„Esu pavargusi, bet kartu ir susijaudinusi.

„Aš irgi!"

***

Grįžau į rūsį, patvirtindama, kad jį matau.

„Ar jau praėjai pro jį? Į kitą pusę?" Džesė paklausė.

„Aš perėjau ir atsiremiau į sieną štai taip". Pademonstravau ir vėl praėjau tiesiai pro ją. Berniukai jau buvo apsirengę ir sekė paskui.

„Koks oras?" Jessie paklausė.

„Gaivus ir gražus".

Jie nusiėmė kaukes.

„Kada pirmą kartą pastebėjote tuštumą?" Aleksas paklausė.

„Nelabai, tiesiog atsitiktinai į ją pasilenkiau."

„Atrodo labai keistai su visu tuo žaliu dangumi", - pasakė Aleksas. Jis palietė žolę, pasakė, kad ji atrodo dirbtinė.

Jie ėjo priešinga kryptimi, nei prieš tai ėjo. Aš sekiau iš paskos. Ėjome gana ilgai, atidžiai klausydamiesi tylos. „Kodėl jūs, berniukai, pavadinote tai tuštuma?"

„Jis tik pajuokavo", - pasakė Džesė. „Tuštuma - taip jie vadina kažką panašaus žaidimų pasaulyje arba virtualioje realybėje. Kol kas nesame tikri, kas tai yra, bet jaučiame, kad šis pasaulis yra pasaulis, iš kurio kilo jūsų objektas."

„Iš tikrųjų, - pridūrė Aleksas. „Tas daiktas čia būtų užmaskuotas kaip chameleonas."

Išgirdau garsų švilpimą. Įdomu pastebėti, kad šioje kitoje vietoje galėjau girdėti garsus iš savo namų vidaus. Aleksas ir Džesė į garsą nereagavo, kai grįžau prie įėjimo ir įėjau tiesiai į vidų. Berniukai mynė man ant kulnų, bet jie nepraėjo pro šalį. Ištiečiau ranką į tuštumą (nes nesugalvojau geresnio žodžio), o paskui patraukiau ją atgal. Ji buvo pripildyta į želė panašios žalios medžiagos. Vėl įėjau abiem rankomis, desperatiškai siekdamas Džesės ir Alekso. Šaukiau jų vardus per sieną ir net bandžiau vėl išstumti save atgal, bet nesisekė.

Džasperas garsiai sušnabždėjo.

„Atvesk juos čia, Džasperai, manau, kad mums reikia jų pagalbos — DABAR".

***

Mūsų Samas ir Dynas buvo du jauni vaikinai, vos vyresni už Jasperą. Nusileidę laiptais žemyn, jie buvo apkrauti įranga. Aukščiausias iš jų buvo šviesiais plaukais ir vadinosi Bertas (sutrumpintai - Albertas), o antrasis jaunuolis, kuris buvo kariškai kirptas, vadinosi Leo (sutrumpintai - Galilėjus).

Mums apsikeitus keliais maloniais žodžiais, paaiškinau apie dingusius agentus ir tuštumą.

Leo kalbėjo į mikrofoną, kurį turėjo savo telefone. Jis apibūdino objektą, įskaitant jo dydį ir matmenis. Jis paprašė manęs paaiškinti, kaip veikia tuštuma.

Bertas priėjo prie žalio objekto, norėdamas jį apžiūrėti iš arčiau. Jis ištiesė ranką ir palietė objektą, kol spėjau jį sustabdyti.

„Tai visiškai šaunu", - pasakė jis. „Turiu omenyje temperatūrą. Atsižvelgdamas į tai, ką anksčiau aprašė Džasperas, sakyčiau, kad kažkas trumpai susijungė".

Pats jį paliečiau; jis atrodė nepaprastai lygus ir vėsus. Ieškojau poros akių, bet nesėkmingai. Susimąsčiau apie šešėlius ir paprašiau Džaspero užbėgti laiptais į viršų, kad galėčiau tai patikrinti. Nieko. Bertas ir Leo įdėmiai mane stebėjo.

„Manau, kad tam, kam priklauso šis daiktas, jis turi turėti traukos spindulį".

„Turėtume sakyti, TURĖJO vilkiko spindulį", - pasakė Bertas. „Nes atrodo, kad jis sugedo."

„Ar galiu dabar nusileisti?" Jasperas paklausė.

Atsiprašiau, kad pamiršau apie jį.

„Vaikinai iš kitos pusės, kokie jų vardai?" Leo paklausė.

Mes juos pašaukėme. Nieko.

„Taigi, tas vilkiko spindulio dalykas, - pasakiau, - jis nustojo veikti, tad kaip jį sutvarkyti? O jei sutaisysime, ar jie galės ją vėl įsukti?" "O jei sutaisysime, ar jie galės ją vėl įsukti?

„Jei galėtume priversti tuštumą atsiverti, tada prastumtume objektą pro ją", - pasakė Leo.

„Ir susigrąžinti vaikinus", - pridūrė Džasperas.

Stoge vis tiek būtų didžiulė skylė, bet tada bent jau galėčiau ją sutvarkyti.

Visi keturi kartu atsistojome vienoje objekto pusėje.

„Suskaičiavus iki trijų, - pasakė Bertas ir mes stumtelėjome jį iš visų jėgų.

„Gudri idėja, - pasakė Bertas, kai mums nepavyko jo pajudinti nė per jėgą. Jis akimirką suabejojo, o tada paklausė: „Kai buvote kitoje pusėje, ar pajutote kokį nors pavojų?"

Pagalvojau apie tai. Nepajutau ir taip ir pasakiau. „Vieną dalyką, - prisipažinau. „Džasperai, tau tai bus šokas. Tikėjausi papasakoti tau privačiai."

Paaiškinau apie šokį su vyru. Susirūpinusi paklausiau Džaspero, ką jis apie tai mano. Jis pasakė, kad tiesiog norėtų, jog būtų buvęs kartu su manimi.

„Ar jis klausė apie mane?"

Norėjau, kad jis būtų paklausęs, bet jis to nepadarė. Viskas įvyko taip greitai.

„Leiskite man išsiaiškinti vieną dalyką, - pertraukė Aleksas. „Tai nebuvo tavo vyras. Tai buvo tavo vyro apraiška. Antgamtinės būtybės gali skaityti mintis, kai kurios gali iššaukti dvasias ir net atkartoti gyvuosius."

„Bet jis jautėsi tikras, net kvepėjo tikru kvapu."

„Būtent tai jie ir nori, kad tu galvotum, - pasakė Leo.

Lauke išgirdau, kaip sustojo automobilių padangos.

„Jie grįžo", - pasakiau, kai ėjome link lauko durų.

„Velniop", - tarė Leo ir Bertas. „Mes turime teisę čia būti. Mes niekur nesiruošiame važiuoti."

Atidariau duris.

Tvirtai stovėjome vietoje su galingu tikslo ir ryžto jausmu, kad mūsų nepajudins.

***

Šį kartą būriui vadovavo ne Šarlotė. Tai buvo prezidentas.

Jis buvo aukštesnis už visus kitus, apsirengęs storu paltu, kurį paryškino pora odinių pirštinių. Jo asmens sargybiniai laikėsi šalia, kalbėjo į mikrofonus ir matomai karščiavo.

„Pone Prezidente, - pasakiau suktuką. Jis ištiesė ranką be pirštinių. Supažindinau jį su Džasperu, tada su Bertu ir Leo.

„Sveiki atvykę į mano namus, pone Prezidente."

Jis nulenkė galvą ir įėjęs į vidų paklausė: „Taigi, kur jie praėjo?"

Iš kur jis žinojo? Ar jie buvo pasiklausę mano namų? Buvau susierzinęs ir taip pasakiau.

Šarlotė priėjo prie manęs su ištiestu telefonu, paspaudė „play". Jos telefone buvo žinutė iš Džesės ir Alekso.

„Šventa karvė!" Bertas sušuko.

„Kodėl apie tai nepagalvojome?" Leo paklausė.

„Dabar juk nepagalvotumėte, ar ne?" Šarlotė pasakė su nederama arogancija, kuri, kaip rodė pakelti prezidento antakiai, jam nepatiko.

„Eikite paskui mane, - pasakiau ir nuvedžiau juos į rūsį.

„Palaukite minutėlę, - tarė prezidentas. „Kodėl šis daiktas nebeskleidžia šilumos?" Jis atsisuko į Šarlotę. „Maniau, kad sakei, jog jis įkaitęs iki raudonumo".

Šarlotė suprato, kad prezidentas buvo teisus, ir paprašė patikslinti informaciją.

„Atrodo, tai atsitiko, kai vaikinai išėjo į tuštumą", - pasiūliau.

„Paskambink jiems dar kartą", - įsakė prezidentas, Šarlotė pabandė, bet jie neatsiliepė.

Bertas pasakė prezidentui: - Mes kaip tik svarstėme galimybę dabar, kai viskas atvėso, išvežti tą daiktą iš čia. Jei pavyktų atverti ertmę ir įleisti berniukus, o jį išvežti, tai būtų galima laikyti geros valios mainais".

„Kam?" - paklausė prezidentas.

„Tam, kas jį čia atsiuntė, - atsakė Leo.

„Prašau papasakoti daugiau", - tarė Prezidentė ir netrukus Šarlotė su savo palyda taip pat buvo susirinkusi ir klausėsi.

„Mes manome, - pasakė Leo, - kad tam, kam priklauso šis daiktas, jis turėjo būti prijungtas vilkimo spinduliu. Manome, kad vilkimo spindulys sugedo — tačiau bet kuriuo atveju turime ištraukti tuos du vaikinus, kol jis vėl neįsijungė."

Prezidentas paspaudė Leo ir Bertui ranką. Jis atsisuko į Šarlotę.

„Pasamdyk šiuos du."

Vaikinai paglostė, bet atsisakė jo pasiūlymo, tada paaiškino savo ankstesnę patirtį su antgamtiniais, okultiniais ir ateivių reiškiniais. Jie papasakojo prezidentui apie savo penkis milijonus peržiūrų „YouTube" ir milijonus sekėjų socialiniuose tinkluose.

„Na štai, tai labai įspūdinga", - pasakė Prezidentas. Jo ranka įsmigo į kišenę, jis ištraukė dvi vizitines korteles ir padavė jas berniukams. Jie savo ruožtu padavė jam savo vizitines korteles.

„Dabar pereikime prie svarstomo klausimo, - pasakė Prezidentas. „Kaip susigrąžinti mūsų vaikinus ir kuo greičiau".

Atsiremiau į sieną, kaip ir anksčiau, ir tikėjausi praeiti pro šalį, bet šį kartą nepavyko.

***

Mums pavyko šiek tiek pajudinti žaliąjį objektą, kad jis būtų savo vietoje, jei atsivertų tuštuma.

„Dabar galime tik laukti, - pasakė prezidentas. Tada jis pasikvietė Šarlotę, padėkojo mums už tai, kad esame puikūs piliečiai, ir pateikė pasiūlymą išvykti.

„Ar galiu paprašyti paslaugos?" Bertas paklausė.

„Žinoma, - atsakė prezidentas.

„Ar galime pasidaryti asmenukę mūsų interneto svetainei?" Prezidentas atsakė: „Be problemų", ir jie padarė kelias.

Užlipome į viršų ir laukėme ženklo. Bet kokio ženklo.

***

Diena virto naktimi.

Lauke vėjas švilpė ir drebino stogo čerpes, tarsi lenktyniautų pats su savimi. Užmerkiau akis, susiraukiau, pažvelgiau ir pro plyšį lubose pastebėjau šviesos spindulį žvaigždėtoje, žvaigždėtoje naktyje.

Užgniaužiau kvapą ir netrukus visi stovėjo šalia manęs ir žiūrėjo į viršų.

„Oho!" Leo sušuko. „Manau, kad tai traukos spindulys".

„Pakalbėkime apie spindulį, Skotai!" Bertas pasakė.

Traktoriaus spindulys nusileido žemyn, nuslinko pro skylę, nusileido į rūsį, kur užsikabino už žalio objekto. Traktoriaus spindulys taip pat buvo žalias, bet jis virpėjo ir drebėjo, kai pasiekė ir sugriebė daiktą.

Tvirtai suėmęs, jis tarsi sustojo, paskui įjungė variklius. Garsas buvo kurtinantis, ir visi užsikimšome ausis, kai jis pirmiausia pakėlė objektą nuo sienos, o paskui lėtai, bet stabiliai kilo į dangų.

Negalėjome nuo jo atitraukti akių. Mums galėjo grėsti pavojus — vis tiek negalėjome atitraukti akių. Jis kilo vis aukščiau ir aukščiau, į naktinį dangų. Išėjome į lauką, norėdami daugiau pamatyti, kas yra kitame gale, bet iš visų perspektyvų nieko nebuvo matyti, išskyrus žalios linijos spindulį, kuris nešė objektą tolyn.

Kai objektas visiškai dingo, taip aukštai, kad buvo nematomas plika akimi, likome kartu stovėti tylėdami, kol pasakiau: „Gerai, objektas dingo, bet ką darysime su Aleksu ir Džesiu? Jie vis dar įkalinti tuštumoje."

„Spėju, kad mums reikia plano B", - pasakė Leo.

„Paliksime tai tau", - pasakė Šarlotė ir paspaudusi greitąjį telefono numerį užpildė prezidento telefoną, o tada paskelbė, kad byla baigta. „Čia nėra jokių saugumo problemų ir jokių ateivių". Ji ir jos palyda susikrovė daiktus ir nuėjo prie savo automobilių.

„Palaukite minutėlę!" Šūktelėjau. „Nejaugi jums net nerūpi jūsų vyrai?"

„Šalutinė žala", - pasakė Šarlotė, užtrenkdama savo automobilio dureles. Jie nuvažiavo tolyn.

„Spėju, kad tai priklauso nuo mūsų", - pasakiau.

Bertas ir Leo pažvelgė vienas į kitą.

Bertas tarė: - Atsiprašau, bet mes nežinome, ką daryti ir kaip juos susigrąžinti. Mes irgi ketiname nueiti, truputį pamiegoti. Jei ką nors sugalvosime, paskambinsime ryte".

Džasperui ir man buvo nejauku. Dabar, kai objekto nebebuvo, visi išvažiavo. Palikdami mus.

Džasperas nuėjo į savo kambarį, o aš įsisupau į pižamą, nuolat galvodama apie dingusius vyrus. Bandžiau išsiblaškyti skaitydama paslaptingą romaną, bet paslaptis tiesiai po mano stogu reikalavo mano dėmesio. Po dviejų valandų blaškymosi atsikėliau ir pasidariau puodelį arbatos.

Būčiau apsivilkęs namų apklotą, jei būčiau žinojęs, kad ateis kompanija.

***

Gurkšnodama arbatą ir svarstydama, kaip galėčiau išspręsti dilemą, žiūrėjau į žvaigždes, o skruostu riedėjo ašara. Du vyrai buvo pasiklydę kažkur tuštumoje, be šeimos, be draugų, be šalies. Jie buvo drąsūs piliečiai. Jie nusipelnė geresnio.

Pasiėmiau šokoladinį sausainį ir jau ketinau užkąsti, kai pastebėjau žybsinčią žalią žvaigždę. Žalią žvaigždę? Patryniau akis, bet ji vis dar buvo ten ir mirksėjo man. Išėjau į lauką, kad galėčiau pamatyti visą naktinį dangų.

Tai nebuvo žvaigždė.

Ji judėjo, greitai krito mano kryptimi, vis didėjo ir didėjo.

„O ne!" sušukau niekam nieko. Tada pašaukiau Džasperą, ir jis išbėgo į lauką. Rodžiau į viršų, kartu svarstydama, kaip greitai judėti, jei mums reikėtų pasitraukti nuo jo kelio.

Kai tarpas tarp jų ir mūsų sumažėjo, negalėjome sulaikyti jaudulio ir šokinėjome iš džiaugsmo, kai tas daiktas sustojo, o ten buvo jie.

Atsidarė du juodi skėčiai, Aleksas ir Džesė griebė po vieną ir prasidėjo jų leidimasis mūsų link. Vilkėdami kostiumus iš šviesą atspindinčios medžiagos, Aleksas ir Džesė švelniai krito link mūsų.

Sklandžiai nusileidę, pora pasiekė kostiumų vidų ir ištraukė du žalius butelius. Atlenkę viršų jie išpylė turinį. Jie išlipo iš kostiumų, apnuogindami drabužius, kuriais išskrido. Jie įstūmė butelius atgal į vidų ir pritvirtino juos prie skėčių.

Traukos spindulys užfiksavo skėčius ir kostiumus. Mes mojavome rankomis, kai objektai buvo traukiami į dangų, ir stebėjome, kol nebegalėjome jų matyti.

„Sveiki sugrįžę!" Jasperas ir aš sušukau.

„Galėčiau užmušti puodelį arbatos!" Aleksas pasakė.

„Man labiau patiktų šlakelis viskio", - pasakė Džesė.

„Kas jie buvo?" Paklausiau. „O gal turėčiau sakyti, KAS jie buvo?"

„Viskas tinkamu laiku", - vienbalsiai pasakė abu sugrįžę mūsų herojai. „Bet pirmiausia turime gauti sausainių ir gėrimų".

Jie prisitaikė prie to, kad grįžo, o aš padaviau lėkštes. Sėdėjome kartu prie pietų stalo ir gurkšnojome. Laukimas. Jie neturėjo ką pasakyti. Jokių klausimų mums, nors didžiulis žalias daiktas nebebuvo mano namuose.

Mano kantrybė ėmė trūkti, todėl paprašiau jų papasakoti, kas nutiko.

„Tai buvo trumpos atostogos, - pasakė Aleksas.

„Taip, apmokamos atostogos, - pasakė Džesė.

Aš atsistojau. „Ką turite omenyje? Kur jūs buvote? Kas tave turėjo? Ar buvai įkalinta? Kokie jie buvo? Kaip įtikinai juos išsiųsti tave atgal?" Vėl atsisėdau.

Džasperas tęsė: „O kas buvo tas žalias daiktas? Kodėl jis buvo čia? Ar kas nors gavo į užpakalį už tai, kad jį numetė?"

Vyrai žiūrėjo vienas į kitą tuščiais veidais. Jie neturėjo jokio supratimo, apie ką kalbame. Kalbėkime apie neišmanėlius.

„Mama, manau, kad ateiviai jiems ištrynė protą".

„Sutinku. Kalbėkime apie švarų švarą."

Nieko daugiau negalėjome pasakyti ar padaryti, tik eiti miegoti. Džesė atsigulė ant sofos, Aleksas - ant „La-Z-Boy" kėdės.

Aleksas pašoko. „O, kol dar nepamiršau."

Džesė irgi pašoko. „Taip, mes tau kažką turime."

Džasperas ir aš pažvelgėme vienas į kitą, atrodė, lyg būtume juos išprovokavę ar sukrėtę.

Džesis išsitraukė iš kišenės žalią blizgantį dėklą. Paėmus jį į rankas, jis banguodavo ir buvo labai vėsus. Atidariau jį ir užgniaužiau kvapą. Viduje buvo mano vyro Švento Kristoforo medalis. Tas, kurį jam padovanojau per pirmąsias vestuvių metines.

Aleksas padavė panašų daiktą Džasperui. Viduje buvo jo tėvo laikrodis. Džasperas tiesiai jį užsidėjo ant riešo. "Ar jis ką nors sakė apie mane?"

Aleksas atsakė: "Jis mato jus abu kiekvieną dieną. Teisingai sakoma, kad tie, kuriuos mylime, niekada nebūna toli nuo mūsų".

Šį kartą abu - Aleksas ir Džesė - pašoko vienu balsu. "Turime eiti."

"Ką dabar?" Paklausiau. "Ar jums viskas gerai?"

"Taip", - atsakė jie kartu. "Turime kažką pristatyti prezidentui. Dabar."

Lauke sustojo automobilis ir jie išvažiavo.

***

"Turime patys jam tai pristatyti", - pareikalavo Džesė ir Aleksas.

Tai buvo vidury nakties, bet prezidentas sutiko juos priimti.

Kai jie įžengė į Ovalųjį kabinetą, Prezidentas sėdėjo ir vilkėjo šilkinį chalatą.

"Ką jūs abu man turite?" - paklausė Prezidentas.

Džesė ir Aleksas drauge įteikė jam daiktą. Tai buvo itin didelė žalia sagė. Ant jo buvo užrašyta: "PUSH ME. TIESIOG PADARYKITE TAI."

"Kas nutiks?" - paklausė Prezidentas.

"Mes nežinome."

"Turiu ko nors paklausti, vieno iš savo patarėjų. Aš negaliu tiesiog..."

"Bet juk tu esi prezidentas, - pasakė Džesė.

"Taip, juk gali daryti bet ką, ar ne?"

Prezidentas padėjo žalią mygtuką ant stalo šalia raudono. Kartu jie atrodė gana kalėdiškai.

Džesė ir Aleksas pasakė: „Lauke. Lauke. Lauke."

„Gerai, berniukai, gerai, - pasakė Prezidentas. „Eime."

Išėjęs į lauką Prezidentas negalėjo sulaukti, kada galės jį pastumti, ir tai padarė.

Dangus iš mėlyno virto žaliu, kai traktoriaus spindulys apėmė šalį nuo pakrantės iki pakrantės, ištraukdamas kiekvieną AR-15.

EPILOGAS

Toli, toli toli, planetoje, kurioje dangus ir žemė buvo žali, bet medžiai buvo tik kamienai, ateiviai iš naujo panaudojo surinktas žemiškas medžiagas.

Iš AR-15 buvo padarytos šakos.

Ant šakų buvo pakabinti buteliai, kurie švilpė vėjyje.

Skėčiai saugojo nuo lietaus ir saulės.

Kai ateiviams prireikdavo daugiau AR-15, jie uždegdavo mygtuką, ir prezidentai visada jį paspausdavo.

DARRYL IR MES

Tą pačią dieną, kai sužinojau, kad esu nėščia, mirė mano vyras.
Esu karo zonoje. Nesu viena. Mano kūdikis yra su manimi, manyje.

Aš sukryžiuoju rankas virš savo kūdikio, saugodama vaiką, eidama gatve, kai aplink mus sproginėja bombos. Bandau rasti mums pastogę, bet bombos vis labiau artėja.

Esu pasimetusi, bet nebijau. Mano vaikas, norėdamas nusiraminti, kiša man ranką. Mes kartu suartėjame, kol visas likęs pasaulis dūžta į šipulius.

Sustoju ir pažvelgiu į save veidrodyje gatvės viduryje. Dėviu ryškiai raudoną suknelę su priderintais raudonais bateliais ir juodomis kojinėmis. Pirštais išpuoselėju plaukus, į rankinę įkišu lūpdažį. Padarau bučinio atspaudą ant stiklo, tada atlošiu galvą ir pasidarau asmenukę. Įkeliu ją į „Instagram". Arba bandau. Nesu tikra, ar turiu pakankamai juostelių.

Išgirstu kaukiančią sireną. Važiuoja mano kryptimi. Ji lekia veidrodžio link. Ištiesiu ranką, norėdama jį patraukti, bet ranka sugriebia manąją. Šaukiu. Sirena rėkia.

„Eik į vidų. Ar tu išprotėjai? Lipk į vidų!" - greitosios pagalbos automobilio vairuotojas kalba, kurios nemoku ir nesuprantu.

Laimei, yra subtitrai.

Prieš lipdamas į vidų suabejoju. Turiu surasti Darrilą. Darrylas yra kažkur čia, o mūsų kūdikiui reikia tėvo. Darrylas ieško manęs, o mes ieškome jo. Mūsų vaikas yra magnetas. Radaras. GPS.

Aš atlošiu galvą ir garsiai ir aiškiai šaukiu jo vardą: „Darrylas!" Klausau ir vėl šaukiu. Šaukiu jo vardą ir klausausi. Greitosios pagalbos automobilio vairuotojas sako, kad aš išprotėjau, ir įjungia atbulinę pavarą.

Greitosios pagalbos automobilis atsitrenkia į veidrodėlį ir sprogsta bomba. Visur skraido gabaliukai.

Ant stiklo šukių baisiai daug kraujo.

Atsibundu ir pradedu rėkti.

**

Po Darrylo mirties kiekvieną naktį sapnuodavau tą patį sapną. Vis iš naujo išgyvenau, kaip tai įvyko, nors manęs ten nebuvo. Tai buvo įprastinė operacija kaip Jungtinių Tautų taikos palaikymo pajėgų dalis.

Tai įveikimo mechanizmas, tai sapnuoju, tai išgyvenu. Bandymas surasti mylimą žmogų, kai jį palaidojome. Laidotuvės buvo gražios. Aš taip didžiavausi Dareilu. Jis paaukojo savo gyvybę dėl reikalo, ir aš tai suprantu. Žaviuosi juo už pasiaukojimą, nes tai padarė jį geresniu žmogumi.

Ant jo karsto uždengė vėliavą. Į žemę įmečiau dvi saujas purvo, tada verkdama kritau ant kelių. Mano mama ir kiti, įskaitant draugus, bandė padėti, bet aš juos atstūmiau. Norėjau pabūti viena su Dariliu. Norėjau jam papasakoti apie kūdikį.

Apie mūsų kūdikį.

Nenorėjau išeiti, kol neturėjau galimybės atsisveikinti. Atsiguliau šalia atviro kapo ant pilvo, padėjusi galvą ant rankų. Pasakiau jam, kaip stipriai jį myliu, ir atsisveikinau, o tada pabučiavau jį ir pakilau ant kojų.

Mama buvo šalia manęs, o tada ir Moni. Kiekviena paėmė po vieną mano ranką ir vėl mane suėmė. Mes nuėjome prie automobilio.

Pakeliui namo pajutau Darrylo buvimą. Jo rankos apglėbė mane. Plaukai pakilo ant dilbių, pajutau jo kvapą. Galėjau jį jausti.

Paskui jo nebebuvo.

Namuose tarpduryje manęs laukė pailgos formos dėžutė su lankeliu per vidurį. Norėjau paklausti, ką jis ten daro, bet kambaryje tvyrantis sielvartas mane nuvijo. Plaukiau nuo vieno žmogaus prie kito, perimdama jų „labai gaila" ir „su laiku bus geriau" klišes. Įprasta po laidotuvių.

Jiems išėjus, jaučiausi tuščia.

Mama paguldė mane į lovą, kaip darydavo, kai buvau maža mergaitė.

Jai uždarius už savęs duris, iškėliau suspaustus kumščius į dangų už tai, kad pasiėmė Darilą.

Paskui puoliau ant kelių dėkodama už tai, kad manyje auga mūsų kūdikis.

***

Atsibudau žiūrėdama į tuščią erdvę šalia savęs ir šluostydamasi seiles nuo burnos kampučių. Pasigirsta durų skambutis. Atmetu antklodę ir žengiu ant grindų. Man dar nespėjus ištrūkti iš mūsų kambario, mano kambario mama skrenda prie manęs plačiai išskėstomis rankomis.

Turiu paprašyti jos grąžinti tą raktą.

„Aš taip jaudinausi, - sako ji, apkabina, suspaudžia ir priverčia mane vėl pasijusti maža mergaite. Ji atsitraukia ir pažvelgia į mano veidą.

Užkišu plaukus už kairės ausies ir bandau šypsotis. Nukreipiu save virtuvės link, o kai ten nueinu, pripildau kavos puodelį vandens. Atidarau indaplovę, kad būčiau užimta, kol už manęs spurda kavos aparatas. Mama uždaro indaplovės dureles, paspaudžia reikiamus mygtukus ir atremia mane į kėdę, kur man neduoda kitos išeities, kaip tik atsisėsti.

Ji sėdi Darrylo vietoje, o aš - niekieno vietoje. Supratusi tai, ji persėda į kitą kėdę, kurioje sėdi niekas. Ji pašoka anksčiau nei aš ir įpila kavos. Aš į savo įsipilu grietinėlės ir cukraus ir gurkšteliu. Užtenka vieno gurkšnio. Nubėgu į vonios kambarį. Pamiršau, kad kava keliems mano draugams sukėlė rytinį pykinimą.

Kai grįžtu į virtuvę, mama jau yra paruošusi puodelį ramunėlių arbatos be kofeino. Ji turi mane nuraminti.

Sėdžiu, gurkšnoju karštą, karštą gėrimą ir stebiu, kaip mama juda virtuvėje kaip žmogus su misija. „Ruošiu tau skrebučius", - sako ji, kai jie iškyla beveik pagal signalą. Motina peiliu nuplauna plutelę, dar vienas prisiminimas iš laikų, kai buvau maža mergaitė.

Tada ji užtepa sviesto ir atsisukusi pažvelgia į mane.

Mama įdeda šiek tiek braškių uogienės ir nueina į šaldytuvą. Ji ištraukia sūrio gabalėlį, kurį susmulkina ant mano skrebučio. Padeda jį atgal ant skrudintuvo (uogienės ir sūrio puse į viršų). Paspaudžia mygtuką žemyn, kad skrebučiai kelias sekundes įkaistų.

Tai dar vienas ritualas iš mano vaikystės, ir aš esu jai dėkingas, kad ji yra čia.

Mama supjausto skrebučius trikampėliais, ir aš negaliu patikėti, koks nuostabus jų skonis, kai į juos įkandu. Suvalgau abu griežinėlius, o tada dar gurkšteliu arbatos, nes dabar jos skonis ne toks kartus, kadangi ji įdėjo kelis šlakelius medaus. Ji mano, kad aš nepastebėjau.. Paimu mamos ranką ir dar kartą jai padėkoju.

Kūdikis nebėra alkanas.

Kūdikio mama nebėra patogiai nutirpusi.

Kūdikio močiutė nebesijaučia nereikalinga.

Mama valosi, šnekėdama apie šį bei tą. Klausausi nevertindama jos pastangų atitraukti dėmesį. Leidžiu jai manyti, kad jos dėmesio nukreipimo taktika veikia. Tiesą sakant, nespėju paskui jos minčių eigą ir tempą. Atrodo, lyg klausyčiau jos iš po vandens.

Ji juokiasi. Aš pašokau. Grįžtu iš ten, kur nukeliavo mano mintys. Kažkur iškeliavau akimirksniu. Pajutau, kad einu.

Buvau maža mergaitė, pasislėpusi po laiptais. Paskui užlipau laiptais ir įėjau į spintą, kur buvo labai tamsu. Rankovės nuo tėvo marškinių judėjo. Išbėgau, išduodama savo slėptuvę. Mane pagavo.

„Prisimenu tą laiką, - sako mama, grąžindama mane į dabartį. Ji tarsi pirmą kartą pasakoja šią istoriją. „Kai buvai maža mergaitė, slėpdavai kruopas. Kol nepradėjau jų smulkinti peiliu, rasdavome jų kišenėse, sodinukuose. Ak, tos, kurios buvo sodinukų dėžutėse. Jos susigerdavo į vandenį ir nužudydavo kai kuriuos augalus, kol mes suprasdavome, ką tu darai."

„Žudė augalus", - mėgdžioju.

Ji prieina prie manęs, atsiklaupia ir klausia: „Ar viskas gerai, meile?"

Beveik juokiuosi iš jos juokingo klausimo, bet pagaunu save prieš tai, prieš sakydamas: „NE, NE, NE, NE, NE, NE, NE, NE, NE, NE, NE, NE, NE, NE, NE, NE, NE, NE, NE, NE, NE, NE." Darrylas. Jėzau Darryl. Pastumiu kėdę atgal, kad tarp manęs ir mamos atsirastų vietos, ir atsistoju. Esu kaip zombis. Tačiau man nereikia maitintis žmogaus kūnu. Aš noriu Darrylo. Šypsausi, kai mintyse kartoju reikia maitintis reikia maitintis reikia maitintis reikia maitintis reikia maitintis dar kartą.

Dabar, kai stoviu, turėčiau judėti. Mano kojos nori kažkur eiti, bet vis dėlto aš darau visiškai priešingai. Vėl atsisėdu. Motina daro tą patį. Ji gurkšnoja kavą, kuri dabar jau tikriausiai šalta.

Atsistoju ir sakau: „Aš pavargusi." Nors ką tik pabudau, aš tai žinau. Ji tai žino. Tačiau man tai nė velnio nerūpi. Grįžtu į mūsų kambarį, į savo kambarį, mama seka iš paskos. Pasivijusi ji uždeda dešinę ranką man ant klubo, tarsi norėdama mane nukreipti. Tarsi pakeliui galėčiau pasiklysti.

Prie durų pasisuku į ją veidu. Jos akyse ašaros, bet jos neišsilieja. Ji žino, koks jausmas netekti vyro, nes neteko tėčio, bet tai ne tas pats. Jie kartu nugyveno visą gyvenimą. Jie turėjo vienas kitą trisdešimt septynerius metus, kol tėtis mirė. Mes buvome susituokę tik dvejus su puse metų. Darrylas niekada nematys savo sūnaus ar dukters. Noriu tai pasakyti, bet nenoriu. Manau, kad ji žino, ką galvoju, nors nežinau tiksliai. Tai tas motinos ir dukters osmoso dalykas. Ji pabučiuoja mane į kaktą, kai paguldo į lovą. Ji išeina ir uždaro už savęs duris.

Aš vėl atsikeliu iš lovos, prieinu prie veidrodžio ir pasižiūriu į save. Per keturiasdešimt aštuonias valandas pasenau dešimčia metų. Nors didžiąją laiko dalį miegojau, maišeliai po akimis didžiuliai. Atrodo, kad visą laiką verkiau, bet tiesa ta, kad ašarų jau nebeturiu. Mano veidas nebepanašus į mane. Esu svetimas net pats sau.

Paleidžiu truputį vandens ir papurškiu jo ant veido, o tada į veido šluostę, Darrylo, įmerkiu šiltą vandenį. Laikau jį virš savęs, kad įkvėpčiau jį.

Surandu jo vonios rankšluostį, nusivelku drabužius ir apvynioju jį aplink save. Jis apgaubia mane ir sušildo, tarsi būčiau jo glėbyje. Taip sėdžiu, atrodo, visą amžinybę. Tarsi jis mane laikytų. Jokios ašaros neteka. Nebėra ašarų, kurias būtų galima išlieti. Darrylas tarsi apgaubia mus. Laikydamas mus kartu, mus tris, Darrilą, kūdikį ir mane.

Motinos beldimas į duris grąžina mane į dabartį. Turbūt užmigau. Per greitai atsistoju, kai durys prasiveria. Darrylo rankšluostis nukrenta ant grindų.

Motina ir kaimynė įeina į kambarį, o aš laiku griebiu Darrylo rankšluostį ir paslepiu savo nuogumą. Pradedu kikenti ir negaliu sustoti.

Motina ir atrodo susirūpinusi. Kaimynės akys iššoka tiesiai iš galvos. Netrukus jie paskambins vyrams baltomis prigludusiomis striukėmis, kad atvažiuotų manęs pasiimti, jei nesusitvarkysiu.

***

Tai mano vestuvių diena, ir aš einu prie altoriaus ant tėčio rankos didingoje bažnyčioje. Žinau, kad sapnuoju, nes tėtis niekada nevedė manęs prie altoriaus. Jis jau buvo miręs, kai mes su Darrylu susituokėme, o mes su Darrylu nesituokėme bažnyčioje. Eltono Džono „Tavo daina" yra mūsų daina. Tai buvo mano ir Darrylo daina. Iš tikrųjų mums labiau patiko Ewano McGregoro versija, nes mums patiko „Mulen Ružas".

Tėtis ir aš pasisveikiname su tais, kuriuos matome pakeliui. Senelė Eleonora, kuri mirusi nuo tada, kai buvau maža mergaitė, pučia man bučinį. Aš paimu gėlę iš savo puokštės. Kūdikio kvapas, jos mėgstamiausias. Paduodu jai.

Ji nusišypso, ir jos skruostu nurieda ašara.

Kitapus praėjimo stovi mano pusseserė Rūta. Vaikystėje mes su ja buvome nepaprastai artimos. Dabar matomės retai. Tikiuosi, kad praeidama pro ją ji galvoja lygiai tą patį, ką ir aš. Pastaba sau: artimiausiu metu pakvieskite ją vakarienės.

Čia yra du jaunesnieji Darrylo broliai: Dale'as ir Donny. Jų tėvai turėjo kažkokį reikalą su raide D. Pastaba sau: netęsti minėtos tradicijos.

Matau kitą savo močiutę, mamos mamą. Ji neatvyko į mūsų vestuves. Ji ir mama laikosi už rankų, o aš kelioms sekundėms atsiplėšiu nuo tėčio, kad galėčiau nueiti ir jas abi apkabinti. Mano keliai truputį susilenkia, kai močiutė ištiesia ranką, paima mano ranką į savo ir kažką į ją numeta. Aš instinktyviai apglėbiu tai pirštais; nors nematau, kas tai, jaučiu, kad tai raktas. Tėtis suima mane už rankos ir mes vėl grįžtame į kelią, einame prie alėjos. Mano pamergės Trish ir Moni (trumpinys nuo Monique) dabar yra šalia manęs. Jos atrodo stulbinamai su savo senovinėmis baltomis suknelėmis, bet palaukite, tai aš vilkėjau senovines baltas sukneles.

Tėtis pasuka mane, nuima mano ranką nuo savo rankos ir apglėbia ją aplink Darrylo ranką. Atsisuku pažvelgti į būsimą vyrą, bet tai ne Darrylas. Na, kažkada tai buvo Darrylas, bet dabar jau nebe. Jis miręs. Jis - pūvantis lavonas.

Rėkiu, kai jam bandant šypsotis iš lūpų liejasi žalios gleivės.

Rėkiu ne aš viena.

Visi rėkia.

Viskas rėkia - net mašinos.

Atkišu ranką.

Nuryju raktą.

Stiklo gabalėliai dužo visur.

**

Atveriu akis. Esu ne namuose, o ligoninėje. Girdžiu tiksėjimą, širdies dūžius. Pypsėjimą. Šnabždesį. Vėl užmerkiu akis. Apsimetu, kad miegu.

„Jokių pokyčių."

„Negaliu pasiduoti."

„O kaip dėl kūdikio?"

Kūdikis. Šie du žodžiai grąžina mane į realybę, bandau atsisėsti ir atrandu, kad nepajėgiu.

Kai negaliu pajudinti rankų ar kojų, pradedu rėkti. Suspaudžiu pilvą, savo kūdikį, mūsų mažylį, ir atrandu, kad kūdikio guzas dabar didesnis. Kiek laiko aš miegojau?

„Mama?"

„O, mieloji! Brangioji, - sako ji. „Tau viskas bus gerai", - gūžteli pečiais, bet aš ja netikiu. Nė vieno žodžio.

„Kiek laiko aš čia esu?" Klausiu, o mano galva tarsi aido kamera, nes žodžiai atsispindi mano kaukolėje.

Užuot atsakiusi, ji apkabina mane ir laiko. Kai atsitraukiu, ji laiko mano galvą rankoje ir žvelgia man į akis, tarsi bandytų mane surasti.

Stengiuosi nemirksėti, bet negaliu sustoti. Argi nemėgsti, kai taip nutinka? Kai tik stengiesi ko nors nedaryti, kūnas tave išduoda ir priverčia tai daryti dar labiau.

Ji nieko nesako. Ji galvoja, kad negaliu susidoroti su tiesa. Mano galvoje skamba Džekas Nikolsonas filme „ *Keletas gerų vyrų* ". Darrylas mėgo tą filmą. Žiūrėjome jį tiek kartų, kad nebesuskaičiuoju.

„Noriu žinoti, - girdžiu save sakant, bet pagal tai, kaip ji į mane žiūri, nesu tikras, ar tai pasakiau garsiai, ar mintyse. Pabandau dar kartą, šį kartą šiek tiek garsiau, ir ji sureaguoja.

„Leisk man", - sako ji ir išeina, o po kelių akimirkų grįžta su kažkuo, ko nepažįstu. Abu jie juda po kambarį, tarsi užstodami sceną teatro spektakliui. Jie šnabždasi, paskui pažvelgia į mane ir šnabžda dar daugiau.

Kaip nemandagu.

Laukiu, lyg būčiau nematoma, ir stengiuosi nesprogti.

Nepažįstamasis įbruka man į ranką adatą ir aš išeinu, manydamas, kad ligoninės personalas gatvės drabužiais turėtų būti uždraustas.

Vėl sapnuoju, kad einu gatve ir ieškau Darrylo, o tuo metu sprogsta bombos.

***

Dabar guzas ant manęs dar didesnis. Tiesą sakant, pastebimai didesnis. Kai kūdikis juda, pro savo odą matau jo gabalėlius. Galūnes, kurios daro įspaudus, tarsi apverčia mane aukštyn kojomis, kai mūsų vaikas spaudžia mano pilvo sieneles.

Aš nebesu ligoninėje. Esu namie, sėdžiu vaikų kambaryje, sūpuojuosi maitinimo kėdėje, kuri nesiūbuoja įprasta šio žodžio prasme. Vietoj to ji slysta.

Prie sienų rikiuojasi miegančios avys su zzzs aplink galvas, laukiančios, kol bus suskaičiuotos. Pradedu skaičiuoti, tada nusišypsau, žvelgdama į lovelę. Laikas stovi vietoje, taip ir turi būti, nes čia, šiandien, dabar, nieko nevyksta.

Pakylu nuo kėdės, pusiau prabudusi, pusiau užmigusi. Paliečiu mobilųjį telefoną ir jis pradeda skambinti Frere Jacques. Dainuoju kartu, paimdama antklodę su avimi.

Lankstau antklodę vis mažesnę ir mažesnę, kol ji tampa mažyčiu kvadratėliu. Paskui padedu ją atgal į lovelę ir pažvelgiu į save veidrodyje kampe.

Dalis veidrodžio matoma, o dalis - ne, nes kažkas jį uždengia. Priartėju arčiau, nuplėšiu dulkių skydą ir atskleidžiu lobį, kuris mano šeimoje saugomas jau dešimtmečius. Šeimos relikvija, perduota iš mano mamos mamos mamos mamos mamos mamos.

Kai pirštais braukiu palei rėmelį, jis yra vėsus. Jis medinis, ant jo išgraviruotos susipynusių rankų poros. Susegti pirštų atspaudai dar šaltesni. Priartėju kūnu arčiau, kol mano kūdikio guzelis prisispaudžia prie stiklo. Ji jo neliečia. Jis eina pro jį. Man vis labiau artėjant, mano kūdikio guzas išnyksta stikle.

Žengiu žingsnį atgal, ir mano kūdikio guzas atsiskiria su čiulpimo garsu. Kūdikis stūgauja ir vėl stūgauja, kai atsitraukiu nuo veidrodžio ir grįžtu į kėdę, kurioje pradėjau. Kai atsisėdu, mobilusis telefonas vėl įsijungia ir mes pradedame slysti kartu su juo.

Kūdikis nurimsta, ir mes užmiegame.

***

„Atsibusk, Kata", - sako Darrylas.

Pasisuku į jį ir prisiglaudžiu prie jo. Kūdikis atsitrenkia tarp mūsų. Negalime taip arti vienas kito prisiglausti kaip anksčiau, bet esame artimesni daugeliu kitų aspektų.

Suskamba žadintuvas, o aš įsikniaubiu į Darrylo pagalvę, ne į jį. Kūdikis kimba, o aš išlipu iš lovos ir pusiau atsibudusi klaidžioju koridoriumi iki vonios kambario, kur nueinu į tualetą. Įjungiu vandenį, atsistoju duše ir leidžiu vandeniui tekėti ant manęs.

Mano kūdikiui patinka vanduo, ir mes ten būname tol, kol karštas vanduo baigiasi ir virsta šaltu. Dabar esu alkana, apsivelku paltą ir nusileidžiu laiptais žemyn, kai pro duris įeina mama. Ji tikriausiai paskambino į duris, kai buvau duše. Pastaba sau: paprašyti mamos grąžinti raktą.

„Atnešiau dovanų", - sako ji. Ji išverčia ant stalo visą dėžutę ledinių keksiukų; keksiukai dar šilti ir kvepia kaip dangus. Vieną įsidedu į burną, o ji kitą - į savo. Mes apkabiname viena kitą ir suvalgome antrą keksiuką, kol nusprendžiame pasidaryti arbatos.

Mano kūdikis iškošia padėką, o mama pati tai pajunta. „O", - sakau, kai kūdikis dar labiau išreiškia savo buvimą, darydamas manyje kažką panašaus į salto.

„Ar tau viskas gerai?" Mama paklausia.

„Jis laimingas", - sakau.

Mama atkreipia dėmesį į tai, kad pasakiau jis. Ji apie tai neužsimena. Vietoj to ji papasakoja man naujausius gandus. Klausausi iš mandagumo, o ne todėl, kad domiuosi vietiniais įvykiais. Anksčiau, turiu omenyje, prieš susipažindama su Darelu, prisidėdavau prie to, kad įšokdavau į gandų traukinį. Kartais net būdavau konduktorius be kepurės. Kartais būdavau traukinio mašinistas. Vienaip ar kitaip, visada buvau traukinyje. Leisdavau gandų skleidėjams mane vežti kartu.

„Ar matei vaikų darželį?" paklausiu iš niekur nieko, kai ji įpusėja sakinį.

Ji žiūri į mane lyg į svetimą žmogų. „Ar tikrai tau viskas gerai?" - klausia ji, ant kaktos išvydusi didelį horizontalaus klausimo ženklo formos raukšlelę.

Suprantu, kad pasakiau kažką keisto, galbūt net kvailo. Nežinau, ką. „Man viskas gerai", - sakau, bandydamas ją nuraminti, kad taip ir yra.

Atsistoju, tikėdamasis, kad ji padarys tą patį, bet ji to nepadaro. Vietoj to ji išsitraukia iš dėžutės dar vieną keksiuką ir užkanda.

Mano kūdikis stipriai mane spardo. Tarsi norėtų dar vieno keksiuko. Aš turiu nusispjauti ir tai pasakyti. Mama seka paskui mane koridoriumi.

„Pasitiksime vaikų kambaryje, - sakau.

„Gerai", - atsako mama.

Kai prisijungiu prie jos vaikų kambaryje, mama stovi priešais veidrodį. Prisijungiu prie jos, atsistoju prie jos šono ir žengiu vis arčiau ir arčiau stiklo. Bandau patikrinti, ar kūdikis praeis pro jį, kaip ir vakar, bet jis nepraeina. Jokio pulsavimo. Jokio ryšio. Ar aš sapnavau?

Kai nusisuku, mobilusis telefonas pats pradeda groti „Frere Jacques".

„Aš jį atsukau, Kata, - sako ji, - mes puikiai pasipuošėme, ar ne? Aš taip džiaugiuosi."

Neprisimenu, kaip puošiau, ir nenoriu to pripažinti. Kaip galėjau pamiršti tokį dalyką?

„Tavo senelė būtų labai patenkinta. Džiaugiuosi, kad veidrodis dabar priklauso tau".

Pasaulis ima suktis ir nykti. Žengiu į priekį ir beveik apsiverčiu. Mama mane pagauna ir aplanko ant kėdės, kur aš slystu pirmyn ir atgal, pirmyn ir atgal.

„Ar veidrodis ne teisėtai priklauso tau?" Paklausiu.

„Taip, bet aš neprieštarauju. Jis puikiai tinka šiame kambaryje."

Mąstydama apie veidrodį užmiegu. Motina išėjo. Čia tamsu, išskyrus kampe, šiek tiek toliau nuo veidrodžio, mirksinčią šviesą.

Kūdikis muistosi. Jis neramus. Atsistoju ir einu prie veidrodžio. Kai priartėjame, šviesa pašviesėja. Mano kūdikis muistosi ir sujuda.

Nusitraukiu antklodę ir žiūriu į savo kūdikio guziuko atspindį, vis labiau artėdama. Kūdikis muša į vartus.

Mano kūdikio guzas atsitrenkia į veidrodį. Kūdikis vėl mušasi, užpildamas tarpą tarp guziuko ir stiklo. Kai jie susijungia, mano kūdikio guzelis išnyksta jame. Atsiranda trauka, traukianti mus į vidų.

Dabar stoviu nosimi prie stiklo. Spaudžiu save dar labiau, kol viduje atsiduria visas mano veidas. Mano galva seka paskui. Kūdikis atsimuša į atspindį.

Kažkur už mūsų pasigirsta stiprus vėjo gūsis ir stumia mus toliau. Dabar viduje jau esu pakankamai, kad pastebėčiau oro skirtumą. Ruduo. Lapai. Ten, kur buvome, buvo pavasaris, o čia - ruduo. Kaip tai galėjo būti?

Galėjau užuosti ir jausti vėsų orą, šniokščiantį aplink mus, pasitinkantį mus. Vėjelis lyg prisilietimas šnabždėjo man per odą.

Mano kūdikis stumdosi pirmyn ir atgal, ieškodamas paguodos kitoje pusėje. Paguodos stikliniame pasaulyje. Aš glostau savo kūdikio guzelį, norėdama nusiraminti, o mano kūdikis stumteli atgal, kad padarytų tą patį man.

Ten yra nuostabu. Esu vidury miško. Ne, esu paplūdimyje su smėliu, tyru baltu smėliu ir bangomis, kurios daužosi ir skalauja krantą.

Ne, esu šalia kalnų, aukštų kalnų, aplink kuriuos vingiuoja takai. Tai - daugybė pasaulių, susipynusių į vieną. Girdžiu giedančius paukščius. Tai varnėnai, varnos, mėlynosios zylės, flamingai, kukaburros, klykuolės, žvirbliai, žvirbliai, čiurliai ir rajos. Ant liežuvio jaučiu vandenyno druskos skonį.

Šaukiu: „Sveiki", ir mano balsas aidi aplink, aplink ir aplink.

Mano kūdikis šoka pagal aidą, kuždėdamasis, verčia mane kikenti.

Jaučiu ramybę, tyrą ir saldžią. Džiaugsminga. Namai.

Kitoje pusėje, už manęs, kažkas traukia mane atgal. Aš nenoriu eiti. Mano kūdikis nenori eiti, bet kažkas mane pagauna. Jis išplėšia mus iš ten. Atgal.

„Ką tu, po velnių, darai?" - kažkas šaukia. Jų balsas klaikus, drumzlinas.

Girdžiu žodžius, bet balsas skamba taip, tarsi būtų debesies viduje.

***

Tą pačią minutę, kai grįžtame, vėl norime išvažiuoti. Norime ten būti, ten egzistuoti. Tik ten ir niekur kitur.

Tai Moni ir ji labai pyksta ant manęs. „Ką tu galvojai?"

Nieko nesakau, žvelgdama atgal į veidrodį.

„Nevaidink su manimi nekaltos, - sako Moni. „Tu keliavai. Turiu omenyje, kitoje dimensijoje, ar ne?"

„Keliavau?" Aš imituoju. Sekundėlę pagalvoju, kaip kvailai turėjau atrodyti, ir sakau: „Žiūrėjau į savo atspindį, mūsų atspindį. Kūdikį ir mane."

„Didžioji dalis tavęs buvo dingusi!" Moni rėkia. „IŠNYKO!"

Nusijuokiu, bandydama apsimesti, kad ji nematė to, ką matė. Stengiuosi, kad ji jaustųsi kaip pamišusi. O ne aš. Aš ten buvau. Mačiau kitą pasaulį. Pereinu per kambarį, tolyn nuo veidrodžio, atsisuku atgal ir einu prie veidrodžio. Sugniaužiu kumštį ir priglaudžiu jį prie pat stiklo, tikėdamasis, kad nieko neatsitiks, bet neatsitiko.

Moni seka paskui mane ir daro tą patį. Tada atsistojame akis į akį ir pratrūkstame juoku. Turbūt atrodėme beprotiškai. Beprotiškai. Juokingai.

Kūdikis muistosi.

Neilgai trukus nusileidžiame į apačią. Moni sako, kad mama turėjo išvažiuoti, todėl ir atėjo.

„Man nereikia auklės".

„Praėjo šeši mėnesiai, - sako Moni, - nuo tada, kai mirė Darrylas, ir mes visi jaudinamės dėl tavęs ir kūdikio."

„Mums su kūdikiu viskas gerai, - sakau. „Aš... mes vis dar kasdien jo pasiilgstame, bet darosi vis lengviau." Tai buvo melas.

„Žinau, ką turėtume daryti rytoj, - sako Moni. „Eime į paplūdimį."

Skamba linksmai, todėl sutinku. Tačiau neplanuoju vilkėti maudymosi kostiumėlio.

***

Atvykstame į paplūdimį su pikniko krepšiu, pripildytu pietų ir įvairiausių gėrybių. Nusiauname batus ir leidžiame smėliui gurgždėti tarp kojų pirštų, nors lauke toli gražu ne šilta.

„Mes su Darrylu mėgdavome čia ateiti vasarą".

„Jis čia su mumis dabar ir visada, - sako Moni.

Moni teisi, bet tai netrukdo man jo pasiilgti. Noriu daugiau nei jo prisiminimų. Noriu, kad jis būtų čia, apkabinęs mane rankomis.

„Man trūksta jo rankų, jo laikymo, jo kvėpavimo. Kiekvieną dieną pasiilgstu visko, kas susiję su juo."

Moni uždeda ranką man ant peties.

„Sunkiausia yra tai, - tęsiu, - kad Darrylas niekada nepažins mūsų kūdikio, o mūsų kūdikis niekada nepažins Darrylo."

„Tu nežinai, kas tavęs laukia ateityje, - sako Moni.

Aš žinau, kur ji tuo siekia. Ji siūlo man susitikti su kitu žmogumi. Ta mintis neverta svarstymo. Aš nešioju Darrylo kūdikį, dėl Dievo meilės.

„Aš nenoriu nieko kito. Niekas niekada negalėtų pakeisti Darrylo ar to, ką mes turėjome kartu. Be to, mano širdis per daug sudaužyta. Niekada nemylėsiu kito. Mano širdis priklauso tik Darrilui ir tik Darrilui."

„Taip nesakyk. Tu nežinai, kas tavęs gali laukti ateityje. Meilė gali nutikti ne vieną kartą. Pažvelk į mano mamą. Juk tėtis mirė, ji ištekėjo už mano patėvio ir antrą kartą atrado meilę. Tai nėra tas pats. Ji niekada negali būti tokia pati kaip pirmoji meilė, bet tai vis tiek gali būti meilė. Jos gali pakakti. Turite būti jai atviri. Jie yra laimingi, ir jūs taip pat galite būti laimingi laikui bėgant", - sako Moni.

Tada aš pradedu sprintą, kiek tik gali sprintuoti aštuonių mėnesių nėščia moteris, ir įžengiu į vandenį. Temperatūra šalta, bet gaivinanti, ir man patinka jausti vėsą ant odos.

Moni įlipa šalia manęs.

„Šis kūdikis mėgsta vandenį."

Moni uždeda ranką man ant pilvo, ir kūdikis krūpteli. „Tikrai taip", - sako ji.

Stovime vandenyje iki kelių ir leidžiame bangoms mus skalauti. Kūdikiui tai patinka ir jis padaro keletą salto.

„Ar ketini man apie tai papasakoti?" Moni klausia.

„Nesu tikra, ką tu turi omenyje", - sakau.

„Turiu omenyje apie tą veidrodį, ką darėte? Ar keliavote? Keliavai po pasaulį?"

Pagalvoju ir nusprendžiu, kad ji teisi. Turiu omenyje, kad per veidrodį aš ir mano kūdikis tarsi keliavome į kitą vietą. Į kitą dimensiją. Mano galvoje suskamba muzika iš „*Saulėlydžio zonos*".

„Ir ką tu apie tai žinai?" Paklausiu.

„Aš žiūriu filmus, skaitau knygas. Ten net keliaujama „Alisa stebuklų šalyje" Kai įėjau, didžioji dalis tavęs buvo dingusi, ir buvo akivaizdu, kad tai - veidrodyje. Tu buvai veidrodyje. Taigi, ką tu matei? Arba ar ką nors matėte?"

„Nesu tikra, ar noriu apie tai kalbėti, - sakau, nes tai paslaptis. Kol kas noriu laikyti ją prie krūtinės. Jaučiu, kad jei garsiai prisipažinsiu, ji gali išnykti. Žinau, kad tai skamba kvailai, bet visa tai buvo taip keista ir man tai nutiko tik kartą. Du kartus kūdikiui, bet vieną kartą man. Noriu būti ten ir tai pakartoti, prieš kalbėdama apie tai kam nors kitam.

„Pažadėk man vieną dalyką, - sako Moni, kai važiuodami namo stebime, kaip leidžiasi saulė. „Pažadėk man, kad nevažiuosi viena. Turiu omenyje, be ko nors šioje pusėje, kas tave patrauktų atgal."

Kikenu, tarsi duodama pažadą, bet nesu tikra, ar ketinu jo laikytis.

„Norėčiau šį vakarą likti pas tave, kad palaikyčiau tau kompaniją, - sako Moni.

Sakau, kad viskas gerai, nes esu per daug pavargęs, kad galėčiau daryti ką nors daugiau nei miegoti, išvargęs nuo gaivaus jūros oro. Mano kūdikis net nejuda manyje.

Įsisupu į pižamą ir iškart užmiegu. Sapnuoju Darilą, ieškau jo, ieškau aukštai, žemai ir visur. Vaikštau ir vaikštau, o mano kojos pūslės ir kraujas, bet Darrylo vis dar nėra. Kartkartėmis su kuo nors susiduriu arba kažką panašaus į laukuose stovinčią baidyklę. Paklausiu, ar jis nematė Darrylo, o jis, kaip Ozo šalies burtininkas, rodo į visas puses. Puiki pagalba.

Taip pat klausiu keistos, barzdotos moters, dirbančios cirke, ar ji nematė Darrylo. Ji juokiasi, juokiasi ir juokiasi.

Jis niekur nedingo, todėl pabundu ir įjungiu nešiojamąjį kompiuterį. Vakarą praleidžiu žiūrėdama mūsų nuotraukas. Mūsų gyvenimo.

Kai buvome kartu, aplink mus matėsi meilė. Žinau, kad tai skamba kaip kvaila klišė, bet ji ten buvo, ypač kai Darelas žiūrėjo į mane arba kai aš žiūrėjau į jį. Mes mylėjome vienas kitą tokia meile, kokios niekada daugiau nebūtų pasaulyje, kuriame būtume išsiskyrę.

Kai viena naršau po praeitį, jaučiuosi taip, tarsi jis, kūdikis ir aš būtume kartu, žiūrėdami į nuotraukas. Kūdikis yra man ant kelių. Darrylas stovi man už nugaros ir žvelgia per petį, kai vartau puslapį po puslapio.

Kai baigiu, saulė jau kyla ir atneša naują dieną.

Išvargusi grįžtu į lovą.

***

„Cath. Cath! CATH!"

Ką? Nustok. Noriu toliau svajoti.

„CATH!!!"

Suprantu, kad girdžiu Darrylo balsą. Ką? - Sukrutau ir atsibundu. Įsiklausau ir vėl jį išgirstu.

„Cath."

„Darryl?"

Atmetu antklodę ir atidarau miegamojo duris. Dabar, kai atsiliepiau, jis vėl ir vėl šnabžda mano vardą. Atsiduriu kūdikio kambaryje, kur sustingstu ir klausausi. Drebėdamas pajuntu, tarsi mane būtų pervėręs vėjas. Tada paimu iš lovelės antklodę ir apvynioju ją aplink pečius. Kūdikis tylus, tarsi dar nebūtų pabudęs.

„Cath."

Pažvelgiu į langą. Vėjas priverčia jį spragtelėti ir trakštelėti, paskui stumteli tiesiai į viršų. Vėsus ruduo apglėbia mane rankomis, apkabina ir kartu stumteli.

„Cath."

Pasisuku į tą pusę, iš kur sklinda balsas. Veidrodis. Kūdikis pabunda ir stipriai mane spardo. Atsistoju dėmesiu ir einu link veidrodžio. Medinis rankų rėmas sujudėjo, susvyravo, persikreipė. Rėmelyje esantis stiklas virpa ir dreba. Atrodo, lyg debesis būtų patekęs į darželio vidų ir perėjęs per stiklą. Žengiu arčiau. Pakeliu ranką ir priglaudžiu delną prie paviršiaus.

*VEIDRODIS, KURIAME ATSISPINDI AŠ
SU PERTEKLIUMI.

Į mano mintis įsiveržia eilėraštis, kurį skaičiau vidurinėje mokykloje. Jis iškyla mano galvoje, kai mano ranka prasiskverbia pro paviršių ir dingsta stiklo viduje.

Toliau, vis dar įveikdamas tarpą. Štai jis. Kita ranka spaudžia manąją. Darrylo ranka. Darrylo ranka?

Taip. Patvirtinta, kai debesis veidrodyje išsisklaido. Paliečiame vienas kitą delnu į delną.

Išsigandęs atsitraukiu ir taip pat atitraukiu ranką. Kūdikis krūpteli, ir aš paliečiu delną prie jo. Debesis grįžta atgal, o aš paguodžiu kūdikį, ir Darylas išnyksta.

Noriu jį sudaužyti.

Noriu būti jame.

Ar aš visa tai įsivaizdavau? Ar buvau išprotėjusi?

Aš esu beprotis.

„Katė. Grįžk. Prašau."

Viena ranka glostau mūsų kūdikį, o paskui ranka persimeta ant mūsų pusės ir laiko mano ranką. Tai Darrylo ranka. Jis čia, guodžia mūsų kūdikį. Kažkaip. Kažkokiu būdu. Mano meilė.

„Darrylas."

Kita jo ranka, ta, kurioje buvo vestuvinis žiedas, per veidrodį pereina į mūsų pusę. Mes krentame į jį, į jo glėbį, į veidrodį.

„O, Katė."

Jo rankos priverčia mane drebėti, kai jis jomis perbraukia per kūdikį. Kūdikis pasisuka į jį, ir mes pusiau įeiname, pusiau išeiname.

„Jis gražus, - sako Darrylas. „Kaip ir jo mama."

„Mes nežinome, ar jis jis, ar ji", - sakau žiūrėdama į jo mėlynas akis.

„Jis tikrai yra jis", - sako Darrylas. „Jis stiprus ir sveikas."

Atsakydamas į tėvo balsą kūdikis muistosi ir ritasi.

„Stovėk ramiai", - sakau, kai dar labiau įsitveriu į veidrodį. Kūdikis jau didžiąja dalimi įlindęs, bet aš nesu pro stiklą. Visada galiu atsitraukti, jei prireiktų. Nesu tikra, kodėl jaučiuosi susirūpinusi. Juk tai Darrylas. Kaip aš jo pasiilgau. Vis dėlto dalis manęs lieka kitoje pusėje.

„Darrylai, tai tavo sūnus. Sūnau, tai tavo tėtis, - sakau, kai ašaros lyg kriokliai teka mano skruostais. Ne mažos smulkios moteriškos ašaros, o didelės riebios sodrios lietaus ašaros. Aš verkiu.

Darrylas pabučiuoja mane į lūpas. Jis turi rudens skonį, bet kartu šiltas ir vėsus. Tada jis pasilenkia ir pabučiuoja mūsų kūdikį.

„Sūnau, tu turi rūpintis savo mama, kad man būtų gerai, aš taip didžiuojuosi tavimi ir tuo, kuo tu vieną dieną būsi. Aš tave myliu. Myliu jus abu."

Aš stumteliu mus, paliečiu šiek tiek į priekį. Svarstau, ar eiti iki galo, bet kažkas, kažkoks jausmas mane sulaiko. Noriu būti ten. Noriu praeiti pro šalį ir būti su Dariliu, kad ir kur jis būtų. Noriu, kad mes visi trys būtume kartu, amžinai. Ryžtingai nusiteikusi stengiuosi stumti ir stumti. Noriu, kad praeitume visą kelią.

„Nedaryk to", - prašo Darrylas. „Net nebandyk. Mes turime dabar. Mėgaukimės tuo, kol galime. Jis negailestingas."

„Aš noriu tavęs. Noriu, kad mes, mes visi trys būtume kartu. Visada."

„Turime tik tai, ką ji mums duos, - sako Darrylas. „Laikas yra nepastovus draugas arba priešas. Niekada nežinome, kas ateis ir kas išeis."

„Tu poetas, o aš to net nežinojau", - sakau kikendama.

Papučia stiprus vėjas ir Darelas atsitraukia. Atsitraukia.

„Eik dabar", - paragina jis.

„Ne! Kur tu eini, Darrylai?" Šaukiu. „Grįžk. Prašau, nepalik manęs. Nepalik mūsų vėl."

„Aš pasistengsiu grįžti, vėl tave pamatyti, kai tik galėsiu. Jei tik galėsiu. Eik dabar. Kaip nors. Visada prisimink mane. Aš visada tave branginsiu. Tikėk manimi, ir tada jis galbūt leis mums pabandyti susitikti dar kartą".

Vėjas nupūtė didžiulį debesį. Jis užstoja mums galimybę pamatyti Darilą. Anksčiau debesis buvo baltas ir pūkuotas, o dabar jis juodas ir pilnas pykčio.

Patraukiu mus atgal.

Man tai darant, pakerta kelius.

Nukrentu ant grindų ir verkiu.

Atrodo, kad vėl praradau Darrilą.

Tačiau šį kartą verkiu dėl dviejų. Sielvartauju dėl dviejų.

***

„Cath, ar tau viskas gerai?"

Pabundu ir prisimenu, bet tai tik mama. Ji bando pakelti mane nuo grindų, bet esu per sunki.

„Iškviečiau greitąją pagalbą", - sako ji, kai bandau atsistoti, bet negaliu.

„Noriu eiti miegoti", - sakau kovodama su dar vienu verksmu.

Atvyksta greitosios pagalbos automobilis, ir jie užbėga laiptais. Jie patikrina mano ir kūdikio gyvybines funkcijas, o kai patvirtina, kad mums viskas gerai, padeda man gultis į lovą.

Mama suklūsta, o aš, norėdama, kad jai palengvėtų, sakau: „Jam viskas gerai, ir man viskas gerai".

Ji sustoja. „Nesupratau, kad dar prašėte sužinoti kūdikio lytį".

„Ech, neklausiau, - sakau, - tai mano nuojauta, kad jis yra jis."

Atrodo, kad melas daro savo. Apsimetu esanti labiau pavargusi, nei esu iš tikrųjų. Atrodo, kad kūdikis irgi miega. Pabučiavusi mane į kaktą, mama išeina ir uždaro už savęs duris.

Valandų valandas guliu ir galvoju apie Darrilą, galvoju, kada vėl galėsime pasimatyti, paliesti vienas kitą.

***

Kiekvieną dieną po apsilankymo pas Darrilą noriu grįžti atgal. Rašau, kas tiksliai įvyksta. Užrašinėti yra prasminga. Tai vienintelis būdas užtikrinti, kad mano nėščiosios smegenys išsaugos prisiminimus. Visko užrašymas, apsėdimas leido mums išgyventi tą pačią dieną vėl ir vėl. Tai tarsi savotiška filmo „Sniego gniūžtės diena" versija, tik šį kartą aš esu Billas Murray.

Darrylas sakė, kad tai buvo „negailestinga". Ar jis turėjo omenyje laiką?

Klausiu Moni, ką ji mano. Ji irgi mano, kad tai gana keista.

Mes pradedame dirbti kartu, tirti antgamtinius reiškinius. Mūsų tikslas - įvykiai, susiję su kelionėmis per veidrodžius on-line.

Randame intriguojančių straipsnių apie paralelines visatas. Kai kuriuose veidrodžiai minimi kaip įėjimo taškai. Tyrimuose kalbama apie virtualias realybes ir dimensijų skilimus. Taip pat kalbama apie erdvines duris ir okultizmą. Tačiau, išskyrus išgalvotus romanus, nerandame jokių tikrų įrodymų, nors randame keletą teiginių.

Randame kelis sąrašus dalykų, kurių niekada nereikėtų daryti su veidrodžiais, pvz:

Niekada nežiūrėkite į veidrodį žvakių šviesoje, nes jis gali parodyti labai persekiojamą jūsų namų versiją.

Jei žiūrėsite į veidrodį tarp dviejų aukštų baltų žvakių, galite pamatyti mirusio artimo žmogaus dvasią. Jų siela gali būti įstrigusi jūsų veidrodyje.

Dėl šio pasakymo man širdis iššoko iš burnos.

Ar ten buvo įstrigusi Darrylo siela? Neatrodė, kad tai būtų bloga ar baisi vieta, bet jis minėjo negailestingą dalyką.

Nusikeikiau ir perėjau prie kito punkto.

Per perkūniją visuomet uždengkite vaiduoklišką veidrodį. Žaibas išlaisvins vaiduoklius.

Pasakoju Moni, kad kai pirmą kartą įėjau į kambarį, veidrodis buvo iš dalies uždengtas. Apkabinu save ir vėl sudrebu.

„Pirmiausia, - sako Moni, - greičiausiai tavo mama jį ten padėjo, kad nesimatytų ant grindų. Tai nieko tokio. Sutapimas." Ji pažvelgia į mane. „Ar tikrai nori tai tęsti?"

Linkteliu galva ir perskaitau kitą.

Blogas ženklas gauti dovanų veidrodį iš mirusiojo namų.

„Dieve mano!" sušukau ir įsidėjau kumštį į burną. Nenoriu išgąsdinti kūdikio, bet veidrodis mūsų šeimoje po mirties buvo šimtmečius. Ne kaip dovana su lankeliu, o kaip dovana ir šeimos relikvija.

Nesu tikra, kas turėjo veidrodį prieš jam patenkant į mūsų šeimą. Turiu apie jį sužinoti daugiau.

Paaiškinu tai Moni, kuri pati šiek tiek susiraukia prieš skaitydama kitą.

Jei kas nors mato savo atspindį veidrodyje kambaryje, kuriame neseniai kas nors mirė, vadinasi, netrukus mirs.

„Fui, mums gerai ant vieno", - sako ji ir tada pažvelgia į mane, kad patvirtintų, ką aš ir padarau kikendamas.

Perskaitau kitą.

Jei naktį jūsų namuose klaidžioja vaiduoklis, veidrodis gali jį užfiksuoti.

Tai baisu. Nė vienas iš mūsų apie tai nieko nesako.

Kūdikis sujuda.

Perverčiu straipsnį toliau. Yra mokslinių įrodymų. Jame minimi kvantiniai veidrodžiai ir daugialypės terpės veidrodžiai kaip vartai į kitus pasaulius.

„Mums reikia sužinoti daugiau. Turiu daugiau sužinoti apie šį veidrodį ir kaip jis atsirado mano šeimoje. Kur jis atsirado? Kas ir kada mums jį davė?" Ištariu drebėdamas.

„Kaip mes tai padarysime?" klausia Moni, ir mes abi sėdime svarstydamos, vienos, bet kartu, gana ilgai.

Dienos ir savaitės bėga į priekį. Mes su Moni tęsiame paieškas, kai tik turime laiko.

Stebime kelionės per veidrodžius koncepciją. Ji siekia senovės civilizacijas.

Apžiūrime savo veidrodį nuo viršaus iki kojų, tikėdamiesi rasti gamintojo ženklą. Mums nesiseka.

Kūdikiui gimus po savaitės - plius minus kelios dienos bet kuriuo atveju - mes su Moni sėdime kartu mano virtuvėje. Iš to, kaip ji vis pradeda ir nustoja, suprantu, kad galvoje turi kažką svarbaus.

„Tau gali pasirodyti, kad tai truputį beprotiška."

„Papasakok man", - sakau.

Kūdikis krūpteli. Paglostau jo pėdutę.

„Įspėju tave", - sako Moni. „Jis yra ten."

„Eik."

„Gerai, štai taip. Internete radau moterį, kuri yra aiškiaregė ir mediumė. Ji turi itin gerą, net puikią reputaciją. Ji duoda rezultatų bylose, į kurias nusprendžia įsitraukti".

Pasilenkiu arčiau.

„Teta Marija užsiima kortų skaitymu kaip hobiu. Ji skaitė apie moterį, apie kurią kalbu. Apie ją rado tik gerų dalykų."

„Aiškiaregė, a?" Sakau. Nesuprantu mediumų burtažodžių. Nors žinau apie tą vyruką, kuris buvo rodomas per televiziją, Džoną kažką. Edwardsą. Garsiai ištariu jo vardą.

„Taip, - sako Moni.

„Nori pasakyti, kad aiškiaregė susisieks su Darelu?"

Moni linkteli galva.

„Bet aš pati galėjau su juo susisiekti. Nežinau, kuo ji galėtų padėti, nes mes jau buvome ten nuvykę patys."

„Turėtume pabandyti. Mums jos reikia. Ne dėl Darilo, o dėl veidrodžio, - sako Moni. „Jei tai keliaujantis veidrodis. Tu sakai, kad taip yra, nes juo keliavai. Turime apie jį sužinoti daugiau. Ji galėtų jį išbandyti. Turiu omenyje, kad aiškiaregiai atlieka bandymus".

„Aha", - sakau ir dabar mane tai domina labiau nei anksčiau. Pasilenkiu šiek tiek arčiau.

„Aš jai šiek tiek paaiškinau, kas nutiko, nesileisdamas į per daug detalių. Jos vardas Ana August ir ji tikrai nori su tavimi susitikti, pamatyti kambarį ir veidrodį. Aš irgi norėčiau čia būti, kad morališkai palaikyčiau. Tai yra, jei norite, kad būčiau."

„Tu turi būti čia su manimi", - sakau, o kūdikis kilsteli koją, kad užregistruotų savo balsą. Einu prie vandens šaldytuvo ir įsipilu sau stiklinę vėsaus skysčio. „Kiek ji prašo už apsilankymą?" Paklausiu po kelių gurkšnių.

„Penkis šimtus."

Atsisėdu ir prispaudžiu vėsią stiklinę prie kaktos.

„Žinau, kad prašyti daug, - tęsia Moni, - ir norėčiau tai pasiūlyti kaip dovaną."

„Labai miela iš tavo pusės, - sakau. „Bet jei mes su tavimi pasiskirstytume penkiasdešimt penkiasdešimt, pusė būtų tavo dovana, būtų nuostabu. Kaip ji ją renka? Turiu omenyje, iš anksto?"

Moni paaiškina, kaip tai veiktų. Mums reikia iš karto nusiųsti dešimties procentų užstatą kaip geros valios ženklą. Ana atsiųstų mums kvitą, suderintų datą ir laiką, kada galėsime apsilankyti asmeniškai. Sutartą dieną atvykus reikėtų sumokėti likusią sumą.

„Atvykus?" Sakau. Atrodo šiek tiek įžūlu taip iš anksto prašyti pinigų, bet vėlgi, kas žinojo aiškiaregių protokolą?

Moni pasiima iš šaldytuvo stiklinę apelsinų sulčių ir ilgai geria. „Pagal jų svetainę, pristatymas vyksta įėjus į kliento namus, o tai būtumėte jūs."

„Aha, vadinasi, ji nieko nežada mainais?"

„Eee, ne, - patvirtina Moni. „Bet man atrodo, kad aiškiaregių pasaulyje tai įprasta. Kai ji sutinka imtis tavo bylos, ji visiškai įsipareigoja. Ji nori užtikrinti, kad jos klientai taip pat. Ji gali rinktis, kam nori padėti. Pasakydama naujiems klientams, kad nori pradinio įnašo, o likusią sumą - iš anksto, ji galės atsijoti keistuolius".

Nusijuokiu, galvodama, ar ji laikys mane kvaileliu, net jei sumokėsiu iš anksto. „Ar ji, ar Ana yra vietinė?"

„Ne, ji iš miesto, bet žinojo, kur gyveni. Turiu omenyje, kol dar nepasakiau jai tavo adreso. Ji sakė, kad pastaruosius kelis mėnesius šioje vietovėje jautė keistą nerimą. Tiesą sakant, jis buvo toks stiprus, kad ji svarstė galimybę pati jį ištirti".

Tai skamba įdomiai ir kartu toli gražu neįtikėtinai. „Norite pasakyti, kad ji turėjo nuojautą?"

„Aš irgi apie tai galvojau, bet ji pasakė, kad ne. Nors jai dažnai jų pasitaiko. Šiuo atveju ji pajuto psichinį sutrikimą. Ją kažkas užplūdo. Jai ėmė šiauštis plaukai. Tokie dalykai."

Žiūrint baisų filmą man taip nutinka, bet aš to nesakau. Vietoj to sutinku nusiųsti pradinį įnašą ir sumokėti jai visą sumą atvykus. „Turime išsiaiškinti daugiau, o pasirinkimo galimybių neturime daug".

„Yra daugybė kitų galimybių, - sako Moni, - bet Ana turi gatvės kreditą. Aš pasirūpinsiu, kad tai įvyktų kuo greičiau."

***

Gegužės trečiąją, trečią valandą po pietų, į mano namus atvyksta garsi aiškiaregė ir mediumė Ana August. Mes su Moni pasislepiame už užuolaidų. Stebime, kaip ji iš savo automobilio išlipa ant mano važiuojamosios kelio dalies. Abi esame labai smalsios ir norime ją apžiūrėti prieš susitikdamos gyvai.

Per pastarąsias porą savaičių mus apėmė Anos manija. Tuo pat metu aš tapau apsėstas veidrodžio, nes Ana liepė man laikytis nuo jo atokiau. Su ja nekalbėjau, bet ji primygtinai reikalavo, kad Moni perduotų man skubią žinią.

Žinutė buvo tokia, kad jei dar kartą įeisiu, ji sužinos. Mūsų susitarimas būtų atšauktas. Taip pat, kad nepaisant to, vis tiek reikės sumokėti visą sumą.

Jai tai būtų lengvi pinigai, jei nepaisyčiau įspėjimo. Jai būtų sumokėta net neperžengus mano slenksčio. Jos žodžiai mane pakankamai išgąsdino, kad užrakinčiau darželio duris. Visam atvejui.

Anai apie šešiasdešimt metų, graži moteris. Ji nėra graži, ji graži. Tai nereiškia įžeidimo. Taip ji atrodo mums abiem. Ji labai aukšta, beveik septynių pėdų, ir kaip ji nešioja plaukus, surištus į kuodą ant viršaus. Tai dar labiau padidina jos ūgį.

Ji dėvi aukštakulnius, kraujo raudonumo paltus su juodomis širdies formos sagomis. Ant kojų - stori juodi pleištai. Ant jos veido - menkiausias blakstienų tušo potėpis, raudonas lūpdažis ir nieko daugiau. Tamsiai juodi plaukai už kairės ausies atskleidė juodą širdies formos auskarą. Puikiai derėjo prie jos palto sagų.

Ana žengia link paradinių durų su galingu ryžto ir tikslo pojūčiu. Ji truputį svyruoja ant savo pleištinių batelių, ir mes nusijuokiame. Pamačiusi mus, Ana mirkteli ir padaro virš savęs kryžiaus ženklą. Ji suabejoja, tada padaro kryžiaus ženklą virš mano namų.

Mes buvome taip išsiblaškę ir susižavėję viskuo, ką padarė Ana, kad nepastebėjome iš paskos jai vilkimo vyro.

Jis yra beveik penkių pėdų ūgio, juodaplaukis ir juodai barzdotas. Jis vilki juodą paltą, akis dengia juoda kepurė, mūvi juodas kelnes ir avi juodus batus. Jis slenka paskui lyg tamsus vienišas debesis. Suprantame, kad pasilenkia dėl to, ką nešasi ant nugaros: nedidelę juodą bagažinę. Nors ji nedidelė, jos svorio pakanka, kad jis susikūprintų.

Ana trenkia į durų staktą, ir mes skubame į priekį jų pasitikti.

***

Ana įžengia kaip vėjas, o tamsus debesis įsisuka neatsilikdamas. Ji pirmoji ištiesia ranką man, paima kitą ranką. Ji pažvelgia man į akis, o aš jai į akis - jos buvo keisto žalio atspalvio su mažyčiais raudonais taškeliais per visą vyzdį.

"Man taip malonu pagaliau su tavimi susitikti, - sako ji, ištiesia ranką ir sustoja prieš paliesdama kūdikį. Aš linkteliu galva, kad ji gali tai padaryti, ir ji uždeda atvirą ranką ant kūdikio. Tikiuosi, kad jis krūptels, norėdamas patvirtinti jos buvimą, bet jis to nepadaro.

"Jis turbūt miega", - sakau. Dėl kažkokios keistos priežasties dėl to, kad jis neprisistato kopimui, jaučiuosi lyg būtume nemandagūs.

Ana atlenkia paltą. Ji atsisuka į Moni ir pasisveikina. Ji supažindina mus su savo vyru, kuris stovi antrame plane ištiesęs nugarą. Jo vardas Balardas.

Prieinu prie jo ir paspaudžiame vienas kitam ranką. Jam reikia padėti nuimti krūtinę nuo nugaros, tad padedu jam. Po to jis atsistoja tiesiai ir aukštai. Galų gale jis ne toks jau žemas. Jis žemas vyrui, o Ana su savo pleištais stūkso virš jo.

„Užsiimkime nuobodžiomis detalėmis, - pasiūlo Balardas.

„Taip", - sako Ana.

„Ji turi omenyje pinigus", - sušnabžda Moni.

Nuo šoninio staliuko pasiimu rankinę. Joje yra visa suma, kurią paduodu Anai, o ši - Balardui.

„Ačiū", - sako Anna.

Balardas paima pinigus ir perverčia juos. Įsitikinęs, kad ten yra visa suma, jis įsideda ją į palto kišenę.

Ana sako: „Dabar norėčiau apžiūrėti kambarį".

Mes trys, Moni, Ana ir aš (arba keturiese, jei įskaičiuosiu ir kūdikį), einame link vaikų kambario. Atsigręžiu atgal ir matau, kaip Balardas kišenėje ieško rakto, kurį įkiša į spyną ir atidaro bagažinę.

Man smalsu, koks tas raktas, bet dar įdomiau, koks jo turinys. Ballardas tęsia. Aš vėl atkreipiu dėmesį į šį reikalą.

„Atėjus laikui", - sako Ana, vesdama mus toliau. Ji mato, kad smalsiai žvelgiu į Balardą. Jai, regis, nieko netrūksta.

Mums dar nepasiekus darželio, Ana staiga sustoja. Velniškai nedaug trūko, kad į ją atsitrenkčiau, nes dabar esu būrio gale, o Moni pirmauja.

Anos kvėpavimas pasikeičia. Ji kvėpuoja, o skruostai labai paraudonuoja. Ji sugriebia kumščiais sieną dešinėje ir kitą sieną kairėje ir stovi nejudėdama. Jos kumščiai prasiskleidžia kaip žydinčios rožės. Ji uždeda rankas plokščiai ir atvirai ant abipus jos esančių sienų paviršiaus.

Jos galva atšoka atgal, o akys plačiai atsiveria, žiūrėdamos į lubas. Visas jos kūnas ima drebėti ir virpėti, tarsi ją ištiktų epilepsijos priepuolis.

***

Tuomet jos kūne kažkas įsiplieskia. Kad ir kas tai būtų, matau, kaip tai skinasi kelią per ją. Žiūriu į Moni, kurios akys beveik iššoka iš kaukolės. Ištiečiu ranką per Anos petį ir paimu Moni ranką į savo. Stovime nejudėdamos, nežinodamos, ką daryti. Ana toliau virpa ir virpa.

Tada Balardas yra šalia ir kažką prideda prie Anos apverstos kaktos. Tai sidabras.

Matau, kaip jis blykčioja šviesoje, bet negaliu suprasti, kas tai yra. Iš pradžių šmėkla, paskui blyksnis. Netrukus Anos rankos ir galva nukrenta. Paskui ji grįžta tarp mūsų.

„Atsiprašau, mano meile, - sako Balardas. „Nesitikėjau..." Jis sustoja ir pažvelgia į Moni ir mane, kurie vis dar stovi kartu, laikydamiesi už rankų.

„Aš irgi nesitikėjau, - sako Ana, giliai įkvėpdama ir kelis kartus paleisdama kvapą, kad nusiramintų. „Tai buvo galingas kažkas ar kažkas. Ar galiu išgerti taurę porto prieš mums tęsiant?"

Pradedu sakyti, kad namuose neturiu portveino. Balardas, kuris atėjo pasiruošęs, iš striukės vidaus išsitraukia kolbą. Jis atsuka dangtelį ir paduoda ją Anai.

Jos rankos dreba, kai ji bando gurkštelėti. Ballardas padeda.

Ana ranka nusišluosto burną. Vis dar matau, kaip drebantys jos pirštai paduoda kolbą atgal. Balardas pasiūlo man gurkštelėti.

Atsisakau dėl kūdikio. Moni taip pat atsisako, bet padėkoja Ballardui už pasiūlymą.

Ana nutraukia tylą. „O dabar tęskime."

***

Mums dar nepasiekus vaikų kambario durų, jos užsitrenkia. Jėga tokia didelė, kad atrodo, jog gali sulūžti vyriai. Stumteliuosi pro svitą, pasinaudodamas savo vaiko apimtimi, kad prasiskinčiau kelią.

Priėjusi prie durų, kišenėje ieškau rakto. Kai atrakinu, bandau pasukti rankeną. Sakau „bandau" dėl dviejų priežasčių.

Pirma, ji nepajuda, o antra, ji įkaitusi iki raudonumo, taip stipriai, kad rėkia, kai mano oda į ją susilieja. Metalinė rankena tarsi privirinama prie manęs, o mano oda šnypščia ir kvepia taip, lyg būčiau kepama ant žarijų.

Mano įkaitusi mėsa kvepia beveik lašinių kvapu, kai toliau bandau atsiskirti nuo rankenos. Kelios kitos sekundės tarsi sustabdo laiką, ir aš sutelkiu mintis į pačią rankeną, o ne į skausmą. Vienu judesiu atsiskiriu. Rankena pajuda. Sekundę galvoju, kad ji pasisuks ir atsidarys, bet taip nėra.

Pažvelgiu į kairę, kur stovi Moni, žiūri, svarsto, ką daryti, bet nieko nedaro. Žvilgteliu į Balardą, kuris žiūri į Aną, užmerkusią akis ir tariančią žodžius.

Stebiu ir klausausi jos murmėjimo, suprasdamas, kad ji atlieka užkalbėjimą ar burtažodį. Bent jau taip atrodė pagal mano matytas išgalvotas televizijos laidas su raganomis.

Ar aiškiaregiai atlieka užkalbėjimus ar burtus? Nebuvau tikras, bet kad ir ką ji planavo, tikrai tikėjausi, kad tai pavyks.

Kai ši mintis kirto man į galvą, durų rankenos karštis padidėjo nuo devynių iki dešimties ir aš iš skausmo sušukau. Balardas skuba prie manęs su buteliuku brendžio rankoje ir apipila ranką jo turiniu. Jis rūko, spjaudosi ir kvepia kaip atvėsęs kalėdinis pudingas.

Jis suveikia, ir mano ranka išsivaduoja iš rankenos. Balardas nuveda mane nuo durų. Stoviu nejudėdamas, o Moni paduoda Ballardui pirmosios pagalbos vaistinėlę, kurią atsinešė iš vonios kambario. Jis apvynioja mano ranką marle, prieš tai apipurškęs ją kažkokiu skysčiu nuo nudegimų. Jis atvėsina mano odos temperatūrą. Kai jis apvynioja marlę, skausmas būna minimalus.

Kai grįžtame į koridorių, Anos niekur nėra, tačiau darželio durys stovi plačiai atvertos.

Šį kartą Ballardas veda pirmyn, o mes su Moni ne per daug atsiliekame. Balardas laiko ištiesęs dešinę ranką priešais save, tarsi lauktų nematomo ir nežinomo žmogaus atėjimo. Jei jis rankoje būtų laikęs kryžių, jis nebūtų ne vietoje. Savo paties labui žiūrėjau per daug televizijos.

Atsidūręs vaikų kambaryje, Balardas sušnabžda: „Ana". Jis atsistoja tarpduryje, užstodamas Moni ir man kelią į kambarį.

Jokio atsakymo.

Balardas įeina iki galo, vis dar šaukdamas Aną, o mes einame jam iš paskos.

Langas plačiai atvertas, kaip ir tą dieną, kai įėjau į veidrodį. Tačiau šis vėjas yra smarkus. Jis išpučia užuolaidas į priekį. Jos banguoja ir tarsi vaiduokliai plūduriuoja virš grindų.

Skraidančios užuolaidos nukreipia mano akis veidrodžio link. Moni ir Balardas daro tą patį, bet šį kartą jie eina man iš paskos, kai aš einu link veidrodžio. Antklodė, kadaise užklojusi veidrodį, dabar suglamžyta ant grindų.

„Ana!" Šaukiu.

Balardas sušunka žmonos vardą.

Nors jo nepažįstu, nuo jo balso aukščio ir tono man per visus dilbius bėga žąsies oda. Atsisuku ir pažvelgiu į jį, matydama gryną baimę. Man buvo absurdiška, kad jis taip išsigandęs. Balardas yra jos partneris visais atžvilgiais. Kartu jų gyvenimas sutelktas į pagalbą žmonėms užmegzti ryšį su kitoje pusėje esančiais artimaisiais. Jie yra profesionalai.

Nueinu prie veidrodžio. Vienu didžiuliu žingsniu visu kūnu įeinu į jį.

Paskutinis dalykas, kurį išgirstu, yra Moni, šaukianti mano vardą.

***

Kitoje pusėje - visiška tamsa.

Tai skiriasi nuo anksčiau buvusios. Baisu.

Žengiu du žingsnius į priekį. Po kojomis kažkas trakšteli. Truputį pasislenku į šoną, tikėdamasi, kad to, kas tai buvo, ten nebus, bet taip ir yra. Žengiu į priekį, tupiu ant kažko didesnio, kol truputį suklumpu, paskui dar sustoju.

Per daug išsigandusi, kad galėčiau pajudėti, suprantu, kad ši vieta buvo būtent tokia, kaip tikėjausi, kad atrodys veidrodžio vidus. Ko nesitikėjau, tai kvapo. Jis drėgnas kaip pūvantys rudens lapai ir šaltas. Apkabinu save rankomis.

Nejudu, tikėdamasi, kad akys prisitaikys ir pripras prie tamsos. Praeina kelios sekundės. Vis dar nežengiu nė žingsnio jokia kryptimi. Kartais jaučiu, kaip krūpčioju. Stovėti ramiai su tokiu dideliu pilvu nėra lengva užduotis. Jaučiu, kad galiu apsiversti. Glostau savo kūdikio guzą ir stengiuosi išlikti rami. Kur miškai, paplūdimys ir kalnai? Kur saulė ir rudens vėjas? Čia sustingęs oras stovi vietoje.

Galvoju, ar tai ne kita dimensija.

Kodėl ši vieta atrodo tokia nepažįstama, kai kita atrodė jauki?

Buvau kvailas, kad įžengiau nežinodamas, jog čia yra Ana.

Išgirstu traškesį, o paskui Anos balsą. „Katė?"

Mano kūnas dreba, kai atsakau.

„Cath, - sako ji, - tau reikia iš čia išeiti."

Paglostau savo kūdikio guziuką, bandydama tapti normalia.

„Ar žinai, kiek žingsnių žengėte po to, kai atėjote?" Ana klausia.

Sakau jai, kad daug žingsnių nenuėjau, tačiau jų ir neskaičiavau.

Ji klausia, ar galėčiau pasukti, ar žinočiau, kuria kryptimi atėjau, ir aš atsakau, kad manau, jog žinau.

„Apsisuk ir eik lauko kryptimi", - pamoko Ana. „Aš seksiu tavo žingsnių garsus. Garsas ves mane ir mes kartu išeisime į lauką".

Pagalvoju apie Darrilą, kai pirmą kartą susitikome. Šioms džiugioms mintims atsidūrus mano galvoje, įkyriai stumteli prisiminimas. Jis buvo apie kažką, ką buvau skaitęs ar žiūrėjęs. Apie demonus tamsoje, kurie įgauna balsus tų, kuriuos pažįstame, kartais net tų, kuriuos mylime. Juose demonai apsimeta tais, kuriais nėra.

Nuraminu protą ir nustumiu tas mintis šalin, įgaunu jėgų galvodama apie Darilą ir kūdikį. Atsisuku, ištiesiu rankas, kad pajusčiau kelią. Grumtynės sukelia paniką, bet žinojau, kad nenuėjau per toli. Einu į priekį kaip aklas zombis ir nieko nejaučiu. Žengiu dar du žingsnius į kairę, vis dar judėdama ta pačia kryptimi kaip ir anksčiau, ir vėl ištiesiu ranką priešais save. Vis dar jokio kontakto su niekuo. Dar du žingsniai.

Štai jis. Pajuntu jį ir žengiu į priekį. Ballardas ir Moni tempia mane likusią kelio dalį.

Ana griebia mane už marškinių uodegos ir taip pat praeina pro šalį.

Esame saugūs.

Mes grįžome.

***

Verkiu, kai Moni padeda man per kambarį. Atsisėdu į sklandytuvo kėdę, tarsi ant pečių neščiau viso pasaulio svorį. Glostau savo kūdikio guzelį ir niūniuoju „Frere Jacques", kad nutildyčiau širdį ir protą. Mano berniukas neatsako nė vienu smūgiu, bet jis ne ką blogiau jaučiasi.

Moni atneša puodelį karštos arbatos. Mano rankos per daug dreba, kad galėčiau jį laikyti. Ji pakelia puodelį prie mano lūpų, ir aš gurkšteliu.

Kampe, už ausų, Ana šnabžda Balardui, traukdama iš kolbos. Ji virpa, o Balardas kartais žvilgteli į mano pusę, paskui vėl į žmoną. Aš ją išgelbėjau, sugrąžinau atgal. Įdomu, apie ką jie kalbasi, bet esu per daug pavargęs, kad galėčiau įsiklausyti į jų pokalbį.

„Kiek laiko?" Klausiu Moni.

"Aštuonias valandas."

"Tai negalėjo būti aštuonios valandos!"

"Lauke tamsu. Matai?" Ji atitraukia užuolaidas ir vietoj dienos šviesos parodo tamsą lauke. Ji pasilenkia ir klausia: "Kaip sekėsi Darrylui?"

Mano sūnus man duoda tokį stiprų smūgį, kad man užgniaužia kvapą. Per odą paglostau jo pėdą. "Nusiramink, sūnau."

Moni palaukia, kol kūdikis nurims, ir tik tada klausia: "Jei Darrylo nebuvo, kodėl taip ilgai buvai išvykęs?"

"Nežinau", - sakau, žvelgdamas Anos link ir tikėdamasis, kad ji pateiks kokių nors atsakymų. Juk ji vienintelė ekspertė kambaryje.

Ana dar kartą patraukia iš kolbos. Pamačiusi, kad žiūriu į ją, ji suklupsta ir eina per kambarį. "Ar tau viskas gerai?"

Ana stovi man iš kairės, Moni priešais mane, o Balardas man iš dešinės, tarsi būčiau puslankio centras. Aš drebėdama nusikeikiu. Moni užmeta man ant pečių antklodę.

Ana sako: "Veidrodis turi daug veidų. Šis, - ji rodo į jį, - turėtų būti sunaikintas."

"Bet kodėl?" Klausiu sukandusi dantis. "Jis dešimtmečius buvo mano šeimoje ir jis atvedė pas mane Darilą".

"Siūlau jį išsiųsti, jei negali sunaikinti. Jis vėl tave kvies ir gundys įeiti, jei bus tavo namuose. Kitą kartą tau gali ne taip pasisekti. Kitą kartą gali ten įstrigti visam laikui".

"Klausyk mano žmonos, - sako Balardas. "Ji žino, apie ką kalba, ir viskas, ko ji nori, tai apsaugoti tave ir tavo vaiką nuo žalos."

"Ji galėjo mums pakenkti, bet nepakenkė, - sakau. "Buvo tamsu ir drėgna, bet esu buvęs ir blogesnėse vietose, daug blogesnėse."

Ana suabejoja, šiek tiek žingsniuoja, paskui sako: "Traškesys. Kaip manai, kas tai buvo?"

Balardas žengia prie žmonos ir šnibžda jai į ausį. Jie vėl atsisuka į mane.

"Lapai", - atsakau. "Negyvi lapai."

Anos akys nušvinta, kai ji pažvelgia į savo vyrą. "Tai buvo lūžtančių kaulų garsas. Kitų, kurie taip ir nesugrįžo, kaulų."

Užgniaužiu kvapą ir stengiuosi nerėkti. Pagalvoju apie girdėtą garsą ir svarstau, ar ji jį išgalvoja, bandydama mane išgąsdinti. Jei būčiau pataikiusi į kaulus, kaip tai būtų skambėję? Kaip jaustųsi po mano kojomis? Jie skambėtų lygiai taip pat, kaip tie, kurie yra veidrodyje.

"Dabar eikime iš čia, - sako Ana. "Padarėme viską, ką galėjome. Daugiau čia nebegalime būti. Įsidėmėkite mano žodžius, jei nesunaikinsite to daikto, jis bus ant jūsų galvos".

Jiems nueinant nuo manęs, sušunku: "Kodėl manęs nelaukėte? Kodėl įėjote į veidrodį be manęs? Prieš tai ten buvo mano vyras Darrylas. Viskas buvo saugu ir gera. Kodėl nelaukėte?" Atsistoju ir einu paskui juos, tikėdamasi atsakymo, paaiškinimo.

Ana eina toliau.

Balardas sustoja, svarsto ką nors pasakyti. Jis persigalvoja: "Eik, mano meile. Ši moteris nevertina tavo pasiaukojimo ar patarimo".

"Jos pasiaukojimo? Aš įėjau į vidų ir ją išvedžiau! Aš ją išgelbėjau."

"Nusiramink, - sako Moni. "Tai nėra gerai kūdikiui."

"Eik iš mano namų", - šaukiu.

Užsidėjęs ant nugaros bagažinę, Balardas su žmona išeina iš mano namų.

Stoviu suspaudusi kumščius, o vanduo sunkiasi man po kojomis. Mane užplūsta svaigulys ir aš nukrentu ant grindų.

***

Tai vis dėlto ne vanduo. Tai kraujas.

Tai sužinau tik tada, kai greitosios pagalbos automobilis rėkdamas įvažiuoja į mano važiuojamąją dalį ir medikai mane apžiūri. Mano gyvybiniai rodikliai geri, bet jie primygtinai reikalauja, kad važiuotume į ligoninę.

Poilsiaudama, pririšta prie aparatų ir monitorių, jaučiuosi dėkinga, kad man ir mano sūnui viskas gerai. Nieko daugiau ir nieko mažiau.

Moni paskambina mano mamai, kuri greitai atvyksta. Ji sėdėjo su manimi, laikė mane už rankos ir sakė, kad viskas bus gerai. Dabar ji kietai miega ant kėdės.

Žiūrėdama į ją miegančią suprantu, kad mamos yra panašios į dievus. Nuo pat mūsų pradėjimo momento mes viskuo pasikliaujame. Kai aiškina, kad viskas bus gerai, net jei žinome, kad jos negali žinoti, vis tiek jomis tikime. Jei jos mums pasakytų, kad dangus oranžinis, turėtume jomis tikėti. Kodėl jie turėtų mums meluoti? Mūsų motinos yra slaugytojos, gydytojos, patarėjos arba konsultantės, mokytojos, filosofės ir mūsų draugės. Motinos dėvi tiek daug skrybėlių.

Jaučiu savo kūdikio guziuką, galvoju apie savo galimybes atlikti motinos ir vienintelės tėvų vaidmenį savo sūnui. Tikiuosi, kad galėsiu prilygti savo motinos stiprybei ir drąsai. Jei man pavyktų pasiekti aštuoniasdešimt procentų to, kuo ji buvo man, tada būčiau perpildyta mėnulio.

Svarstau, ką man pasakė gydytojas. Kraujavimas nebuvo rimtas. Laikina būklė, ir ji sustojo. Kūdikiui viskas gerai, stiprus širdies plakimas. Vis dėlto gimdymo terminas netoli, o jie nori, kad mes būtume čia.

Nusišypsau, galvodama apie nusivylusią Aną. Ji taip ruošėsi atvykti ir siūlė pagalbą. Paprašiau Moni susisiekti su ja ir sužinoti, ar ji galėtų užpildyti kai kurias spragas. Norėjau sužinoti, kas jai nutiko prieš įeinant į veidrodį. Ką ji žinojo? Ką ji matė?

Taip pat norėjau sužinoti, kodėl ji įšoko į veidrodį anksčiau, nei kas nors iš mūsų buvo kambaryje.

Ašaros tyliu verksmu išsiliejo mano skruostais. Man taip trūksta Darrylo. Gyvenimas būtų visai kitoks, jei jis būtų čia. Gyvenimas per trumpas, per daug brangus, kad praleistume nors vieną akimirką.

Atsitrenkiu į pagalvę ir užmerkiu akis.

***

Mano kojos atsiplėšia nuo žemės. Monarcho drugelio sparnais išskrendu į atvirą orą. Pakylu vis aukščiau ir aukščiau į dangų, kai pro mane praskrenda lėktuvai. Keleiviai mojuoja pro langus. Paukščiai sustoja. Vienas atsisėda man ant peties. Jis giesme atveria ir užveria snapą, tarsi bandytų su manimi pasikalbėti. Jis nuskrenda, laimingas, kad pabandė pabendrauti su kitu dangaus gyventoju.

Žemiau manęs seka mažas sparnuotas žmogus. Paglostau savo kūdikio guziuką, bet pastebiu, kad jo nebėra. Žemiau esantis sparnuotas asmuo yra mano vaikas. Jo sparnai mėlyni ir juodi. Jis mokosi skraidyti. Jis sunkiai skinasi kelią link manęs.

„Mama", - šaukia jis.

Aš pakimbu vietoje ir laukiu, kol jis pasivys.

„Mama", - vėl šaukia jis.

Stumiuosi žemyn, kol atsiduriame vienas šalia kito. Paimu jo ranką.

Kartu pakylame.

Atlošiu galvą atgal, vis dar laikydama jo ranką, ir dangus per sekundės dalį pasikeičia iš dienos į naktį. Oras iš šilto virsta šaltu, pakyla vėjas ir stumia mus tolyn.

Mes su sūnumi įsikibę laikomės tvirtai, sinchroniškai plasnodami sparnais. Bejėgiai.

Griaustinis pasigirsta. Žaibai perskrieja dangų už mūsų, po mumis, vis arčiau ir arčiau.

Tiesioginis smūgis į mano sparnus. Jo sparnuose įsižiebia kibirkštis.

Mes krentame atgal iš ten, iš kur atvykome.

***

Atsibundu šaukdamas. Tiek to, kad nepabudau mamos.

Sapnas buvo toks tikras, toks ryškus. Dėl jo monitoriai blykčiojo ir pypsėjo. Įbėgo ligoninės personalas ir perėmė kontrolę.

„Tai buvo tik sapnas", - sakau, kad juos nuraminčiau. Vis dėlto jie ir toliau skuba aplinkui.

Nušluostau miegą nuo akių.

Mamai kažkas negerai. Jie atėjo ne dėl manęs.

Jie paguldė ją ant ligoninės lovos ir išlydėjo iš kambario. Ratukai girgždėdami atitraukia ją nuo manęs.

„Kas atsitiko?" Šaukiu. Bandau atsistoti, kad galėčiau eiti su ja, būti su ja. Turiu pasivyti palydą.

Tačiau esu pririštas. Bandau išsilaisvinti. Nepakankamai greitai. Slaugytoja man į ranką smeigia adatą.

Paskutinis dalykas, kurį prisimenu, yra keikimasis ant jos.

***

Kai pabundu, Moni yra šalia manęs. Kai užmigau, buvo diena. Dabar jau tamsu. Viskas pro langą atrodo juodai juoda ir be žvaigždžių.

Kai bandau sudėlioti detales, sūnus mane labai stipriai išmuša iš vėžių. Jis tarsi primena man, kad jis turi būti pirmoje vietoje, tarsi man tai reikėtų priminti. Pirmiausia tai buvo tas baisus sapnas. Paskui mama turėjo bėdų, sirgo ar panašiai.

Grįžtu į realybę.

Moni paduoda man stiklinę vandens. Mes su ja draugaujame jau taip seniai, kad kartais atrodo, jog mus sieja telepatinis ryšys. Moni yra geriausia draugė pasaulyje. Nežinau, ką be jos daryčiau.

„Ačiū, - sakau gurkštelėdama ir jaučiu, kaip vėsus vanduo patenka į mano labai tuščią skrandį. Nenuostabu, kad mano kūdikis kimba kaip pašėlęs. Man reikia pasistiprinti, nes šiandien nevalgiau. Ligoninės maistas nėra kažkas tokio, apie ką būtų galima rašyti namuose. Paklausiu Moni, ar ji negalėtų pasišalinti ir nupirkti man ko nors iš greito maisto.

Moni, kaip visada logiškai mąstanti, pasiūlo paskambinti slaugytojai. Paklausti, ar jie galėtų ką nors man padaryti, kad netrukdytų mano ir kūdikio mitybos reikalavimams. Tai skamba kaip geras patarimas, nors aš nužudyčiau sūrio mėsainį, keptas bulvytes ir kokteilį.

Slaugytoja yra paslaugi ir sako, kad kuo greičiau atneš ką nors specialiai man pagaminto. Ligoninės kalba, o tai reiškė, kad iškart, kai tik pasieksiu hierarchijos viršūnę. Pirmas įeina, pirmas aptarnaujamas.

Viena ranka trinu savo kūdikio guzelį ir gurkšteliu daugiau vandens, kad neleisčiau alkio priepuoliams atslūgti.

„Mums reikia pasikalbėti, - sako Moni.

„Aš klausausi."

„Visų pirma, tavo mamai viskas gerai. Ją ištiko insultas, bet, kiek suprantu, jis nebuvo didelis. Nežinau konkrečių detalių, nes nesu šeimos narys, bet man susidarė įspūdis, kad ji visiškai pasveiks."

Su palengvėjimu atsikvepiu ir primenu Moni, kad ji yra tarsi sesuo, kurios niekada neturėjau.

„Aš turiu seserį, - sako Moni, - bet tu esi mano pasirinktoji sesuo".

„Myliu tave, - sakau.

„Aš irgi tave myliu."

Akimirką tylime, o tada ji sako: „Kalbėjausi su Ana dėl tavęs. Apsilankymas tavo namuose ir veidrodyje juos visiškai išgąsdino. Tie du ne naujokai. Ji, turiu omenyje Aną, dar niekada nesijautė taip arti grynojo blogio, kaip tada, kai buvo tavo veidrodyje".

Prisimenu palaimos jausmą, kai buvau su Darilu. Jo prisilietimo pojūtį. Jo ryšį su sūnumi. Tai, ką ji kalbėjo, atrodė juokinga, ir aš taip sakau.

„Ką tu turi omenyje?"

„Visų pirma, aš irgi ten buvau. Taip, buvo labai tamsu. Buvo drėgna ir net šiek tiek smirdėjo, bet blogio buvimo ore nejaučiau. Jei toje tamsoje slypėjo blogis, jis bet kada galėjo užklupti bet kurį iš mūsų. Mes buvome jo malonėje. Tad kodėl jis nieko nedarė?"

„Ji sako, kad velnias nori tik sužalotų žmonių sielų. Tų, kurie padarė blogį ar blogus darbus. Vienintelė išimtis - tie, kurie ateina pas jį savo noru ir yra tyros širdies".

„O Ana, kur ji telpa šiame scenarijuje? Klausiu.

„Ana sakė, kad jei nebūtų buvę tavęs ir ypač kūdikio, tas dalykas būtų ją pasiėmęs. Ji sako, kad jis jai šnibždėjo, jog ji pasiklydusi, kad ji yra jo, kol tu dar nebuvai įžengęs į veidrodį. Kai tai padarėte, iš kūdikio sklido šviesa. Tai nebuvo ryški šviesa. Ji buvo neryški, bet jos pakako, kad ji suprastų, jog esi ten. Ta šviesa atvedė ją prie tavęs, ir paskutinę įmanomą sekundę ji tave sugriebė, o tu ją ištraukei. Be kūdikio, be tavęs, ji būtų pražuvusi, jos siela būtų amžinai ten įstrigusi".

Nieko negalvodama paglostau kūdikio pėdutę. Jis pasisuka manyje.

Pakėliau akis, kai į kambarį įžengia nepažįstamasis su planšete. Jis raukšlėjasi kaip Didysis kanjonas, bet yra kažkodėl paraudęs ir kartu išblyškęs.

„Ar jūs Katas?" - klausia jis.

***

Jis nedėvi balto chalato ir nėra nei šeimos narys, nei draugas. Kikenu, patvirtindama, kad esu aš.

Atsakydamas jis sušuka: „Atneškite ją".

Du tiekėjai atneša didelį uždengtą daiktą.

Jiems dar nespėjus jo atidengti, jau žinau, kas tai. Veidrodis.

„Ką tai čia daro? Aš neprašiau, kad jį atneštumėte."

„Pasirašykite čia." Vyras paduoda Moni rašiklį. Iš pradžių ji kategoriškai atsisako pasirašyti, bet vyras pakelia balsą. Jis grasina sukelti triukšmą, todėl ji pasirašo, bet tik po to, kai aš jai liepiu.

„Mes sugalvosime, ką su ja daryti, kai šie du vyrukai - be įžeidimo - išeis".

Moni nusišypso, aš taip pat.

Pristatymo darbuotojai atsitraukia.

„Kas dabar?" Moni klausia stovėdama kuo toliau nuo veidrodžio ir neišeidama pro duris.

Jaučiuosi saugi ten, kur esu ant lovos, susisupusi į antklodę. Iš čia galiu kaip įmanydama stengtis nekreipti dėmesio į dramblį kambaryje. Ką, po velnių, jis čia veikė ir kas jį atsiuntė?

***

Suskamba Moni telefonas, todėl abu pašokame. Ji užsiėmusi stumdo veidrodį į šoną prie lango.

„Tuoj grįšiu, - sako ji.

Eidama manęs pasitikti naujoji palydovė pamato veidrodėlį ir jį atidengia. „Koks gražus veidrodis", - sako jis. „Rėmas ir ypač medis yra visiškai nuostabūs". Jis perbraukia pirštais per išgraviruotas sujungtas rankas ir sako: „Argi ne japoniškas?"

„Nežinau, bet jis jau dešimtmečius priklauso mano šeimai".

Patarnautojas pastato veidrodį taip, kad jis būtų matomas mano periferiniame veide. Dalis jo atsukta į mane, o dalis - į langą.

Jis pažvelgia į jo nugarėlę. „Kažką panašaus esu matęs anksčiau. Jei kada nors norėsite jį parduoti, paskambinkite čia ir paprašykite manęs arba palikite žinutę. Mano vardas ir pavardė - Danielis Chungas." Jis paduoda man savo vizitinę kortelę.

„Ech, ačiū, - sakau, kai Moni grįžta į kambarį.

„Ar viskas gerai?" - klausia ji, žvelgdama į veidrodį ir matydama, kad prižiūrėtojas jį glosto.

„Taip, - atsakau, - Danielis man sakė, kad, jo manymu, veidrodis yra japoniškas. Jis sakė, kad kažką panašaus yra matęs anksčiau. O ir jam būtų įdomu jį nusipirkti. Tai yra, jei kada nors norėčiau su juo atsisveikinti."

Moni išblykšta.

Danielis patikrina mano pulsą. Jis patvirtina, kad viskas gerai, ir klausia, ar man ko nors reikia.

„Koks keistas vaikinas, - sako Moni.

Man nubėga vandenys.

***

Viskas vyksta per greitai. Monitoriai išprotėja. Prasideda sąrėmiai. Esu išsiplėtusi ir pasiruošusi stumti. Kūdikio širdies ritmas krenta, kaip ir jo kraujospūdis. Jie išveža mane į operacinę ir pradeda ruošti skubiam cezario pjūviui. Taip norėčiau, kad Darrylas būtų čia su manimi.

Viskas vyksta rankomis. Jie suleidžia man vaistus ir eina gelbėti sūnaus.

Esu be jėgų, nieko nematau ir nejaučiu. Stebiu judantį ligoninės personalą. Klausausi aparatų. Tikiuosi ir meldžiuosi, kad mano sūnui viskas bus gerai.

Jie jį pakelia, kad galėčiau jį pamatyti.

Jis neverkia.

Jis mėlynas.

Šaukiu.

Kažkas man į ranką smeigia adatą.

Užmiegu žinodama, kad mano sūnus miręs.

***

Atsibundu ir prisimenu.

„Ar norėtumėte jį palaikyti?" - klausia slaugytoja.

Aš linkteliu galva.

Ji išeina iš kambario.

Atsikeliu nuo lovos.

Mano sūnus atkeliauja stiklinėje vitrinoje, suvyniotas į žalią antklodę. Jis dėvi atitinkamą megztą kepuraitę.

Ji paduoda jį man. Ašaros rieda skruostais, kai pabučiuoju jo vėsią kaktą ir matau, kaip mes atsispindime veidrodyje kitoje kambario pusėje.

Einu link jo.

Aš vis dar esu mama. Laikau savo sūnų.

Bučiuoju kiekvieną jo voką.

Žemė po mano kojomis ima drebėti, nes saulė krečia šviesą į kambarį, į veidrodį ir į mano sūnų.

Jo akių vokai atsiveria. Jis mato mane. Pažįsta mane.

Tada jo nebėra.

Aš suklumpu, rankose laikydama niekuo neišsiskiriantį lengvumą.

Veidrodyje Darrylas laiko mūsų sūnų.

„Aš tave myliu, - sako Darrylas ir pabučiuoja jį į kaktą.

„Aš irgi tave myliu", - sakau, kai mūsų sūnus pradeda verkti.

Veidrodis pradeda suktis iš pradžių lėtai, paskui įgauna pagreitį.

Jis daužosi ir šąla, sukasi, tarsi ruoštųsi išskristi.

Užhipnotizuota negaliu atitraukti akių.

Darrylas ištiesia ranką iš veidrodžio, ir aš ją paimu.

Ir mes amžinai kartu Darrylas, mūsų kūdikis ir aš

MIRTIES TROŠKIMAS

Jam buvo sunku galvoti apie ką nors kita. Jis gyveno tobulu laiku. Laike, kai internete galėjo rasti bet ką. Vaizdo įrašus ir nuotraukas. Viską, ką jam reikėjo apie jį žinoti. Net tai, kas jį baugino iki gyvo kaulo smegenų! Ir jis galėjo tai daryti darbe arba namuose.

Jam tereikėjo turėti kelis atidarytus skirtukus ir, kai reikėdavo, perjungti juos atgal ir atgal. Jis buvo tarsi šnipas, žaidžiantis katės ir pelės žaidimą, apie kurį žinojo tik jis pats.

Jis praleisdavo kiekvieną budėjimo valandą - arba tiek, kiek tik galėdavo - ieškodamas. Sudėliojo ir vėl dėliojo dėlionės detales. Svarbiausia buvo pasiruošimas. Viską surinkdavo, kol būdavo pasiruošęs. Tuomet viskas būtų paprasta, o turėdamas visus faktus ant stalo, jis pašalintų nesėkmės galimybę.

„*Nesėkmė - ne išeitis*", - pasakė jis sau, svarstydamas, kas pirmas tai pasakė. Susidomėjęs jis suvedė tai į „Google". Jis rado knygą tuo pačiu pavadinimu, priskiriamą Gene'ui Kranzui, NASA skrydžių valdymo tarnybos skrydžių vadovui.

Tyrinėjimo internete problema - išsiblaškymas. Taip lengva nuklysti nuo kelio. Nuklysti į tamsią skylę. Jei jis to nežiūrėtų, laikas bėgtų ir netrukus jis būtų gerokai per senas, kad tai darytų. Ir dar buvo pertraukos. Gyvenime buvo ir gerų, ir blogų trukdžių. Reikėjo su tuo susitaikyti - galėjai eiti per gyvenimą darydamas tai, ką mylėjai, arba tai, ko nekentei, bet bet kuriuo atveju laikas bėgo nuo tavęs, ir nieko negalėjai padaryti, kad jį suvaldytum.

Galėjai tik uždaryti duris, tikėtis ir norėti, kad pasaulis išnyktų. Kartais tai nebuvo labai geras jausmas tiems žmonėms tavo gyvenime, kuriuos mylėjai, pavyzdžiui, žmonai. Arba tavo šunį.

Kartais jis jausdavosi taip, tarsi turėtų kristi viską išpažinti žmonai. Kad mestųsi jai po kojomis. Bet tada jis pagalvodavo, kaip jaustųsi, jei jo paslaptis nebūtų tik jo paslaptis. Kaip jam tektų atsakinėti į klausimus ir kaip jo sprendimai būtų atviri diskusijoms. Kiekviena jo dalelė būtų išardyta kaip kalėdinis krekeris.

Ne, nusprendė jis. Paslaptis buvo vienintelis būdas. Be to, ji nerimautų. Ir ji gali įtraukti kitus žmones, pavyzdžiui, jo tėvus, jos tėvus ar jų draugus. Tada katė būtų išlindusi iš maišo.

Jis susimąstė, iš kur kilo ši frazė. Jis jos ieškojo ir pasišaipė iš diskusijų internete, ypač iš vokiškų ir olandiškų palyginimų apie „kiaulę kiaulėje". Jis slinko žemyn, norėdamas sužinoti autoriaus pavardę, bet pasidavė, kai žmona jam už nugaros „he-hemmed". Jis perjungė ekraną į neutralų.

„Dar kelios minutės, - pasakė jis.

Ji uždarė už savęs duris.

Kaskart, kai ji įkišdavo galvą į duris... Net ir jai išėjus... Jis pasijuto tarsi vėl būtų septynerių metų ir būtų pagautas įkišęs ranką į sausainių stiklainį.

Prakeikta katalikybė, pagalvojo jis.

Jis jautėsi kaltas dėl visko.

Nebuvo panašu, kad jis masturbuojasi ar panašiai.

Jis dirbo.

Dažniausiai dirbo.

Tiesa, jam nemokėjo, bet tai vis tiek buvo darbas. Jis turėjo tikslą. Jis ieškojo žodžio „darbas". Vienas iš apibrėžimų buvo „kankinimo forma".

Jis nusijuokė.

Bandė susikaupti, bet negalėjo, nes jautėsi prakeiktai kaltas. Tarsi jo žmona nuolat būtų jį persekiojusi. Bardama jį - ko ji nedarė. Jo protas šaukė: „Argi aš nesvarbus?" Jis užsidengė ausis ir susiraukė.

Vien mintis, kad ji jį pasmerkia, kad jos žodžiai kerta per jį kaip per sviestą, privertė jį prikąsti nykštį...

„Ar jūs mums kramtote nykštį, pone?" - paklausė jis tuščio kambario.

„Ar tu ką nors pasakei?" - pro uždarytas duris paklausė jo žmona.

„Ne, - atsakė jis. Paskui pakvėpavo: „Aš jums nekandu nykščio".

Tai buvo vienintelės Šekspyro eilutės, kurias jis prisiminė. Kaip ir Šekspyras, jis buvo šiek tiek dramos karalienė.

Jis grįžo į darbą, dabar jausdamas kaltę, kad melavo Džeinei.

Jis juk irgi nežiūrėjo pornografijos ar ko nors panašaus. Kai kurie jo bičiuliai turėjo savo kaltus internetinius malonumus, bet tai nebuvo jo reikalas. Kai jie gyrėsi savo užkariavimais, jam norėjosi dingti. Vienas jo vedęs draugas buvo užsiregistravęs keliose internetinėse pažinčių svetainėse. Jie siųsdavo jam nuotraukas į savo telefonus, o jis net nebuvo su jais susitikęs asmeniškai. Ir dar buvo internetinių pornografijos narkomanų. Jie apie tai kalbėdavo, net gyrėsi.

Jam nuo to pasidarė bloga. Jam buvo gėda būti vyru.

Kita vertus, daugelis žmonių, perskaičiusios tą seksualią knygą, esančią perkamiausių knygų sąraše, pirkdavo rausvus rausvus antrankius. Jo žmona irgi bandė ją skaityti, bet, būdama anglų kalbos mokytoja, negalėjo įveikti prasto rašto. Jo žmonos draugės vis ragino ją pabandyti. Jie liepė jai nekreipti dėmesio į rašymo stilių, bet mokytoja joje neleido.

Dar kartą leido protui nuklysti. Jis susiieškojo seksualios knygos pavadinimą ir „YouTube" aptiko netinkamą lėlę, skaitančią kelis skyrius. Įsidėjęs ausines klausėsi ir juokėsi nepaisydamas savęs. Kažkas buvo gerokai pasistengęs, kad ją surinktų.

Tačiau tai buvo tik dėmesio atitraukimas. Jam reikėjo grįžti prie užduoties. Jis nekentė savęs, kai negalėdavo susikaupti, tačiau taip lengvai išsiblaškydavo.

Kaip tik tuo metu jo šuo Budis lojo, ir jis pažvelgė į laikrodį. Budis lauke buvo jau beveik trisdešimt minučių.

Jausdamasis kaltas, jis pašoko ir žengė kelis žingsnius durų link, nekeisdamas ekrano. Buddy vėl lojo, ir jis grįžo uždaryti nešiojamojo kompiuterio. Geriau saugotis, nei gailėtis, pagalvojo sau išeidamas iš kambario ir eidamas koridoriumi.

„Per mažai, per vėlai, - juokdamasi pasakė Džeinė jo link, kai Budis prišoko prie jo.

„Atsiprašau, - tarė jis, - tik dabar jį išgirdau".

„Nesijaudink, - tarė ji, - buvau arčiau". Tada ji grįžo prie skaitymo ir mokinių darbų žymėjimo.

Jis su Badu grįžo koridoriumi atgal į savo kabinetą. „Atsiprašau, Budi", - pasakė jis, kai šuo atsisėdo ant grindų ir ėmė laižyti jam veidą. „Ar pasiilgai manęs, Buddy?" - pakartotinai paklausė jis, kai Buddy ištarė ‚taip'.

„Geriau jau grįšiu į darbą, Budai", - atsiduso jis.

Jis grįžo į savo kabinetą. Atsisėdo, dabar pasiryžęs susikaupti. Pasilenkė arčiau ekrano, visą laiką svarstydamas pliusus ir minusus. Jis nieko neužsirašinėjo ir nepadarė jokių pastabų. Jei tai padarytų, kas nors galėtų juos rasti ir perskaityti. Tuomet jam tektų viską aiškintis, o tai nebūtų pokalbis, kuriame jis norėtų dalyvauti nei dabar, nei kada nors anksčiau.

„Nori puodelio arbatos?" Džinė paskambino iš virtuvės.

„Ne, ačiū", - atsakė jis.

Išsiblaškymas ir dar daugiau išsiblaškymo. Penki paprasti žodžiai, tokie kaip „Nori puodelio arbatos", galėjo priversti jo smegenis suktis spirale. Jis imdavo galvoti apie šį bei tą ir kaip viskas susiję. Kitas dalykas, kurį jis žinojo, buvo mažas berniukas, besisupantis ant sūpynių tėvų kieme. Paskui pamatytų save, besisupantį ant medžio parke. Jis būtų per daug išsekęs, kad galėtų atlikti kokį nors tyrimą. Supraskite, ne fiziškai išsekęs, bet psichologiškai.

Tačiau šiandien daugiausia buvo jo diena. Buvo sekmadienis, ir Džeinė didžiąją dienos dalį praleis žymėdama darbus, o paskui ruošdama vakarienę. Žinoma, ji tikėjosi, kad jis kada nors išeis iš savo „urvelio". Taip ji vadino jo kabinetą. Tiesioginė nuoroda į tą knygą, kurią ji matė per Oprą. Žmona jam padovanojo knygos kopiją, tikėdamasi, kad ji išves jį iš vyro urvelio. Jis negalėjo prisiminti, kokia proga, bet iš to, ką bandė perskaityti, atrodė, kad tai nesąmonė.

Džinė vėl pasibeldė.

Jis turėjo pakankamai laiko vėl spustelėti puslapį į savo įmonės svetainę, kol ji apglėbė jį aplink kaklą ir pabučiavo į viršugalvį.

Jis nevalingai suraukė pečius. Slėpdamas savo darbą įsivaizdavo, kad ji domisi tuo, ką jis matė ekrane.

Jai buvo įdomu, nes ji pakomentavo, kad „Facebook" atidarytas kitame lange. Jis pasijuto toks kvailys, sekmadienio popietę švaistantis laiką žiūrėdamas į „Facebook". Arba, kitaip tariant, jis jautėsi kaip kvailys, kad Jayne mano, jog sekmadienio popietę jis mieliau praleistų laiką naršydamas „Facebook", užuot leidęs laiką su ja. Taip visiškai nebuvo, ir jis norėjo, kad ji tuo įsitikintų.

Tačiau kartu jis pagalvojo, kad galbūt, kad ir ką ji galvotų, šiuo metu tai yra nesvarbu.

Jis atsitiktinai perbėgo darbinį el. paštą, apsimesdamas itin užsiėmęs, kai pasirodė būsenos atnaujinimo langas. Jis greitai jį uždarė, norėdamas, kad Džeinė dingtų.

„Ar greitai būsi pasiruošusi išvykti, meile?" Džinė paklausė.

„Žinoma, duok man penkias minutes, - atsakė jis, o jai artėjant prie durų, - o gal dešimt?"

„Gerai, dešimties, bet tau šiandien tikrai reikia pakvėpuoti grynu oru. Kaip ir man. Be to, aš paruošiu Budžio pavadėlį, jis irgi gali eiti kartu."

„Gera mintis", - pasakė jis, puikiai žinodamas, kad Budis laukia išėjimo labiau nei jis.

***

Pakanka pasakyti, kad jų išvyka už durų truko neilgai. Ji atvedė į prekybos centrą. Minios žmonių. Darbo užmokestį gaunantys žmonės. Laiko švaistytojai. Kitos savaitės hemorojus H-ers. Jis nusišypsojo, bet nejautė poreikio pasidalyti savo pokštu su Džeine. Džeinė pasisiūlė viską sutvarkyti, tad jis leido jai.

Jis norėjo ir jam reikėjo įeiti į savo užeigą ir uždaryti duris. Atsidūręs viduje jis pasidarė panašus į vėžlį, apsivilkęs galvą marškiniais. Taip sėdėjo ieškodamas paguodos ir tylos, kol nusiramino ir galėjo vėl pradėti savo tyrimą.

Kai jo galva vėl pakilo, jis išgirdo, kaip Džeinė ruošia vakarienę. Ji niūniavo kartu su senu radijo kanalu. Jis įsivaizdavo Džeinę prie viryklės, o joje sėdintį Būdį, kantriai laukiantį, kol jis paragaus.

Tai buvo Būdos meisteris. Jis visada laukdavo, o kai žiūrėdavo tomis akimis, turėdavai jam ką nors mesti. Jis labai pasiilgo to šuns.

Jis porą kartų praskėlė kumščius kaip profesionalus pianistas. Paskui pirštais perbraukė per klaviatūrą. Paieška „Google". Tačiau tai, kas pasirodė, visiškai skyrėsi nuo visko, ką jis buvo matęs anksčiau!

Tai buvo internete. Buvo tikri vaizdo įrašai, kuriuose žmonės tai daro. Darantys tai! Žiūrėdamas pirmąjį, jis pasijuto beveik taip, lyg būtų buvęs tas žmogus, kuris rodė vaizdo įrašą. Jo širdis ir pulsas padažnėjo. Jis negalėjo patikėti, kad vien vaizdo įrašo pamatymas gali sukelti tokią reakciją.

Kažkas turėtų dėl to pasiskųsti, pagalvojo jis, o paskui - aš turėčiau dėl to pasiskųsti. Bet jis neketino to daryti. Jis pažiūrėjo dar vieną, ir dar vieną, ir dar vieną. Kiekvieną kartą jis jautėsi pats esąs suinteresuotas asmuo. Kiekvieną kartą jo širdis vos neiššoko iš krūtinės.

Jis jį išjungė. To buvo per daug. Per daug, per daug!

Jis toliau mintyse vis kartojo tai, ką matė. Jis negalėjo nuo to pabėgti. Kuo daugiau apie tai galvojo, tuo labiau bijojo. Kuo labiau bijojo, tuo labiau mažėjo jo drąsa, kol jis ėmė abejoti, ar gali tai išgyventi.

Viskas buvo akyse. Panikos apimtos aukų akys!

Jis atsižvelgė į jų veido išraiškas. Nusprendė, kad jos taip atrodo todėl, kad, priešingai nei jis, prieš tai nebuvo atlikusios jokio tyrimo.

Jis manė, kad jie tiesiog nusprendė ir ėmė tai daryti. Šios minties jis negalėjo suvokti.

Tai buvo pernelyg rizikinga, o kas, jei jie persigalvotų?

O kas, jei jis paskutinę minutę persigalvotų?

Jis nenorėjo, kad taip nutiktų jam.

Jis tikrai skyrėsi nuo jų.

Galbūt jis buvo pernelyg atsargus.

Gal jis buvo per daug nuobodus ir per daug nuobodus, kad galėtų pakeisti savo gyvenimą - kad galėtų perimti savo gyvenimo kontrolę į savo rankas. Viskas dėl to, kad jis taip ilgai buvo

Korporacijos bėgimo takelio malonėje. Jis ir visi kiti žiurkėnai. Įjungtas ir išjungtas, išjungtas ir įjungtas, be jokių rezultatų. Jis nekentė savo gyvenimo. Taip, jis mylėjo Džeinę, mylėjo ir Budį, bet gyvenimas - tai ne tik darbas ir lova. Taip, mylėtis buvo malonu, ir glaustytis buvo malonu. Draugai, šeima ir visa ta emocinė mįslė buvo maloni. Bet gyvenimas turėjo pasiūlyti daugiau. Jis tiesiog privalėjo! Ir jis ketino ištiesti ranką ir griebti tą žiedą, kol dar nevėlu.

Nes jis žinojo, kad jei greitai nepadarys ko nors, kad jo buvimas šioje planetoje kažką reikštų, tuomet jo čia galėjo ir nebūti.

Jis uždarė nešiojamąjį kompiuterį, nuleido galvą ir užmigo.

***

Sapne jis neturėjo kojų. Jis buvo tik galva ir liemuo, sėdintis prie rašomojo stalo ir rašantis. Jis neturėjo ir specialios kėdės. Sapne jis sėdėjo ant tos pačios kėdės, kaip visada, su voleliais ant kojų. Kai jis rašė tekstą, jo pirštų vibracija, judanti per klaviatūrą, privertė jo liemenį judėti ir svyruoti. Kadangi kėdė neturėjo porankių, jo liemuo pasvirdavo į tą pusę, kuria jis rašė. Buvo keista, bet jis nebijojo nukristi į šoną. Jis jautėsi bebaimis ir, keista, įkvėptas.

Tada kažkur fone labai garsiai pradėjo groti daina. Tai buvo Mocartas, Bethovenas ar vienas iš tų klasikinių kompozitorių. Kažkas jo galvoje sukėlė troškimą paliesti kojų pirštus - bet jis neturėjo kojų pirštų. Jis atsibudo ir išleido riksmą.

Džeinė ir Budis pribėgo, pravėrę duris. „Ant tavo skruosto - obuolio atspaudas, - pasakė Džeinė, kai suprato, kad jam viskas gerai.

„Atsiprašau, - tarė jis.

„Vakarienė jau beveik paruošta, - informavo jį ji.

„Gerai", - pasakė jis.

Ji padarė judesį, kad uždarytų už savęs duris, bet jis pasakė, kad galima palikti jas atviras. Jos veide buvo matyti kvestionuojanti išraiška, bet ji daugiau nieko nepasakė.

Prisijungęs prie jos virtuvėje, jis nuėjo į šaldytuvą alaus. Jie valgė vakarienę malonioje, bet nekalbioje aplinkoje. Jie mylėjo vienas kitą, bet kartais meilės neužtekdavo.

Neužteko, kai Džeinė sužinojo, kad negali turėti šeimos, kokios norėjo. Ji atlikinėjo vieną testą po kito, ir atrodė, kad viskas veikia gerai. O tada jam buvo atliktas testas, ir jų viltys bei svajonės tiesiog žlugo. Jis neturėjo pakankamai sveikų plaukikų. Štai tada ir mirė bet kokia viltis turėti šeimą.

Iš pradžių ji buvo maloninga dėl to. Beveik atrodė, kad jai palengvėjo, nes problema buvo jo, o ne jos, ir tai buvo gerai - bet tai kažkodėl privertė jį pasijusti menkesniu vyru. Jis niekada su ja apie tai nekalbėjo. Nei apie ką nors kitą.

Po pirminio šoko jie svarstė kitas galimybes, pavyzdžiui, įvaikinimą, dirbtinį apvaisinimą ar surogatinę motiną. Nė viena iš šių galimybių jam nepatiko. Širdies gilumoje jis jautė, kad Džeinė nusipelnė kažko geresnio už jį. Kito, kuris galėtų suteikti jai viską, ko ji nori.

Kaip tik tuo metu, kai jiedu su Džeine iš kažkur važiavo namo, pastebėjo gyvūnų prieglaudą. Benamiai šunys ir katės. Pora iki tol nesvarstė galimybės įsivaikinti augintinį.

„Galėtume pasižiūrėti", - pasiūlė Džeinė.

„Manau, kad nepakenktų", - sutiko jis.

Įėjus į prieglaudą, juos pribloškė lojimas ir miauksėjimas. Prie šurmulio prisijungė du kakadu. Jis pasijuto klaustrofobiškai ir norėjo ištrūkti. Džeinė ėmė kalbėtis su vienu iš kakadu, ir atrodė, kad jiems patiko jos balso tonas. Ji viltingai pažvelgė į jį.

„Aš nepritariu paukščių uždarymui į narvus, - pasakė jis.

„Hmmm, - tarė ji, eidama kartu su katėmis. „Jų tiek daug", - pastebėjo Džeinė. „Būtų sunku išsirinkti."

„Man labiau patiktų šuo, - pasakė jis.

„Hmmm", - pakartojo ji.

Vadinasi, jų klajonės po prieglaudą atvedė prie Budžio. Tada jo vardas buvo ne Budis.

Prieglaudos darbuotojai jį pavadino Busteriu, o prieglaudoje jis buvo vos daugiau nei mėnesį. Jis buvo didelis kailio kamuolys, kurio kojos buvo per didelės jo kūnui. Jis nerangiai žingsniavo link jų. Klupdamas ir griūdamas. O šunų vedžiotoja nesėkmingai bandė jį suvaldyti. Tačiau Busteris tarsi turėjo viengungišką protą.

Jis nusitaikė tiesiai į juos. Jis išsitiesė savo kūnu ant žemės prie jų kojų. Šuo pažvelgė tiesiai į akis, ir niekam nekilo abejonių, kad tą dieną Busteris bus įvaikintas.

„Ar galiu pakeisti jo vardą į Buddy?" - paklausė jis.

„Nežinau - pabandyk", - pasiūlė šunų vedžiotojas.

„Eik čia, Budi", - pasakė jis. „Ateik čia, berniuk."

Budžio ausys atlėgo ir jis šoko jam ant rankų. Tą dieną jie tapo trijų asmenų šeima, ir nuo tos akimirkos jų gyvenimas sukosi aplink Buddy.

Kiekvieną kartą prisiminus tą akimirką jo akys vis dar ašaroja. Jis pasiilgo Budžio, pasiilgo Džinės, bet jie tai įveiks. Laikui bėgant jie gyvens toliau ir jiems bus geriau.

Bent jau taip jis sau kartojo.

Vakare jie ėjo miegoti tuo pačiu metu. Ji skaitė knygą, o jis bandė skaityti, bet niekas negalėjo išlaikyti jo dėmesio. Taigi, jis tiesiog mąstė ir žiūrėjo, mąstė ir žiūrėjo. O kai Džeinė kalbėjo jam apie knygą, kurią skaitė, jis linktelėjo galva, bet iš tikrųjų nesiklausė. Ji to iš jo ir nesitikėjo. Bičiulis buvo lovos gale ir knarkė gerokai anksčiau nei jie.

Kai ji užmigdavo, jis atsikeldavo ir žingsniuodavo. Neleido Budžiui vaikščioti kartu su juo, nes jo letenų kaukšėjimas koridoriumi būtų pažadinęs Džeinę. Kažkuriuo nakties momentu jis nusprendė, kad elgiasi neapgalvotai. Jis pasakė sau, kad tiesiog turi išgyventi dar vieną savaitę darbe, o tada viskas susitvarkys savaime.

Jis žinojo, kad vilkina laiką, bet niekas nepasikeitė.

Tai buvo neišvengiama.

**

Vis dėlto išaušo pirmadienio rytas ir suskambo žadintuvas.

Jis nuėjo į Buddy ir suvalgė skrebučių su sviestu. Išgėrė puodelį kavos ir atsisveikindamas pabučiavo Džeinę prieš važiuodamas į biurą. Dvidešimt minučių sėdėjo užstrigusiame eisme. Jis klausėsi naujienų ir pokalbių, kol užsinorėjo tylos. Giliai įkvėpė, kai automobiliai kas kelias akimirkas pasistūmėjo į priekį.

„Kodėl kiekvieną dieną laukiu spūstyse, kad nuvažiuočiau į darbą, kurio nekenčiu?" - garsiai klausė savęs.

„Kodėl aš toks verkšlenantis?" - atsakė į kitą klausimą.
Nes reikia kažką daryti, - tarė balsas jo galvoje. Tau reikia išjudinti savo širdį. Tau reikia būti bebaimiam. Tau reikia apsiprasti arba nulipti nuo puodų! Lengviau pasakyti, nei padaryti, pagalvojo jis. Lengviau pasakyti nei padaryti.

Biure jis pasisveikino su registratūros darbuotoja, kuri pasakė, kad viršininkas laukia viduje.

„Ar mums numatytas susitikimas?" - paklausė jis, slinkdamas per tvarkaraštį telefone.

„Ne", - patvirtino ji.

Įėjęs į kabinetą jis pajuto, kaip ant kaktos susikaupė prakaito lašelis. Jo viršininkas atsistojo, jie apsikeitė sveikinimais ir paspaudė vienas kitam rankas, tarsi būtų susitikę pirmą kartą.

Keista, pagalvojo jis, juk dirbu čia jau septynerius metus.

„Sėskis, - tarė viršininkas. Tai nuskambėjo kaip tiesioginis įsakymas, todėl jis taip ir padarė, nors buvo savo kabinete. Savo teritorijoje.

„Kuo galiu jums padėti, pone?" - paklausė jis.

„Buvau atkreipęs dėmesį, kad pastaruoju metu nemažai laiko praleidžiate - ne, turiu būti atviras - nemažai laiko praleidžiate „Google". Jūs nesulaukėte jokių naujų klientų. Atvirai kalbant, aš... mes, kaip įmonė, žinote, nerimaujame, nes jūs nesugebate išlaikyti savo pozicijų. Neišlaikote savo krūvio."

Jis kelias sekundes suabejojo. Jo burna atsivėrė, bet jis ją užčiaupė ir nieko nepasakė.

„Ką galite pasakyti savo vardu?" - paklausė jo viršininkas, - "Ar turite kokių nors paaiškinimų?"

„Aš... ne", - užkliuvo jis. „Aš tiesiog..."

„Išspausk tai, vaikine, - pasakė viršininkas. „Turi būti koks nors paaiškinimas!"

Jis tik papurtė galvą.

„Galbūt turite šeimyninių rūpesčių?"

„Ne."

„Alkoholis? Narkotikai? Mirtis šeimoje? Skyrybos?"

Jis papurtė galvą, kad ne. Jei tik tai būtų tiesa!

„Nagi, žmogau, - pasakė jo viršininkas, vis labiau susierzindamas. „Duok man ką nors, su kuo galėčiau dirbti. Ką nors!"

„Aš, aš patyriau daug streso. Labai daug spaudimo."

„Taip, štai ir dabar, berniuk. Žinau, kad užklupau tave netikėtai užsukusį į tavo kabinetą, bet dabar tu jau įsivažiuoji, berniuk. Papasakok man daugiau. Kuo mes galime tau padėti? Turiu omenyje save ir partnerius".

„Tikrai nežinau, - tarė jis. „Manau, kad būtų geriausia, jei jūs, hm, mane atleistumėte".

„Na, na, o kas sakė, kad tave atleisiu? Mes dar nepriėjome prie to klausimo. Jūs čia praleidote septynerius - skaičiuokite - septynerius gerus metus. Na, būkime realistai - tai tikriausiai daugiau nei šeši su puse, bet tu esi vertingas mūsų komandos narys. Norime padėti, jei tik leisite. Kuo galime padėti, berniuk?"

„Jei nenorite svarstyti galimybės mane atleisti, ar galėtumėte apsvarstyti galimybę išeiti atostogų? Galbūt mėnesį atostogų? Gerai, kad be atlyginimo. Aš neprieštarauju. I-"

„Sakote, be atlyginimo. Na, nėra reikalo eiti be atlyginimo. Aš šiandien sutvarkysiu dokumentus. Pavadinsime tai „Streso atostogos". Vienas mėnuo visiškai apmokamas. Pasiimkite žmoną ir bičiulį ir išvykite kur nors gražių atostogų. Atsipalaiduokite." Jis atsistojo, pasilenkė per stalą ir jie vėl paspaudė vienas kitam rankas.

„Ačiū, pone, - tarė jis. „Ačiū. Tikrai."

„Heather duos jums pasirašyti dokumentus iki dienos pabaigos. Dirbk šiandien, pabaigk viską, ką gali, o likusius darbus pavesk kam nors kitam. Išsiuntinėsiu visai įmonei atmintinę, kad tau suteikiamas mėnesio poilsis - bet, žinoma, nesakysime, kodėl." Jis palietė nosį, tarsi patvirtindamas jų bendrą paslaptį. „Tai liks tarp mūsų dviejų."

Jis atsistojo ir palydėjo viršininką iki durų. Viršininkas paplekšnojo jam per nugarą.

„Rūpinkis savimi ir nesijaudink dėl reikalų čia. Mes prižiūrėsime tvirtovę, kol grįšite."

„Dar kartą ačiū, pone", - tarė jis ir net sugebėjo akimirką nusišypsoti.

Tada jis vėl atsisėdo prie kompiuterio ir grįžo prie savo tyrimų. Dienos pabaigoje visi susirinko aplink jį. Jis tikėjosi, kad jie nenupirko jam dovanų ar dar ko nors. Taip ir nebuvo.

Tai buvo geras atsisveikinimas. Jis susikrovė visus savo asmeninius daiktus ir daiktelius į krepšį, o grįžęs į automobilį jautė didelį palengvėjimą.

Kaip įprasta, namo jis grįžo anksčiau už Džeinę. Jis pasiėmė Buddy ir greitai pasivaikščiojo aplink kvartalą, o tada grįžo prie kompiuterio. Peržiūrėjo savo testamentą ir svarstė, ar nevertėtų padaryti keletą pakeitimų.

Džeinė vis dar buvo vienintelė geradarė. Jis nusprendė ką nors palikti gyvūnų prieglaudai, kurioje jie rado Budį. Tai buvo gera suma - už tuos pinigus jie galėtų padėti daugybei benamių gyvūnėlių, o ir jo gyvenimas būtų kažką reiškęs.

„Eik čia, Buda", - pasakė jis. „Dabar tu turi prižiūrėti Džeinę, gerai? Aš tavimi pasikliauju."

Budis pašoko ir užsidėjo letenas ant pečių. Jie apkabino vienas kitą. Jis nušluostė jam nuo akių ašarą.

Kartu jie nuėjo į virtuvę. Jis pripildė Budžio dubenėlį maisto, tada iš čiaupo paleido vėsaus vandens ir pripildė dubenėlį vandens.

Būdis nuėjo tiesiai prie maisto, bet jis pagavo jį ir dar kartą apkabino. Jis sulaikė verksmą, kai nuėjo į miegamąjį ir ėmė pakuoti naktinį krepšį. Į jį įsimetė tik būtiniausius daiktus, pasą paliko ant rašomojo stalo viršaus, o tada atsisėdo ir parašė Džinei laiškelį.

Jame buvo parašyta:

Brangiausioji Džeinė, myliu tave labiau už viską, bet manau, kad tau būtų geriau be manęs. Prašau, pasirūpink dėl manęs Badu. Atsiprašau, kad taip turi būti, bet daviau įžadą, kad tu liksi laiminga, ir tai vienintelis būdas.

XOXO begalybė.

Tavo mylintis vyras.

Važiuodamas Princesės greitkeliu jis galvojo apie dalykus, dėl kurių labiausiai gailėjosi. Jis nesekė savo svajonėmis. Jis neleido

Džeinei siekti savosios. Pirmosiomis dienomis jie buvo jėga, su kuria reikėjo skaitytis. Tačiau dabar jie - na, viskas buvo kitaip. Ji norėjo keliauti, skraidyti, pakilti į orą ir kartu patirti nuotykių, bet jis visada nusileisdavo.

Jis apgailestavo dėl šios baimės. Jis nekentė savęs dėl tos baimės. Dėl jos jis jautėsi menkesnis vyras. O tada, kai jis neturėjo pakankamai plaukikų - na, tai buvo šiaudas, kuris perlaužė kupranugario nugarą.

Tada jis ėmė viskuo abejoti. Kodėl jis atsidūrė žemėje? Koks buvo jo tikslas?

Kaip jis galėtų viską pakeisti?

Jis prisiminė šį rytą, kai paskutinį kartą pabučiavo Džeinę. Žinoma, ji to nežinojo, bet jis žinojo. Net jei jie nebūtų davę jam mėnesio atostogų, rytoj jis nė už ką nesiruošė grįžti. Ne, jis turėjo kitų planų. Kitų vietų, kuriose turėjo būti. Kitų darbų.

Nors kartą per labai ilgą laiką jis turėjo tikslą.

Tada jis turėjo sustabdyti automobilį, sustoti. Jis vos spėjo laiku išlipti iš automobilio. Jam drebėjo rankos, nes jis vėmė. Nervai. Baimė. Pyktis. Pažeminimas. Visa tai kunkuliavo jo organizme ir kėlė nerimą.

Kai jis įlipo atgal į „Lexus", pradėjo skambėti jo telefonas. Skambino Džeinė. Jis spustelėjo mygtuką, kad nustotų skambėti, ir išsiuntė skambutį tiesiai į balso paštą. Jis stebėjo, kaip po kelių akimirkų telefone užsidegė žinutė. Jis paspaudė mygtuką, kad išklausytų.

„Ką tik grįžau namo ir radau tavo žinutę - nesuprantu. Bičiulis ir aš nesuprantame." Budis pagal signalą sušuko. „Grįžk namo, gerai? Grįžk namo ir mes galėsime apie tai pasikalbėti. Pasikalbėti apie tai." Ji šniurkštelėjo. „Ar esi ten? Ar klausaisi? Klausykis!" Džinės balsas kelioms sekundėms nutilo. Laikas žinutei baigėsi. Ji perskambino dar kartą. „Aš žinau, kad tu velniškai gerai klausaisi, tu, tu - aš tave myliu. Atsakyk man!" Jis pakabino ragelį, išjungė telefoną ir įdėjo jį į daiktadėžę. Jie jį ten ras - po to.

Atsitraukdamas nuo šaligatvio bortelio, jis privertė savo automobilio ratus girgždėti. Jis užvedė variklį, įspaudė koją į grindis ir pajudėjo.

Jis vairavo didžiąją nakties dalį. Jis jautėsi šiek tiek paranojiškai, kad Džeinė gali iškviesti policiją, bet nieko neįvyko. Jis tikėjosi, kad ji nebus ant jo per daug supykusi.

Grįžti atgal nebuvo kur.

Be to, jis to ir nenorėjo.

Juk jis pasiekė viską, ko norėjo - viską, ką galėjo.

***

Stovint kalno viršūnėje, jam nevaldomai drebėjo keliai. Jis nustūmė kelis akmenis nuo krašto ir stebėjo, kaip jie krenta pakeliui į apačią. Jis klausėsi, kaip jie leidosi žemyn, spragsėdami ir atsitrenkdami į akmenį. Galiausiai jis išgirdo tik silpniausią pliūpsnį, o tada pagaliau stojo tyla.

Tai buvo nuostabus vaizdas - Mėlynieji kalnai - ir dabar viskas, ką jis buvo apie juos skaitęs, įgavo prasmę. Stovėdamas visai čia pat, pasijutai mažas savo dydžiu ir ūgiu, bet esąs kažko didesnio už save dalis. Jauteisi esąs išvien su visata ir kažkaip nebijantis.

Kaip tik tuo metu jam apie save pranešė grupė triukšmingų kakadu. Jų garsūs, aukšti klyksmai privertė jį užsikimšti ausis. Tau nereikia to daryti, - pasakė jis sau. Tau nereikia niekam nieko įrodinėti. Galėtum apsisukti ir grįžti namo pas Džeinę ir Budį, ir niekas nebūtų išmintingesnis. Džeinė suprastų, jei paprasčiausiai paaiškintum, kas nutiko biure. Ji visiškai suprastų ir palaikytų.

Jis dar akimirką svarstė apie tai, stebėdamas dangumi stumiančius debesis.

Tiesa buvo tokia, kad jis negalėjo gyventi su savimi. Su nuolatine baime. Tai buvo per daug, kad jis galėtų ją atidėti į šalį ir grįžti namo, apsimesdamas, kad to niekada nebuvo. Jei dabar pasiduotų ir grįžtų į tokį gyvenimą, koks buvo, jis negalėtų pažvelgti į save veidrodyje. Jis nebebūtų vyras, tikrai ne. Jis būtų niekas. Jo gyvenimas nieko nereikštų.

„Dabar arba niekada", - pasakė jis.

Ir kai atėjo ta akimirka, jis daugiau apie tai nebegalvojo.

Pirmą kartą gyvenime jis buvo visiškai atsidavęs.

Jis priartėjo prie krašto ir tiesiog leido kūnui kristi į priekį, pradėdamas nuo galvos. Tai buvo lengva, nes kritimas buvo staigus. Netrukus jo pečiai, liemuo ir kojos tobulai sinchroniškai plaukė žemyn.

Jis sušuko. Jis negalėjo susilaikyti. Jis tvirtai užmerkė akis ir susikaupė, nes vėjas jį mėtė ir draskė kaip marionetę.

Jis privertė save atverti akis, ir jam atrodė, kad skrenda.

Atrodė, kad jis nesveria, ir atrodė, kad jam buvo lemta būtent taip - pakilti. Jis nusijuokė, kai kaip akmuo nusirito į dugną.

Po kelių minučių viskas baigėsi.

„Fantastiška!" - sušuko jis, kabodamas žemyn galva ant bungee virvės galo.

„Vėl! Vėl!" - sušuko jis, kai jie jį ištraukė atgal.

ATSISVEIKINIMAS

„Papasakok man istoriją, kaip pirmą kartą sutikai tėtį", - paprašė mano septynmetė dukra, nors tą pačią istoriją buvo girdėjusi daugybę kartų.

„Ar tikrai, mieloji?" Paklausiau puikiai žinodama, ką ji atsakys.

„Prašau!" - pasakė ji, žiūrėdama į mane tomis didelėmis mėlynomis akimis, kurias paveldėjo iš tėčio.

„Ilgąją ar sutrumpintą versiją?" Pasiteiravau, nustumdamas jai nuo akių plaukų sruogą.

„Ilga!" - pasakė ji ir plojo taip, tarsi niekada neitų miegoti.

„Pšššššššššššššššššššš", - pasakiau. „Hmm, nuo ko viskas prasidėjo?"

„Iki pasimatymo", - tarė tėtis, - kūkčiojo mano dukra.

„Teisingai, mieloji", - atsakiau, praleisdamas dalį apie tai, kad jos tėtis stūmė mane prie automobilio durelių.

Griebiau rankinę, perkišau ranką per dirželį ir, metusi savo svorį į dureles, tarsi būčiau linijinė gynėja, pastūmiau jas.

Dekampuodama pirmiausia dešiniuoju aukštakulniu batu, neilgai trukus supratau, kad sustojome šalia kulkšnis siekiančios balos. Smegenims nespėjus to užfiksuoti, kad išvengčiau kairės kojos įbridimo į ją, jos jau buvo įbridusios. Vis dėlto išlipau, išsivadavau, nesvarbu, kokią žalą tai padarė mano mėgstamiausiems batams.

„O, - ištariau, jau visiškai išlipusi iš automobilio ir stovėdama nugara į vairuotoją.

„Tuomet įžengėte į balą!" - sušvokštė mano dukra.

„Taip, ir tavo tėtis šyptelėjo, kai nuvažiavęs suktelėjo galinę padangą, priversdamas balos turinį purkšti ant manęs likusios. Nušluosčiau purviną šaltą smirdantį vandenį, nusišluostydama jį, kol šis nenusėdo ant mano suknelės. Kita ranka iškėliau vidurinį pirštą apleisto automobilio link,"

Sustojau, pamiršusi išbraukti tą dalį.

„Kodėl?" - pradėjo mano dukra.

„Nesvarbu, - tęsiau, - kaip tik tuo metu, kai pastebėjau šalia transporto priemonės šokinėjančią savo rankinę. Ack! Ta juoda rankinė suteikė man dešimt metų laimės, nes ji tiko prie visko ir kiekvienoje situacijoje. Dvigubos paskirties, ją galėjau nešioti arba per petį, arba per petį ir ant krūtinės. Joje buvo įmontuoti skyriai viskam, įskaitant mano telefoną."

„O ne, tavo telefonas!" - sušuko ji.

„Taip", - pasakiau šypsodamasis. „Kaip ketinau išsivaduoti iš šio užkampio? Dar svarbiau, kad tau įdomu, kaip aš apskritai patekau į šią vietą. Prie to tuoj pat pereisiu, bet pirmiausia turiu įvertinti savo padėtį. Apžvelgti situaciją ir perimti kontrolę. Pirmiausia nusausinau vandenį iš batų, kai žengiau nuo kelio, per rasotą žolę ir ant šaligatvio. Apsiaviau batus, šlapius, nes jie pasirinko drėgmę, o ne bet kokius baisius naktinius roplius, kurie galėjo tykoti aplink, ir nuėjau prie artimiausio gatvės žibinto.

„Dabar, užsidėjusi rankas ant klubų stebuklingos moters poza, ėmiausi kurti planą, kaip išsikapstyti iš spąstų, į kuriuos patekau."

„Tai buvo graži kaimynystė, - pasakė ji.

„Sutvarkyta veja, nematyti nei piktžolės, nei automobilio - visi jie buvo saugiai pasislėpę savo dvigubuose ar trigubuose garažuose. Gražūs namai, juose gyvena malonūs žmonės. Tiesa? Taigi, nedelsdamas nusprendžiau išsirinkti namą, pasibelsti į duris ir paprašyti pagalbos. Pasirinkau namą, laimingąjį septintąjį numerį, ir pasukau jo link. Pakeliui"

„Tu pasigailėjai savęs, mama".

„Tikrai taip. Nenusipelniau būti įstrigusi viduryje nepažįstamos teritorijos, vėlai vakare, visa šlapia, smirdinti ir be pinigų. Kai priartėjau prie išrinktojo, septintojo numerio, orą užpildė šniokštimas, o paskui jį - automatinio purkštuvo, besiskinančio savo kelią, ūžesys. Iš pradžių nebėgau, jau buvau šlapias, bet kai vandens srovė atsisuko į mane, šaukdamas pasileidau bėgti. Dabar mano veidas buvo šlapias nuo ašarų, kurių nebuvau mačiusi, kai perbėgau į namų, kurie, tikėjausi, mane išgelbės, veją. Numeris septyni."

„Niekada neturėtum kalbėtis su nepažįstamaisiais, mama, - pasakė mano dukra.

„Teisingai, mieloji, bet aš buvau patekusi į bėdą, šlapia ir be telefono. Tu visada turi savo telefoną, o jame yra tėčio, močiutės ir tetos Lilės numeriai".

„O aš savo galvoje žinau tavo, tėčio ir močiutės numerius".

„Teisingai, vaikeli. Taigi, grįžkime prie istorijos. Ar dar nė kiek nepavargai?"

„Ne, vis dar laukiu geriausios dalies!"

Aš tęsiau: „Dabar, kai jau buvau čia, pagalvojau, kiek valandų. Ir pagalvojau, ar kas nors yra namie. Ir galvojau, jei jie būtų namie, ar padėtų man. Buvau šlapias, purvinas ir neturėjau jokio asmens dokumento. Mano pasitikėjimas savimi mažėjo kiekvieną akimirką, kai pasisukau, atsirėmęs į durų skambutį, kuris skambėjo nuo namo viršaus iki apačios, o šviesos mirgėjo ir geso. Ir aš bėgau. Atgal link tos vietos, kur buvau išlaipinta. Pažįstama teritorija. Nueičiau iki parduotuvės už kampo, kur būtų buvęs telefonas, kuriuo man leistų pasinaudoti, ir aš galėčiau išsikviesti pagalbą bei nusiųsti jiems pinigus už skambutį. Taip, taip ir ketinau daryti, kol šalia manęs privažiavo automobilis ir jame atpažinau draugišką veidą. Buvau tikrai ir tikrai išgelbėtas!"

„Tai buvo teta Lil!" - sušnabždėjo mano dukra ir, žinoma, ji buvo teisi.

***

„Važiuodama su Lil automobilyje, prisiminiau savo neblėstančią meilę Džasperui Vintersui. Stebėjau jį iš tolo, jo šviesius banguotus plaukus, mėlynas akis, nosį su strazdanomis, išpaišytomis per visą jos ilgį. Jis buvo toks mielas, toks rūpestingas. Jis nuolat susitikinėdavo su viena ar kita mergina, o draugai man sakė, kad mano manija jam artėja prie persekiotojo stadijos. Todėl sutikau pasipriešinti tam, ko visada atsisakydavau - eiti į aklą pasimatymą su visiškai nepažįstamu žmogumi. Taip, su tuo pačiu vaikinu, kuris dabar laikė įkaitu mano rankinę. Jo vardas: Adamas Trentas."

„Mano tėtis!" - sušnabždėjo ji. „Tai geriausia."

Šyptelėjau.

„Tai buvo mūsų pirmasis susitikimas, įvykęs anksčiau šiandien prekybos centro maisto skyriuje. Buvo sutarta susitikimo vieta, ji buvo viešoje vietoje. Kažkur, kur galėtume kalbėtis, kai aplink mus būtų daug judesio. Tokia aplinka būtų nuėmusi spaudimą. Padarytų, kad tarpai, kai nė vienas iš mūsų neturėjo ką pamatyti, nesijaustų tokie slogūs. Ar tai apskritai yra žodis? Nežinau, bet esmę supratote. Per bendrą draugą sutarėme, kad tai bus proga mums susipažinti akis į akį. Jei užsimegs ryšys, iš anksto susitarsime dėl kito susitikimo, kurio metu būtų galima nueiti į kiną arba vakarieniauti. Kitas žingsnis tik tuo atveju, jei abu jaustume ryšį. Priešingu atveju abu sutarėme, kad tai hasta la vista, vaikeli! Adios ir viso gero! Jei tik tada būčiau žinojęs tai, ką žinau dabar! Tada nebūčiau atsidūręs tokioje padėtyje. Bet, kaip sakoma, žvilgsnis į praeitį yra 20/20. Kai pirmą kartą žvilgtelėjau į ją priešais maitinimo įstaigą, jis nebuvo iš tų vaikinų, kurie išsiskirtų minioje. Man iš karto patiko, kad jis įsiliejo į aplinką kaip ir aš, o kai ištaręs jo vardą ant liežuvio sukaliau Adamo Trento vardą, jis man tiko, ir aš iš karto atsipalaidavau."

„Meilė iš pirmo žvilgsnio", - sušuko mano dukra.

„Taip ir buvo, - pasakiau. „Po to, kai prisistatėme, prisilietėme alkūnėmis, nes abu dėvėjome privalomas kaukes, jis paklausė, ko noriu išgerti, ir nuėjo atnešti kavos. Jis teisingai nurodė mano užsakymą, grietinėlę ir vieną cukrų, o tai parodė, kad jis geras klausytojas, pajutau viltį. Sėdėdami ir gurkšnodami kavą kalbėjomės su pažįstamu jausmu, tarsi būtume daugiau nei pažįstami, artimesni draugams. Jis juokėsi, ne per garsiai. Nekenčiau žmonių, kurie juokėsi labai garsiai, atkreipdami į save dėmesį. Adamas nebuvo toks. Jis buvo dėmesingas, malonus, supratingas, ir kalbėtis su juo buvo normalu. Arba, sakyčiau, kaip naujas normalumas, nes mes laisvai šnekėjomės užsidėję apsaugines kaukes. Vis dėlto nemanau, kad būčiau klydusi manydama, jog jei kas nors mus stebėtų, jam būtų aišku, kad vienas kito draugijoje jaučiamės gerai. Pokalbyje gana lengvai perėjome nuo vieno dalyko prie kito ir netrukus jis man pasakė, kad rudenį studijuos universitete. Aš gana nerangiai jam pranešiau, kad pasiimu metus atostogų. Nepasakiau jam smulkmenų, kad prieš grįždamas turiu užsidirbti pinigų. Tai buvo per daug informacijos ir ne tai, ką jam reikėjo apie mane žinoti. Taip pat jam nepasakiau, kad laimėjau stipendiją ir galėsiu studijuoti klasikinę anglų literatūrą."

„Tikiuosi studijuoti XX amžiaus literatūrą, - atskleidė jis.

„Oho!" „Noriu studijuoti klasikinę anglų literatūrą!" sušukau.

„Turėdami tokią didelę bendrą meilę literatūrai, mes nesunkiai užmegztume ryšį, tiesa? Turėtume tiltą iš vieno literatūros krašto į kitą. Jis atrastų mano mėgstamiausius autorius, o aš - jo, ir mes gyventume ilgai ir laimingai. Taip galvojau ir aš. Kita klausiausi, kaip jis gieda pagyrimus savo dieviškam mėgstamiausiam pasaulyje autoriui - Kurtui Vonnegutui. Jis ir toliau gyrė ir liaupsino viską, kas susiję su jo pasirinktu geriausiu visų laikų romanu - „Penktąja skerdykla".

„Kol jis neperžengė ribų", - papriekaištavo mano dukra.

„Taip, per toli. Tiesą sakant, taip toli, kad man neliko nieko kito, kaip tik ginti tikruosius meistrus, tokius kaip Šekspyras, Dikensas ir Tvenas, kurių kūryba atlaikė laiko išbandymą. Kai jo veidas vėl įgavo įprastą spalvą, jis į pokalbį įterpė keletą Vonneguto posakių, pavyzdžiui: „Tik knygose sužinome, kas vyksta iš tikrųjų".

„Tai buvo knygų mūšis!" - pasakė mano dukra.

„Taip, ir mūsų pirmasis ginčas. Aš pasakiau: „Kalbame apie akivaizdžių dalykų konstatavimą!", o po to atšoviau Marko Tveno frazę: „Geriau laikyti burną užčiauptą ir leisti žmonėms manyti, kad esi kvailys, nei ją atverti ir išsklaidyti visas abejones". Kažkur buvau skaitęs, kad Tvenas buvo vienas mėgstamiausių Vonneguto autorių. Šiaip ar taip, tai buvo vienas geras jo bruožas.

„Jis atsistojo, ištiesė ranką per stalą ir ilgai ir stipriai pabučiavo mane į kaukę. Čia, viduryje maisto aikštelės. Tai buvo atsakas į tai, kad sugriebiau jį už rankos, kai jis pasakė, jog Vonnegutas yra mūsų laikų Šekspyras. Jis tai pasakė su tokiu įsitikinimu, iš širdies ir sielos, kad beveik privertė mane patikėti, jog tai tiesa."

„Tu juos bučiavai! Fui!" - pasakė ji, užsidengdama veidą.

„Bučinys, nors ir staigus bei netikėtas, buvo karštas, nors tarp mūsų buvo kaukės. Nepastebėjome, kad kiti maisto aikštelėje į mus žvelgė - leidome tam užsitęsti per ilgai. Išsiskyrę vėl nusileidome ir pratrūkom juoktis. Tuoj pat nusprendėme prekybos centre pažiūrėti filmą. Pakeliui į kino teatrą tas ryšys išblėso. Jei mėgstame tuos pačius filmus, gal galėtume jį atgaivinti? Tada viskas nebūtų prarasta? Kalbėjomės apie jam patinkančius filmus ir sutarėme, kad naujausias Tomo Cruise'o filmas tiktų mums abiem - bet jis jau buvo prasidėjęs, todėl nepavyko. Negalėjome susitarti dėl jokio kito filmo.

„Tiesiog nueikime ko nors užkąsti, - pasiūlė jis.

„Tuo metu jau buvo beveik dešimt - aš irgi buvau išalkęs. Viskas, ką buvome išgėrę, buvo kava, ir tai buvo jau seniai, be to, jau kurį laiką jautėme kvepiančius popkornus."

„Man tinka, - pasakiau.

„Prekybos centre ar lauke?" - paklausė jis.

„Sakiau, kad turėtume pakvėpuoti grynu oru, todėl iš prekybos centro išėjome į daugiaaukštį garažą. Vaikštinėjome daugiau nei trisdešimt minučių, kol jis man pasakė, kad neprisimena, kur pasistatė automobilį.

„Tada nusiavėte batus."

„Vonnegutas sakė: „Esame tai, kuo apsimetame, todėl turime būti atsargūs dėl to, kuo apsimetame". Jis padarė pauzę. „Ech, tu nesi labai moteriška, ar ne?"

„Ar tu esi vyras?" Paklausiau cituodama ledi Makbet. Iškart pasijutau blogai dėl šios konkrečios citatos ir nedelsdama pakeičiau temą: „O kaip dėl kortelės? Žinote, kur mokate? Argi joje nenurodyta, kuriame aukšte pasistatei automobilį?"

„Žinau, kad pasistačiau TOKIAME aukšte, - pasakė jis, toliau spausdamas mygtuką ant raktų žiedo ir klausydamasis atsakymo lyg paukštis, kviečiantis savo partnerį. Kai automobilis ir raktų pakabukas pagaliau rado vienas kitą, buvo jau beveik 23 val.

„Dabar automobilyje, abiem kojomis ir juodais pėdų padukais bėgant kopėčioms, giliai įkvėpiau ir pabandžiau atsipalaiduoti. Maistas neabejotinai padėtų pagerinti mano nuotaiką ir, tikėkimės, jo taip pat. Nebuvo per vėlu mums pradėti iš naujo. Mes taip gerai sugyvenome iki pat literatūrinio susidūrimo. Prisisegęs saugos diržus, jis įspaudė koją į grindis ir mes pajudėjome, apvažiavome automobilių stovėjimo aikštelę ir išvažiavome į gatvę. Kurį laiką važiavome klausydamiesi kantri muzikos. Jis dainavo kartu, o aš kovojau su noru pasakyti: „Jippie ki-jė!".

„Taigi, kokį maistą mėgsti?" „paklausė jis po to, kai per radiją išklausėme naujausią taco kavinės pasiūlymą".

„Aš nebesu alkanas", - atsakiau, manydamas, kad jis, atsižvelgdamas į pasiūlymo aktualumą, nori mane nusivesti į taco kavinę. Nekenčiau takosų. Kaip taco valgymas, kai visur krenta mėsa ir kiti daiktai, apskritai galėjo atitikti jo moteriškumo kriterijus? Nenorėjau žinoti. Labiausiai iš pykčio pasakiau: „Šekspyras yra literatūros karalius, o Vonnegutas, palyginti su juo, yra paprastas juokdarys".

„Tada tėtis paspaudė stabdžius".

„Mes buvome vienintelė transporto priemonė užmiestyje - viduryje niekur, ir tai yra istorija apie tai, kaip tavo tėtis ir aš pirmą kartą susitikome", - pasakiau, atsistojau ir paguldžiau dukrą. Ji išsitempė, užsimerkė ir po akimirkos jau kietai miegojo. Išeidama uždariau duris ir nuėjau į mūsų kambarį.

TIK DVIDEŠIMT

Kai mirė teta Džin, į laidotuves buvo pakviesta tik dvidešimt svečių, nepriklausančių mūsų šeimos burbului. Šis skaičius buvo ribotas dėl pandemijos. Visą dieną buvo privaloma laikytis socialinio atstumo ir užsidėti kaukes. Tai apėmė pamaldas laidojimo namuose, laidotuves ir gedulingus pietus.

Kadangi teta Džin žinojo, kad artėja jos gyvenimo pabaiga, prieš palikdama šį beprotišką pasaulį ji asmeniškai atrinko dvidešimt svečių.

Pagal šeimos tradiciją ji vis dar norėjo atviro karsto. Tačiau turėjo naują prašymą. Ji taip pat norėjo, kad būtų su kauke. Teta Džin visada turėjo keistą humoro jausmą.

„Kaip, po velnių, aš turėčiau pasakyti tinkamą laidotuvių kalbą? Tokią, kokios nusipelnė mano sesuo... kai aš dėviu vieną iš tų kvailų kaukių!" - klausė Gin jaunesnysis brolis Marvinas.

Priešais Marviną sėdėjo jo antrasis pusbrolis Frenkas. Prieš atsakydamas jis giliai susimąstęs užsirūkė cigaretę.

„Jie turės mikrofoną ir to pakaks".

Teta Džin mėgstamiausia dukterėčia Marija, kuri virtuvėje ruošė arbatą, sušuko.

„Jis bus reguliuojamas, mikrofonas, turiu omenyje tavo ūgį.

Kad galėtum įsitikinti, ar tavo burna, - ji nusišluostė rankas į prijuostę ir pavargusi nuo šūksnių įžengė į kambarį. Dabar ji sustojo vidury sakinio, supratusi, kad pamiršo atnešti arbatos, greitai pasitraukė. Grįžo su perkrautu padėklu, kuris girgždėjo nuo kiekvieno žingsnio.

Frenkas ir Marvinas vis dar žvelgė jos link plačiai atvėrę burnas ir laukė, kol ji baigs sakinį.

„Stovi tiesiai priešais", - pasakė ji taip, tarsi tarp pirmojo ir paskutiniojo jos žodžio nebūtų praėję nė minutės. Dabar, kai tai ištarė, ji suprato, kad vien nuo padėklo svorio jai drebėjo rankos. Ji pasilenkė ir atsargiai nuleido jį ant stiklinio stalo.

„Ačiū už, eee, pagalbą, - pridūrė sarkazmu persmelktu tonu, kai pritūpė ir ruošėsi pilstyti.

Marvinas ir Frenkas nepajudino nė piršto. Kas jiems abiem buvo normalu. Moteris darė moteriškus dalykus, o vyras - vyriškus.

Ji pripildė puodą, tada atidarė naują šokoladinių sausainių pakelį, kurį buvo pasilikusi kompanijai. Ji ir teta Džin spintoje visada laikė dėžutę savo mėgstamų sausainių, bet niekada jų nelietė. Abi žinojo, kad atidariusios jas suvalgys visas, todėl jas ištraukdavo tik tada, kai ateidavo kompanija.

Jauna moteris ir teta Gin visada buvo išdykusios ir susipykusios. Prisiminusi, kad teta buvo išranki dėl išvaizdos, ji paskleidė sausainius po lėkštę. Jai kilo klausimas, ar teta Džin stebi iš aukšto. Ji atsiduso, net ir dabar jautė, kad trūksta dalies savęs.

Marvinas nebuvo visiškai įsitraukęs. Vietoj to jis žvelgė pro langą ir svarstė, kad teks dėvėti kaukę. Frenkas traukė naują cigaretę, kurią užsidegė iškart po to, kai sudegė kita.

Marvinas, pagaliau atkreipęs dėmesį į dukterėčios šedevrą, paklausė: „Ką, po velnių, tu ten darai?"

„Kodėl, ruošiu arbatą ir sausainius", - pasakė Marija, maišydama puodą, paskui uždarydama dangtį ir paskubomis jį užsukdama.

„Tuomet pasiimk kėdę ar ką nors kita. Nesikūprink ten kaip..."

„Tupi", - pasakė Frenkas, juokdamasis iš savo pokšto, nes niekas kitas to nedarė.

„Nesvarbu, jau paruošta", - pasakė Marija. Ji pripildė tuščius puodelius auksinio garuojančio skysčio. Tada įpylė purškiamo pieno ir paprastai prašomo kiekio cukraus. Ji pati cukraus nevartojo. „Ar norėtumėte šokoladinio sausainio? Jie buvo mėgstamiausi tetos Džin."

„Būtų velniškai gaila sugadinti tavo virpančią konstrukciją", - pasakė Marvinas, ištiesė ranką ir būtent tai ir padarė.

„Ne man, - pasakė Frenkas. „Sausainiai ir cigaretės nedera."

Marija pirmiausia padavė Marvinui puodelį arbatos, nes jis buvo vyriausias. Tada ji padėjo Frenko puodelį ant padėkliuko šalia jo kėdės, nes kitaip buvo užimta. T. y. užsidegė dar vieną cigaretę. Ji sutriko, kai jis padėjo senosios cigaretės nuorūką ant tetos Džinos dailaus porceliano lėkštutės.

„Ačiū", - abu krūptelėjo.

Marija iš naujo pritvirtino sausainių dizainą, pažvelgė į viršų. Tada atsargiai išėmė po vieną iš abiejų galų ir perėjo kambarį, stengdamasi neišlieti perpildyto arbatos puodelio, eidama link dvivietės sofos. Dabar, kai šalia jos nesėdėjo teta Džin, ji vengė ten sėdėti. Dalis jos jautėsi taip, tarsi visatos pusiausvyra be Gin būtų sutrikusi.

Kol tetos Gin dienos dar nebuvo suskaičiuotos, ji ir Marija dažniausiai vakarieniaudavo ant padėklų priešais televizorių, sėdėdamos ant dvivietės sofos ir žiūrėdamos „Coronation Street". Nuo tada Marija įrašinėjo programą, laukdama, kol Gin dvasia pasieks ten, kur ji iškeliaus, kad jos galėtų žiūrėti programą kartu, kaip visada.

Tai buvo iki tol, kol į namus atsikraustė dėdė Marvinas ir pusbrolis Frenkas. Kol dėl pandemijos giminaičiams, gyvenantiems per atstumą, reikėjo kur nors gyventi. Dabar jie sudarė savo socialinį burbulą, t. y. jiems nereikėjo dėvėti kaukių vienas kito kaimynystėje. Tačiau po kelių valandų jiems reikės užsidėti bauginančias kaukes laidotuvėms - niekas nenorėjo būti užkrato nešiotoju ar užkrėstuoju.

„Norėčiau sužinoti, kodėl Džinas dėvės kaukę. Tai pirmiausia, - pasakė Marvinas. „Antra, kodėl ji pakvietė tuos giminaičius, kuriuos pakvietė. Kodėl, juk kai kurie iš jų nebendravo nei su ja, nei su kuriuo nors iš mūsų daugiau nei dvidešimt metų. Dievas žino, kad Džina stengėsi išlaikyti šeimą kartu, ir tais laikais, kai laikytis kartu turėjo būti savaime suprantamas dalykas."

„Kaukės privalomos visiems, o Džin norėjo būti visokia. Ir taip, teta Džin visada apie visus galvojo tik geriausiai, - pasakė Marija.

„Net tada, kai tai nebuvo pateisinama", - pasakė Frenkas, užsidegė dar vieną cigaretę, paskui pridūrė: "Ši lėkštė darosi gana pilna."

Marija pastatė puodelį arbatos ant stalo, paėmė lėkštę ir išmetė ją į virtuvėje esančią šiukšliadėžę. Spintelės gale ji rado nučiupinėtą lėkštutę - teta Džin neleido rūkyti namuose, todėl neturėjo peleninių - ir padėjo ją ant stalo šalia Frenko puodelio ir lėkštutės. Jis linktelėjo galva.

„Ar kuris nors iš jūsų norėtų papildyti kavos, nes aš jau atsikėliau?" - paklausė ji.

Marvinas taip pat ištiesė savo tuščią puodelį. „Ir man tiktų dar vienas iš tų sausainių".

Marija paėmė du sausainius, po vieną iš kiekvieno dizaino galo, ir padėjo juos ant lėkštės su šaukšteliu, prieš įpildama arbatos, cukraus ir pieno. „Dėkoju, - tarė Marvinas ir, prieš gurkštelėdamas arbatos, papūtė.

Frenkas rankos mostu atsisakė dar arbatos. „Nė vienas iš mūsų nesusisiekė su tais numirėliais, nes negalėjo jų pakęsti. Negalėjo ir Džinas - bent jau aš taip maniau".

Marvinas įmerkė sausainį į arbatą, jis sutrupėjo ir sulūžo. Arbatiniu šaukšteliu jis jį paėmė ir sučiulpė sušlapusį sausainį, kol šis ištirpo į nieką.

„Šių sausainių nerekomenduojama mirkyti, - šypsodamasi pasakė Marija.

„Dabar ji man pasakoja", - pasakė Marvinas.

„Ar norėtum, kad atneščiau dar vieną puodelį ir lėkštę?"

„Ne, tu pasilik ten, kur esi. Jūs bėgiojate aplink mus ir rūpinatės, tarsi būtumėte mūsų samdomas darbuotojas. Aš susitvarkysiu, bet ačiū, kad paprašėte".

Marija nusišypsojo ir suvalgė savo sausainį. Ji gardžiavosi juo, kai šokoladas tirpo ant liežuvio.

Trijulė sėdėjo tyliai, maigydama arbatos puodelius, sausainius ir cigaretes, kol Marija nutraukė tylą.

„Teta Džina gailėjosi, kad prarado ryšį su žmonėmis. Tai labai slėgė jos širdį, ir nors dvidešimt svečių - net kai ji su jais susisiekdavo - neatsakydavo į jos skambučius ar laiškus, ji niekada jų nenurašė. Tiesą sakant, kiekvieną vakarą prieš užmigdama už juos melsdavosi".

Jos brolis buvo sužavėtas ir sutrikęs. „Džin, meldėsi už didįjį dėdę Deivą, kuris ją praktiškai nužudė, kai ji vaikystėje vasaros atostogų metu buvo pas juos apsistojusi? Tai didžiulis dalykas, kurį ji turėjo atleisti. Spėju, kad senatvėje ji tapo minkšta".

Marija stovėjo susikėlusi rankas ant klubų: „Teta Džin buvo daug kas, bet viena, ko ji nebuvo minkšta. Ji būtų jiems spyrusi į užpakalį, jei jie būtų pasirodę prie durų iš anksto nepranešę, kol ji nesusirgo - žinai, ji nekentė, kai žmonės pasirodydavo be kvietimo, - bet ji norėjo ištaisyti padėtį, atleisti ir pamiršti." Žodžiai jai įstrigo gerklėje, kaip ir paskutinis ką tik suvalgytas sausainis.

Frenkas atsistojo, perėjo kambarį ir stipriai trenkė jai per nugarą. Iš dalies suvalgytas sausainis nuskrido per kambarį ir su purslais nusileido į Marvino arbatos puodelį.

„Ar nežinai, kad prieš nuryjant reikia kramtyti?" Marvinas su pasibjaurėjimu grąžino arbatą į padėklą.

„Labai atsiprašau, - tarė Marija, viską surinko ir nunešė į virtuvę.

***

Marija išplaukė puodelius ir viską sudėjo į indaplovę, tada užlipo į viršų pasinaudoti patogumais ir susitvarkyti veido. Ji verkė ir nenorėjo, kad kas nors sužinotų. Nusileidusi laiptais ji išgirdo pakeltus balsus. Ji greitai nusileido žemyn.

„Aš mylėjau savo seserį labiau nei bet kas kitas pasaulyje!" Marvinas pasakė. „Bet nesuprantu, kodėl jos prašymas, kad pasakyčiau laidotuvių kalbą, tau turėtų kelti problemų!"

„Dabar, dabar, dabar", - pasakė Marija.

„Aš tiesiog būčiau buvęs geresnis, - pasakė Frenkas. „Manęs jau anksčiau prašė ir aš būčiau mažiau emocionalus, mažiau teisiantis".

„Kodėl tu!" Marvinas pasakė pakėlęs į orą sugniaužtus kumščius ir jais mojavo, tarsi imituodamas praeities laikų boksininką.

Frenkas perėjo kambarį, taip pat iškėlęs kumščius. Tai buvo tarsi geriatrinis kaukazietiškas Ali ir Foremano mačo variantas.

Abu stovėjo vienas prieš kitą, akis į akį, kol Marija ėmė niūniuoti mėgstamą tetos Džin melodiją: „Tylėk, mažyli, nesakyk nė žodžio, tėtė nupirks tau pajuoką".

Marvino akys prisipildė ašarų, jis nuleido kumščius, o tada nuleido save ant kėdės.

Frenkas stovėjo sustingęs, ištaręs likusios dainos žodžius, o Marvinas juos kuždėjo. Kai ji baigė dainuoti, jis perėjo per kambarį, kur į jį šypsojosi tetos Džinos nuotrauka rėmelyje. Jis taip pat apsipylė ašaromis.

„Štai, štai dabar, - pasakė Marija. „Jau beveik laikas eiti, o mes čia ginčijamės".

„Ji teisi, - pasakė Frenkas. „Be to, mums prireiks vieningo fronto, kai pasirodys tie niekam tikę buožgalviai."

„Tai jei jie mūsų neužkrės - juk esame pandemijos įkarštyje, ar jie nežino?"

„Maitintojai į tai atsižvelgs. Kol būsime laidojimo namuose ir kapinėse, jie čia viską paruoš taip, kad atitiktų socialinio atsiribojimo rekomendacijas, kad visi būtų saugūs."

„Bet tie neišmanėliai vis tiek turės nusiimti kaukes, kad galėtų suvalgyti maistą ir išgerti alkoholio - o pastarojo mums reikės daug."

„Gėda, - atsakė Marija. „Visa tai sutvarkė ir apmokėjo teta Džin." Pasibjaurėjusi ir pasigedusi jų, ji pasitraukė į savo kambarį apsirengti pasirinktu juodu kostiumu. Vyrai jau buvo apsirengę juodais kostiumais ir pasiruošę eiti.

„Tikiuosi, kad jie naudos plastikinius peilius, šakutes ir popierines lėkštes, - pasakė Frenkas. „Ir visame name bei sode jie turės buteliukų su rankų dezinfekavimo skysčiu. Mūsų giminaičiai turės užeiti į vidų, kad galėtų pasinaudoti patogumais, bet didžioji dalis procedūrų vyks lauke, sode."

„Gaila, kad Džinas atsikratė lauko įrenginių, - pasakė Marvinas.

Marija paskambino iš viršaus: - Pamiršau pasakyti, kad ant žolės bus nupiešti ženklai ir (arba) iškabinti ženklai, kur žmonės turėtų stovėti. O dėl patogumų, tai mes pasamdėme vieną iš tų kilnojamųjų tualetų. Kadangi jų yra tik dvidešimt ir mes trys, visiems turėtų užtekti vietos ir eilės neturėtų būti tokios ilgos."

„Jūs tikrai viską apgalvojote!" Marvinas sušuko. „Mes trys galėsime pasišalinti atgal ir pasinaudoti vidaus tualetais q.t."

Marija pasirodė laiptų viršuje, pasiruošusi eiti. "Ačiū. Turėjau daug laiko apie tai pagalvoti ir norėjau, kad viskas būtų visiškai teisinga tetai Džinei. Mes su ja viską aptarėme iki smulkmenų. Ji norėjo nuimti naštą nuo manęs, mėginančios viską daryti vienai, kol aš gedėjau dėl jos netekties."

Marvinas paglostė plaukus ant smakro. "Jei ne ši prakeikta pandemija, ji būtų norėjusi daugiau. Būtų paprašiusi eilinio tvartų deginimo - arba pobūvio - jos gyvenimui paminėti. Štai ko ji nusipelnė!"

Frenkas pasakė: "Tai ji gaus - ir mes jai surengsime patį geriausią - pasibaigus šiai pandemijai. Pakviesime kitus giminaičius - tuos, kurie mums patinka, - ir gal net kelias vietines įžymybes. Visi mėgo Džiną. Išlydėsime ją taip, kaip ji nusipelnė! Bet kol kas turime kuo geriau išnaudoti susidariusią situaciją".

Marija perėjo per kambarį, svarstė galimybę atsisėsti - bet suknelė būtų susiraukšlėjusi, todėl grįžo į virtuvę lankstyti popierinių servetėlių. Ji pasisiūlė padaryti tiek, kiek galės, kol atvyks maitintojai, nes žinojo, kad reikės kuo nors užsiimti. Ji galvojo apie viską, ko teta Džin prašė, kad įvyktų tą dieną. Ji norėjo, kad Marvinas jai pasakytų tostą, po to, kai visi dalyvaus valgyme. Ji net buvo surašiusi, kokius patiekalus norėtų patiekti, ir išsirinkusi maisto tiekėją, kuris juos paruoš. Taip, teta Džin buvo viską apgalvojusi. Pakilę balsai svetainėje patraukė ją atgal ten.

"Gin sakė, kad man atiteks liūto dalis verslo, todėl ir paskyrė mane testamento vykdytoju, - pasakė Marvinas.

"Ji sakė, kad galėčiau pasilikti namą, - pasakė Marija. "Tai ir mano namai - aš čia gyvenau su teta Džin didžiąją savo gyvenimo dalį".

„Niekas to neginčija, - pasakė Frenkas. „Tu viską atidavei, kad būtum čia ir padėtum Džinei, kai niekas kitas negalėjo. Kodėl, juk galėjai ištekėti, susilaukti kelių vaikų... bet pasirinkai šeimą, o ne save. Tai mažiausia, ką ji galėjo padaryti, palikti tau namus".

Marvinas linktelėjo galva. Nors kartą jie abu dėl kažko sutarė.

„Sakiau Džin, kad nieko iš jos nenoriu ir man nieko nereikia, - pasakė Frenkas.

„Tada tikėkimės, kad ji tave ignoravo, - nusijuokė Marvinas, matydamas, kad jiedu pagaliau gerai nusiteikę,

Marija grįžo į virtuvę baigti lankstyti prieš jiems išvykstant į laidojimo namus.

Nors servetėlės buvo popierinės, jos buvo švelnios ir minkštos. Dangiškai mėlynas su rausva linija kairiajame kampe pasirinko ir teta Džin. Marijai toliau lankstant servetėles, tai tapo automatiška, todėl ji žiūrėjo į sodą ir leido pirštams atlikti darbą.

Jos akys nukrypo į naujai pasodintas gėles po milžinišku ąžuolu. Kūdikio kvapas ir rožės jau baigė augti, bet jų spalvos vis dar buvo ryškios, jos judėjo lyg seni draugai, šokantys, kai vėjas šniokščia.

Kai ji sulankstė paskutinę servetėlę, dešine ranka palietė pilvą. Ji tai darė retkarčiais, nors jau daug metų nesilaukė vaiko. Ilgesys niekada neišnykdavo. Teta Džin niekada apie tai nepasakojo nė vienai gyvai sielai. Marija taip pat to nepadarė - net tėvui.

Ir ten, palaidota po tomis gėlėmis, to masyvaus ąžuolo pavėsyje, buvo jos vaiko amžinojo poilsio vieta. Jos mergaitė šiame pasaulyje neišgyveno ilgiau nei kelias minutes.

Netrukus atvyks giminaičiai, jie visi susirinks į namus, kurie nuo šiol priklausys jai, ir švęs tetos Džinos gyvenimą.

Tada Marija, kaip ir kiti, užsidės kaukę ir pati izoliuosis į tą pačią vietą po medžiu, kur niekada nesijaus vieniša. Toje vietoje, kur ji žinojo, kad teta Džin stovės šalia jos, laikydama ant rankų Marijos mergaitę.

Trijulė, teta Gin, Marija ir kūdikis, būtų tylūs liudininkai, o likusi šeima draskytų vieni kitus.

PANDEMIC BOY

„Žiūrėk, jis ir vėl ateina - tai Pandemic Boy", - sušuko aukštas, ilgakojis ir dešimtmetis šviesiaplaukis berniukas.

Jo draugas buvo ne toks aukštas, neilgas ir ne šviesiaplaukis - jis buvo rudaplaukis, kuris juokėsi prieš įdėdamas savo du centus. „Kur tavo apsiaustas, vaikeli? Argi nežinai, kad VISI superherojai turi apsiaustus?"

Vaikinas, kurį jie praminė Pandemijos berniuku, buvo jaunesnis už kitus du, bet po kauke jis buvo bebaimis.

„Ne Žmogus-voras", - atsakė jis šypsodamasis.

Nors jis buvo jaunesnis ir mažesnio ūgio bei ūgio, ne coliais, o pėdomis, užsidėjęs rankas ant klubų - labiau panašus į Supermeną, jis paklausė: „O kur JŪSŲ kaukės?"

Tai nebuvo pirmasis vadinamojo Pandemijos berniuko susidūrimas pandemijos laikais. Anksčiau jis naudojo Supermeno sukryžiuotų ginklų laikyseną, kad įgytų situacijos kontrolę.

Atrodė, kad ji gerai veikia ir vaikus, ir suaugusiuosius. Taip pat padėjo žinojimas, kad jo pusėje yra įstatymas.

„Mes nesame pasekėjai, - pasakė šviesiaplaukis berniukas, kaire ranka prisidengdamas akis nuo saulės, paskui atsisuko į vaikiną taip, kad dabar jiedu su draugu stovėjo akis į akį. Jis ištarė žodžius: „Nusiimkime jam kaukę".

Raudonplaukis berniukas tai apsvarstė, įsispyręs sportbačio pirštu į žemę, manydamas, kad jie jau yra du prieš vieną pranašesni už Pandėlio berniuką. Be to, jis buvo mažas vaikas, nors ir turėjo didelę burną ir savotiškai to prašė. Bet jis nebuvo chuliganas ir nenorėjo juo būti. Jis susikaupė, darydamas priešais save purve ratą, tada patapšnojo džinsų kišenę. „Mano yra čia."

„Įrodyk", - pareikalavo Pandemijos berniukas.

Šviesiaplaukis berniukas žvilgtelėjo per petį į mažesnį berniuką ir greitai atsisuko. Suspaudęs kumščius jis žengė link jaunesniojo berniuko. Bakstelėjęs pirštu į kaukėto berniuko veidą, jis tarė: „Kas tu-tu-tu-galvoji, kad tu-tu-tu-vis tiek-tu-tu-turi-būti-vaikas?" Kiekvienas žodis pateisino atskirą bakstelėjimą į kaukėto berniuko smakrą, o dėl ūgio ir masės skirtumo jaunesnysis berniukas turėjo tvirtai pastatyti kojas į vietą.

Rudaplaukis berniukas tarė: „Aš užsidėsiu kaukę".

Vadinamasis Pandemijos berniukas nekalbėjo, tik pritariamai linktelėjo galva, o jo draugas, šviesiaplaukis berniukas, žvilgtelėjęs jam per petį, metė piktą žvilgsnį.

Visi trys laikėsi įsikibę.

***

Kai kada laikas stovi vietoje. Tarsi visi paukščiai būtų pamiršę skristi ir visi laikrodžiai būtų pamiršę tikstėti. Ši diena nebuvo viena iš tokių, ir laikui bėgant vis daugiau vaikų išlindo iš ten, kur buvo, pasižiūrėti, kas vyksta. Jie susibūrė aplink, kalbėjosi, šnabždėjosi, bandė sudėlioti, kas turėjo nutikti, kad trys berniukai taip ilgai stovėjo vietoje.

„Žiūrėjau pro savo miegamojo langą, - pasakojo vienas berniukas, - ir pamačiau, kaip mažam kaukėtam berniukui grasina šviesiaplaukis, kuris buvo daug aukštesnis ir vyresnis. Tada pamačiau, kad jie buvo du, ir turėjau išeiti į lauką, ypač tada, kai tas didysis vaikinas priėjo prie mažojo ir dūrė jam į krūtinę, - pasakojo jis, paliesdamas savo kaukę kaip suaugęs žmogus barzdą.

„Aš bėgau ten, - pasakojo maža mergaitė, - ir viską mačiau. Berniukas su kauke prašovė - priėjo prie tų dviejų didesnių, vyresnių berniukų. Stebiuosi, kad tie du jo nesumušė". Tada ji kreipėsi į vadinamąjį Pandemijos berniuką: „Ei, vaikeli, kodėl tau nepabėgus, kol gali? Kol tie du vyresni berniukai tavęs nesumušė?"

Trijulė minios viduryje liko nejudri, tarsi statulos. Jie klausėsi kitų į minią susibūrusių vaikų komentarų, o jie - ne. Šiuo metu niekas tiksliai nežinojo.

Laikas ėjo toliau ir kaukes dėvintys vaikai stojo į vadinamojo Pandemijos berniuko pusę, o vaikai, kurie neturėjo kaukių, - į kitų dviejų pusę. Vaikų minia pasikeitė, suskilo į dvi dalis, kad sudarytų dvi skirtingas puses. Visi buvo pasiruošę veikti - tai yra, jei ir kada prasidėtų kova.

Bėgo valandos, bet niekas nejudėjo. Net tada, kai motinos ir tėvai ėmė kviesti savo vaikus namo vakarienės. Taip pat ir tada, kai tėvai, seneliai ir broliai bei seserys pradėjo kviesti vaikus miegoti. Net tada, kai saulę pakeitė mėnulis ir žvaigždės.

***

Galiausiai Pandemijos berniukas pasakė: „Dabar aš eisiu namo".

O didesniam šviesiaplaukiui berniukui, tam, kuris vis dar buvo atsistojęs prieš jį, jis pasakė: „Kai kitą kartą tave pamatysiu, būtinai pasiimk kaukę, gerai? Tai pandemija, žmogau, ir..."

„Gerai, gerai, gerai, - pasakė didesnis berniukas ir atsitraukė.

„O kai kitą kartą tave pamatysiu, įsitikink, kad dėvi apsiaustą". Jis nusišypsojo.

„Ar nori kokios nors spalvos?" - šypsodamasis paklausė jaunesnis berniukas.

Jo draugas, raudonplaukis berniukas, kuris dabar dėvėjo kaukę, atsakė: „Priklauso nuo to, ar esi Betmeno, Robino, ar Supermeno gerbėjas. Aš? Aš dėvėčiau juodą."

„Tas pats", - pasakė jaunesnis vaikinas.

Jie visi nuėjo namo.

VIZITUOTOJAI

„Palaukite minutėlę", - pasakė ji prieš atidarydama savo namų duris.

Viduje ji buvo beveik trisdešimt dienų - karantine. Dabar išeiti į lauką buvo rizikinga, nors karantine ji buvo tik tam, kad apsaugotų tuos, kuriuos mylėjo, ir kitus, kurių net nepažinojo. Ji pasitaisė kaukę, giliai įkvėpė ir atidarė duris.

Jos laukė sveikinimo komitetas, ir ji pasijuto panašiai, kaip turėjo jaustis karalienė Elžbieta, kai išėjo į Bekingemo rūmų balkoną. Nors jos nedideli, bet patogūs dviejų miegamųjų namai nepasižymėjo rūmų blizgesiu ir spindesiu. Sekundę ar dvi ji galvojo, ar nevertėtų jiems karališkai pamojuoti, bet galiausiai persigalvojo, kai jie ėmė ploti.

Susigėdusi, nors didžiąją dalį veido dengė kaukė, ji pažvelgė į dangų, kur aukštai danguje švietė saulė, ir pajuto jos spindulių šilumą. Buvo gera kvėpuoti nauju, gaiviu oru, nors kaukė trukdė jai giliai įkvėpti. Mintyse ėmė skambėti Džono Denverio daina. Ji nerūpestingai niūniavo.

Plojimai baigėsi jai pačiai to nesuvokiant, o ji stovėjo kaip kiaulė podukra, kol visi laukė, kol ji ką nors pasakys ar padarys. Daugybė ašarotų akių, visos žvelgė į ją per savo kaukes. Nebuvo dviejų vienodų kaukių. Ji peržvelgė svečius, atkreipdama dėmesį į akis, kurių savininkus, kaip jai atrodė, atpažino. Mintyse ji žaidė žaidimą „Kas yra kas po kokia kauke".

Dėl vieno asmens minioje dėl jo dydžio ir ūgio nekilo abejonių, kas ji yra. Tai buvo jos anūkė Emilija. Tos žalios akys, tokios pat kaip jos pačios, išsiskyrė, kai žvelgė į ją per violetinę kaukę. Emilijos mėgstamiausia spalva dažnai keitėsi, bet ji džiaugėsi, kad per pastarąsias trisdešimt dienų ji nepasikeitė. Vis dėlto ji tapo aukštesnė. Emilija mostelėjo ranka ir tarė: „Sveika, močiute".

„Sveika, mano brangioji Emili, - pasakė moteris, šypsodamasi lūpomis po kauke ir per ją akimis.

Moteris suabejojo, paskui peržvelgė žiūrovus iš kairės į dešinę kikendama, kai kiekvienam iš jų pripažino.

Pirmasis buvo Brendonas. Jis buvo didelis ledo ritulio sirgalius, todėl ant jo kaukės buvo Toronto klevo lapas. „Pirmyn, klevo lapai!" - pasakė jis. Ji parodė jam aukštyn pakeltą nykštį. Bent jau kažkas vis dar turėjo vilties, kad jie vėl laimės Stenlio taurę.

Šalia Brandono stovėjo jo žmonos Emilijos mama. Ant jos kaukės buvo užrašas „I heart Jamie Oliver". Ji nusišypsojo, svarstydama, ar jos susidomėjimas Oliveriu nepadės jai vieną dieną iškepti padorų jautienos kepsnį. Ji pagavo save už šios kandžios minties ir susigėdusi pajudėjo toliau.

Kitas buvo ponas Bobas Mūdis. Jis buvo kaimynas, niūrus senas pirdžius, kuris, ji net neįsivaizdavo, kodėl jis jautė poreikį prisijungti dėvėdamas statybininko kaukę. Jis pamojavo ranka, su familiarumu, kuris jai pasirodė keistas, tačiau ji, norėdama būti mandagi, pamojavo atgal.

Dabar jai buvo nuobodu aiškintis, kas yra kas, o kiti žmonės virto migla, nes ji laukė, kol kas nors ką nors padarys arba praneš, ko iš jos tikisi. Ar ji turėtų sakyti kalbą? Ne, tai būtų kvaila. Tai buvo tik trisdešimties dienų karantinas. Ji negalėjo jų apkabinti. Arba prieiti prie jų arčiau, nei ji jau buvo.

Ją apėmė bauginantis jausmas, kad kažkas nori, jog ji pasakytų kalbą, ir ji susimąstė, kaip ji turėtų ją pasakyti, kad ji būtų išgirsta ir suprasta per storą medvilninę kaukę. Tada ji pagalvojo apie politikus per televiziją, pavyzdžiui, ministrą pirmininką. Kai jam tekdavo kalbėti, jis visada nusiimdavo kaukę, pasakydavo savo žodį ir vėl užsidėdavo. Jei to užteko ministrui pirmininkui, tai užteko ir jai. Ji ištraukė dešinę ausį iš kilpos, tada perėjo prie kitos pusės.

Svečiai užgniaužė kvapą, paskui atsitraukė toliau. Visi, išskyrus jos mažąją anūkę.

„Senelė tave myli, - pasakė moteris ir pabučiavo mažąją Emiliją.

„Aš irgi tave myliu, - atsakė Emilija, kai tėvai, dabar esantys šalia jos, pajudėjo atgal.

Patenkinta, kad pajuto saulę, išėjo į lauką, pamatė tuos, kuriuos mylėjo, ir pasikalbėjo su mažąja Emily, ji nusilenkė, atsitraukė ir uždarė už savęs duris.

Telefonas tuoj pat pradėjo skambėti ir skambėti. Ji neatsiliepė.

NAMAS

Kambarys buvo tuščias, išskyrus tuščias įmontuotas knygų lentynas, kurios stovėjo šalia židinio. Tuščios knygų lentynos mane visada nuteikdavo melancholiškai. Tarsi ankstesnis savininkas kartu su savimi būtų išsivežęs visus savo draugus ir prisiminimus, bet pamiršo konstrukcijas, kurios juos laikė ir eksponavo, kol gyveno namuose. Todėl, kai dėl kokių nors priežasčių palikdavau namus, visada palikdavau vieną iš savo knygų (nusipirkdavau dvi mėgstamas knygas), kad tikėčiausi, jog kad ir kas būtų naujasis šeimininkas, jis ja mėgausis taip pat, kaip ir aš. Man tai buvo tarsi supažindinimas su nauju draugu. Jei tai skamba pernelyg sentimentaliai, neprieštarauju, nes mano brangus vyras visada taip apie mane kalbėjo.

Eidama per kambarį ir taisydamasi kaukę pastebėjau prie sienos prigludusį kažką plono kaip vaflis. Tai buvo nedidelis kilimėlis.

„Kam, po velnių, tai ten?" Paklausiau. Nors jis buvo išteptas siūlais ir nedidelis, būtų buvę geriau, priešais židinį. Ten tas apgailėtinas daiktas bent jau būtų turėjęs paskirtį. Dažnai taip darau, suteikdamas negyviems daiktams jausmus. Literatūros pasaulyje tai vadinama personifikacija. Šią priemonę naudoju taip dažnai, kad mano vyras ją vadina Maggie-fikacija.

Augustas yra mano vyro vardas. Ir taip, jis gimė rugpjūčio mėnesį, Liūtas, o aš esu Ožiaragis.

Kai jis priėjo greta manęs, aš susiraukiau. Visada jaučiau šaltį. Kalbėdamas pro savo kaukę pasakė: - Fu, čia karšta, meile. Kodėl tu drebi?" Jis atsisegė storą vilnonį megztinį, mūsų sūnaus Endriaus dovaną, ir jį nusivilko. Uždėjo jį man ant pečių, tada perėjo per kambarį.

Aš įsisupau į jį ir, sekdama paskui jį, ištariau: „Ačiū".

Agentė, kuri buvo sena šeimos draugė, dėvėjo kaukę, atspindinčią nekilnojamojo turto įmonę, kurioje dirbo. Ji girdimai judėjo po namą kitame kambaryje, o mes vieni apžiūrinėjome namą.

Netrukus ji įėjo į kambarį iš durų, esančių arčiausiai daikto, kurį buvau pastebėjęs ant grindų. Susitikome priešais jį, tarsi ji būtų išgirdusi mano klausimą.

Džudė Marš, taip vadinosi mūsų agentė ir jau daugiau nei dvidešimt penkerius metus, atrodė praradusi žodžius, o tai buvo labai į ją nepanašu. Jai ir visiems kitiems nekilnojamojo turto agentams planetoje.

„Argi židinys ne nuostabus!" - sušuko ji.

Aš pasisukau kūnu į šilumą, o Augustas, kuris dažnai mane kaltino, kad, be kita ko, skaitau per daug Agatos Kristi romanų, dabar nuobodžiaudamas ir norėdamas su ja susidoroti, pasislinko arčiau durų.

Džudi pasakė: - Girdėjau klausimą, kurį uždavėte prieš kelias akimirkas. Visiškas atskleidimas, - ji palietė nosį. „Šis namas turi šiek tiek istorijos".

Dabar Augustas susidomėjęs vėl prisijungė prie mūsų.

„Kokią istoriją?" Paklausiau.

Džudė tęsė: - Nėra prasmės pasakoti pasakų, jei tau čia nepatinka. Tokiu atveju galime tiesiog pereiti prie kito namo. Turiu dar kelis išrikiuotus. Taigi, koks kol kas šio namo verdiktas?"

Augustas atsakė: „Dar neapžiūrėjome viso namo, dar per anksti apie tai kalbėti ir,"

Baigiau jo sakinį, kaip paprastai daro žmonės, kurie jau seniai susituokę: „Ir nemandagu iš jūsų pusės leisti mums įsimylėti vietą - nesakau, kad čia toks atvejis, - o paskui nuleisti ragelį."

„Iš tiesų sumažinkite bumą", - pridūrė Augustas.

„Išpilkite!" Pareikalavau, kai Augustas paėmė mano ranką į savo.

„Eime į virtuvę, - pasakė Džudė. „Užkaičiu virdulį ir išvirsiu mums puodelį geros arbatos. Tokiai progai į spintelę prikroviau keletą dalykų, pavyzdžiui, „Earl Grey" arbatos ir sausainių. Tada viskas paaiškės."

Augustas, išgirdęs, kad siūloma arbata ir sausainiai, nusekė paskui Džudę į virtuvę, o aš, kaip sakoma, ėjau iš paskos. Ėjome koridoriumi, kuris turėjo aukštas lubas, bet buvo gana niūrus, nes jame nebuvo stoglangio - jei nusipirktume šį būstą, stoglangis šį koridorių padarytų jaukesnį.

„Stoglangis būtų patobulinimas", - pasiūlė Augustas, kai jie su Džude įėjo į gretimą kambarį pro porą varstomų durų, kokias galima buvo tikėtis pamatyti sename Marlono Brando vesterne.

„Šių teks atsisakyti", - pasakė Augustas, kai durys atsidarė ir trenkėsi jam į užpakalį, kol aš dar nespėjau prieiti ir sustabdyti. Jis stovėjo, rankas laikydamas ant klubų, pravėręs burną, iš kurios neišsprūdo nė vienas žodis.

Kai prasibroviau į kambarį, supratau, kodėl Augustas buvo be žodžių, nes, o, Dieve, koks įspūdingas vaizdas! Virtuvė ir valgomasis buvo greta, didžiulėje atviro plano stačiakampio formos erdvėje su stikliniais langais ir durimis, besidriekiančiomis nuo vieno galo iki kito, iš kurių atsivėrė vienas nuostabiausių sodų, kokius man teko matyti. Taip norėjau, kad būtų pavasaris, kad viskas žydėtų, bet ir ruduo čia buvo nuostabus - medžiai pražydo rudens spalvomis.

„Dašas tai dievintų, - pasakė Augustas. Dašas buvo mūsų berniukas taksas.

„Jis tikrai būtų", - pasakiau, kai Džudė, dabar stovinti už mūsų, vaidino mamą, pilstydama karštą vandenį į arbatinuką.

Nei aš, nei Augustas negalėjome atitraukti akių nuo gražuolės gamtos, kuri laukė vos už kelių žingsnių. „Ar galiu atidaryti duris?" Paklausiau.

Džudė linktelėjo galva, o Augustas atliko tą pačią pareigą. Iš lauko sklindantys garsai tuoj pat tarsi muzika įsiliejo į virtuvę. Skambėjo cikados, mėlynosios zylės, žvirbliai, kardinolai, medinė rupūžė... buvo palaimingai muzikalu - iki tol, kol po kelių akimirkų į darbą įsijungė kaimyno vejapjovė.

„Arbata paruošta, - sušuko Džudė.

„Puikus laikas, - pasakė Augustas, uždarydamas stumdomas duris ir spragtelėdamas spyną. „Sveika, tamsta, mano sena drauge, - sušnabždėjo Augustas. Tai buvo viena mėgstamiausių jo dainuojamų melodijų - klasika iš Simono ir Garfunkelio repertuaro.

„Čia ne tamsu, - pasakiau, kai Džudė įpylė ir padavė arbatą. Tiesą sakant, nebuvau prašmatnių arbatų, tokių kaip „Earl Grey", gerbėja. Bet kurią dieną duokit man puodelį Typhoo. Įdėjau du arbatinius šaukštelius cukraus - dvigubai daugiau, nei įprasta senai gerai Typhoo, ir Augustas padarė tą patį. Gurkšnodami, atmetę Džudi pasirinktą sausainį - imbierinį riešutą - laukėme, kol ji pradės pasakoti istoriją, apie kurią užsiminė.

**

„Visų pirma, - pradėjo Džudi, - šiame name niekas negyveno jau kelis dešimtmečius".

„Dešimtmečius, - pakartojau, - kaip taip gali būti?"

Augustas ištuštino arbatos likučius. Džudė tuoj pat padarė judesį, kad pripildytų jo puodelį, bet jis nemandagiai to išvengė, uždengdamas jo viršų ranka.

Džudi nusišypsojo. „Matyt, ne visiems patinka mano mėgstamas gėrimas." Ji pripildė savo puodelį ir tęsė. „Per daugelį metų ši vieta buvo parduodama. Samdėme inscenizacijos specialistus iš visos valstijos, tikėdamiesi, kad jų indėlis padės parduoti. Kol kas tai nepasiteisino."

„Beprasmiška, - tarė Augustas. „Tikrai būtų mažiau aido, jei būstas būtų apstatytas baldais." Jis pakėlė tuščią puodelį ir atsiduso.

„Ar norėtumėt butelio vandens?" Džudė paklausė ir, nelaukdama atsakymo, nuėjo prie šaldytuvo, ištraukė tris butelius ir pastatė juos priešais mus. Nujaučiau, kad tai bus ilga istorija.

Vienu metu mūsų ausis pasiekė keistas garsas, sklindantis iš sodo. Augustas atstūmė kėdę, žvalgydamasis po sodą, kuris dabar buvo tik iš dalies apšviestas, nes saulė jau leidosi. „Ar ką nors matai?" Paklausiau.

Augustas turėjo erelio akį, nors buvo vyresnis už mane. "Shhh," he said. Laukėme atidžiai klausydamiesi, bet garsas daugiau nepasigirdo. Augustas grįžo į savo vietą ir susiraukęs atsisėdo į ją.

Džudė pasakė: - Geriausia, jei savo pastabas ir klausimus pasilaikysite sau iki galo. Noriu baigti anksčiau, t. y. kuo greičiau".

Augustas tarė: „Mes seni ir senstame kiekvieną minutę. Mes tikrai pamiršime visus klausimus, kuriuos galėtume užduoti, jei ši jūsų kuriama pasaka užtruks ilgiau".

Paglostžiau Augusto ranką. „Jei turi kokių nors klausimų, tada įvesk juos į savo telefoną". Jau kurį laiką bandžiau įkalbėti jį naudotis telefone esančia užrašų funkcija. Aš pats ją naudoju daugeliui dalykų, įskaitant ir maisto produktų sąrašą. Pasiūliau jam naudoti ją tuo pačiu tikslu. Vis dėlto jis grįždavo namo be to, ko mums reikėjo, ir vėl grįždavo - šį kartą su popieriumi rankoje.

„Maggie, - pasakė jis, - žinai, kad nemėgstu būti priklausomas nuo technologijų."

„Būti priklausomam nuo medžių, - tarstelėjo Džudi, - taip pat nežada nieko gero ateičiai".

„Popieriaus lapo baterija neišsikrauna!" - sušuko jis.

„Bet rašikliui išsikrauna rašalas", - pasakiau šyptelėdama, tada vėl patapšnojau jam per ranką, padaviau rašiklį ir popierių - abu šiuos daiktus tokiais atvejais visada laikiau rankinėje.

***

„Aš pradėsiu nuo pradžių, - pasakė Džudė.

Po stalu Augustas kilstelėjo kojas ir aš galėjau pasakyti, kad jis vis labiau nekantrauja ir galvoja: „Pradėk, moteriške!", nes apie tai galvojau ir aš.

Galiausiai Džudi perėjo prie reikalo. „Kai ši vieta buvo apgyvendinta pirmą kartą, čia mirė trys žmonės".

Ji laukė, kol mes sureaguosime, bet nė vienas iš mūsų nesureagavo. Jau buvome supratę, kad įvyko kažkas baisaus - ir darėme išvadą, kad tai turėjo būti susiję su mirtimis, žmogžudystėmis ir (arba) chaosu. Net mano artrito išvarginti kaulai jautė, kad čia įvyko kažkas baisaus. Apsivijau save rankomis, vėl pajutau šaltį. Augustas padarė tą patį, bet jam buvo šilčiau nei man, nes prieš tai jis buvo atgavęs savo kardelį.

„Iš pradžių, [XVIII] amžiuje, čia buvo pastatyta bažnyčia. Po to, kai ji buvo sugriauta, o trys žmonės žuvo - liko tik knygų lentynos ir židinys, - visos religijos prisiekė niekada čia neatstatyti Dievo namų. Taigi kotedžai, namai, statiniai, bungalai ir galiausiai dviaukščio Kalifornijos padalinto bungalo, kuriame dabar stovime, dizainas buvo statomi atsižvelgiant į savininkų poreikius ir reikalavimus skirtu laiku, kuriame jie gyveno. Ir taip daug parapijiečių, bažnyčios lankytojų ir šeimų šią vietą pavertė savo maldos vieta ir (arba) namais.

Pradėkime nuo pradinės bažnyčios. XVIII a. viduryje, daugeliui imigrantų pasirinkus šią vietą įsikurti ir kurti savo naują ateitį, šioje vietoje prasidėjo bendruomenė, viena pirmųjų įkurtų Ontarijuje.

Du tokie žmonės buvo ponia ir lordas Čarlstonai, kurie greitai tapo bendruomenės lyderiais ir paaukojo lėšų pirmajai bažnyčiai pastatyti, nesuteikdami sau jokio pripažinimo, išskyrus nedidelę biblioteką klebonijoje, kurioje bendruomenė galėjo skaityti ir skolintis knygas su religija susijusiomis temomis. Kad jiems būtų patogu mokytis ar skaityti, dviejų tokių knygų lentynų centre būdavo pastatomas židinys.

Dėl tokio svarbaus prašymo buvo daug tyrinėta, kokia mediena būtų ilgaamžiškiausia. Vienas imigrantas iš Italijos labai gerai atsiliepė apie Viduržemio jūros kiparisą, sakydamas, kad matė iš šios medienos pagamintą altorių Romos bažnyčioje, kuris išgyveno gaisrą, sunaikinusį visą likusį pastatą. Buvo nuspręsta atsiųsti keletą medžių, kuriuos jie galėtų auginti vietoje, ir užsakyti, kad į Kanadą laivu būtų atgabentas pakankamas jų kiekis. Laikui bėgant tas pats vyras kalbėjo apie antgamtines šio medžio iš jo senosios šalies galias. Dėl stipraus jo aromato šeimos sodino medžius šalia savo artimųjų kapinėse visoje šalyje, kad šie saugotų nuo demonų ir užtikrintų, jog mylimų žmonių sielos pasieks kitą pusę."

Keletas kitų parapijiečių nebuvo patenkinti šia šventvagyste ir pasiūlė šiam sumanymui naudoti tik kanadietiškus medžius. Lordas ir ledi Čarlstonas atmetė šį pasiūlymą, ir bendruomenė laukė, kol bus pristatyta mediena klebonijai, o per tą laiką pastatė bažnyčią ir toliau statė mokyklą bei kitus pastatus. Į bendruomenę plūstelėjo naujakuriai, pasirinkę įsikurti ten, kur teikiamos paslaugos, leidžiančios visiems greičiau įsikurti. Mediena buvo atvežta ir klebonija pastatyta, tačiau ne be vargo. Pirmiausia vyras, kuris iš laivo nuleido rąstus, buvo sutraiškytas, kai keli rąstai atsilaisvino ir užgriuvo ant jo. Po to imtasi daugiau atsargumo priemonių, tačiau tie, kurie įspėjo apie šventvagystę, tarpusavyje žinodami šnibždėjosi.

Po daugelio metų kolonijai neturint pavadinimo, buvo pasiūlyta ją pavadinti Naujuoju Čarlstonu, taip ji ir buvo pavadinta, ir daugelį kartų bendruomenė visiems tarnavo, o gyventojų skaičius sparčiai augo. Lordas ir ledi Čarlstonai mirė, tačiau jų portretai buvo nutapyti ir pakabinti virš židinio klebonijos bibliotekoje tarp dviejų knygų lentynų. Kilus stipriam visuomenės pasipiktinimui, biblioteka buvo pavadinta Lady Charleston archyvu, nes šeima padovanojo savo knygų kolekciją, kad užpildytų lentynas."

Atsuko vandens butelio dangtelį ir gurkštelėjo, o Augustas žvilgtelėjo į laikrodį. Saulė jau leidosi ir didžioji dalis galinio sodo skendėjo tamsoje, išskyrus vienintelį prožektorių, kurį skleidė mėnulis.

„Šioje bažnyčioje įvyko mirtis."

Augustas ir aš priartėjome arčiau, tikėdamiesi, kad ji greitai pereis prie esmės. Mano skrandis gurgėjo. Mat buvo gerokai po vakarienės ir ėmė kalbėtis su Augustės alkio priepuolių duetu.

„Imbierinis riešutas?" paklausė Džudė, mostelėdama jiems priešais mus. Mes mandagiai atsisakėme. „Kodėl neužsisakius picos? Kol ji bus iškepta ir pristatyta, galėsiu tęsti savo pasakojimą."

„Be ananasų", - pasakė Augustas. Pica su ananasais buvo tikra jo silpnybė. „Ananasai skirti apverstam pyragui, o ne picos pyragui".

„Negaliu nesutikti", - pasakė Džudė ir paspaudė greitojo rinkimo mygtuką telefone.

„Jokių ančiuvių", - pasakiau bandydama įtikinti savo gurgždantį pilvą nurimti.

***

„1847 m. į bendruomenę vidury nakties atėjo nepažįstama moteris, kuri ieškojo savo vyro ir mažamečio sūnaus. Ji beldėsi į duris, sukeldama nemažą triukšmą, nes buvo jau po vidurnakčio. Bendruomenės nariai išėjo iš savo namų, norėdami jai padėti, ir sudarė paieškos būrį, pasitelkdami žibintus, kuriais vedžiojo. Tai buvo tokia bendruomenė, kuri susivienijo, kad padėtų kitiems, net nepažįstamiems žmonėms. Niekas neabejojo jos motyvais, istorija ar sveiku protu.

Buvo spalio mėnuo, tad buvo vėsu, bet dar neiškritus pirmajam sniegui. Jie triūsė, ieškojo, kol pakilo saulė, tada persigrupavo, kad pavalgytų, išgertų ir sužinotų daugiau iš moters, kuri buvo per daug išvargusi, kad kartu su jais mačiusi šią vietą. Kai ji atvyko, ją greitai apgyvendino ir paguldė į lovą po stiprios arbatos puodelio su šlakeliu viskio, kad ji miegotų visą naktį.

Dar kartą pasitarę ir patvirtinę, kad niekas nematė nei vyro, nei vaiko galvos, nei plaukų, jie kartu pavalgė bažnyčioje moterų draugijos parūpinto maisto ir aptarė, ką daryti toliau. Tai nebuvo kaip šiandien, kai galima lengvai atsispausdinti plakatų ir juos visur klijuoti lipnia juosta, taip pat nebuvo galimybės naudotis socialiniais tinklais. Vietoj to buvo pasamdytas dailininkas, kuris, remdamasis motinos aprašymu, nupiešė šeimos eskizą. Moters vardas buvo Reba, jos vaiko vardas - Jokūbas, o vyro vardas taip pat Jokūbas.

Vieną vakarą, gana vėlai, vietinis gyventojas pamatė, kaip moteris Reba įėjo į bažnyčią laikydama už rankos vaiką. Jis susimąstė, kur yra vyras, bet daugiau apie tai negalvodamas nuėjo miegoti.

Reba buvo nusivedusi sūnų į bažnyčią uždegti žvakę ant žadintuvo ir padėkoti Jėzui, kad sugrąžino jai vyrą ir sūnų. Bažnyčios durys nebuvo užrakintos, nes netrukus prie jų turėjo prisijungti Džeikobas vyresnysis. Vėjo gūsis, kuris buvo toks smarkus, kad nupūtė liepsną ir uždegė jos rankovę, o kadangi ji tuo metu laikė sūnų, užsidegė ir jo apranga. Jokūbas vyresnysis įėjo ir pribėgo prie jų, palikdamas duris iki galo praviras. Paskui jį pūtė dar piktesnis vėjas, nes jis užpildė tarpą tarp savęs ir mylimųjų. Bažnyčia, kuri buvo padaryta iš vietinių medžių, akimirksniu pakilo su jais joje.

Bendruomenės salė, kurioje bažnyčios moterys dalijo maistą savanoriams, pirmoji pajuto kažko degančio kvapą ir išbėgo į gatvę. Dauguma savanorių taip pat buvo ugniagesiai, tačiau jų ištekliai tuo metu buvo riboti. Jie darė, ką galėjo, kad išgelbėtų bažnyčią, tačiau buvo per vėlu. Klebonija dar nebuvo apimta liepsnų, todėl jiems pavyko išvesti kunigą ir išgelbėti, kaip minėjau, knygų lentynas ir židinį. Trijų asmenų šeima žuvo... sudegė iki pamatų. Pelenai pelenais, kaip sakoma".

Džudė giliai įkvėpė, gurkštelėjo vandens, tada suskambo durų skambutis. Istorijos pasakojimas jai daug jėgų pareikalavo, todėl Augustas pasisiūlė atsiimti picas, bet Džudi, sakydama, kad turi sumokėti - galėjo tai įsirašyti kaip su darbu susijusias išlaidas, - galiausiai nuėjo prie durų. Ji grįžo su karšta ir gardžiai kvepiančia pica, ir mes kurį laiką nekalbėdami, išskyrus oohs ir ahs, valgėme skanią puotą.

Dabar patenkinta ir su pilnais pilvais Džudi tęsė pasakojimą.

„Sako, kad nuo to laiko šiame name sklando tos šeimos vaiduokliai. Viskas, ką žmonės mato, juos taip išgąsdina, kad jie bėga iš čia šaukdami. Ir per amžius šioje valdoje buvo perstatyti namai, bet niekas čia niekada negyveno ilgesnį laiką."

Buvo jau labai vėlu; Džudi pasakojimas užtruko gana ilgai.

„Gal galėtumėte pasukti į priekį ir perkelti mus į dabartį?" Augustas paklausė, vėlgi grubiau, nei jis ar aš tikėjomės. Jau buvo praėjęs jo miego laikas, o tai, kad jis tapo įkyrus, nebuvo vien tik jo kaltė.

Džudi atsiprašė. „Šis namas pastatytas prieš dvidešimt penkerius metus. Jis buvo perkamas, parduodamas, nuomojamas, remontuojamas - vardykite, ką tik norite, ir daugiau kartų, nei turiu rankų ir kojų pirštų, kad suskaičiuočiau, - niekas nenorėjo čia gyventi." Ji apsidairė aplink. „Taip, jis gerai matosi, bet jame tiesiog kažkas yra. Kažkas, dėl ko žmonės bėga. Ypač šiuo nakties metu. Norėjau sužinoti, ar ir tau taip nutiko".

„Taigi, mes esame jūsų draugiški gineapigai", - pasakė Augustas, staigiai atstumdamas kėdę. „Tęskime ekskursiją. Kas viršuje?"

Aš nejudėjau.

„Tu neįsivaizduoji; noriu pasakyti, kad visiškai neįsivaizduoji, kodėl žmonės elgiasi taip ekstremaliai? Man tai neturi beveik jokios prasmės. Be abejo, tu matytum viską, ką jie matė".

„Aš niekada nematau, - pasakė Džudė.

„Na, tai keista, - pasakė Augustas.

Džudi nusišypsojo. „Aš žinau. Ir todėl, leiskite man pasakyti, kad dvasiniai žmonės, tokie kaip aiškiaregiai, mistikai, būrėjai, raganos, burtininkai - jūs tik išvardykite, ir jie čia lankėsi - taip, jie net išvarė šią vietą nuo stulpo iki stulpo, ir vis tiek tas dalykas, dėl kurio visi bėga, įskaitant visus išvardytus, vis dar vyksta. Kiekvienas iš jų, šaukdamas, bėgo už kalvų - ir niekada nebegrįžo."

„Daiktai ir nesąmonė, - pasakė Augustas.

Bet kuo daugiau ji apie tai kalbėjo, tuo labiau bijojau ir tuo labiau norėjau tuo patikėti, nes laikui bėgant man darėsi vis šalčiau. Tiesą sakant, drebėjau taip, tarsi kas nors būtų vaikščiojęs ant mano kapo - nors, žinoma, nebuvau miręs. Vis dėlto. Vien pagalvojus apie tai, plaukai ant rankų ėmė šiauštis.

Džudė atsistojo. „Dabar žinai, ką aš žinau. Kaina ir taip nedidelė, bet dėl jos dar galima derėtis. Savininkas nori, kad jis būtų parduotas ir dingtų iš rankų - vakar. Kodėl tau neapsižvalgius viršuje, neapčiuopus viršutinio aukšto?"

Augustas pasakė: „Galėtume jį nusipirkti su meile, nugriauti ir rekonstruoti ką nors, kas atitiktų mūsų poreikius, pavyzdžiui, bungalovą. Vis tiek būtume priekyje ir turėtume pakankamai lėšų, kad galėtume gyventi visą likusį gyvenimą."

Drebančiais keliais taip pat atsistojau tvirtai laikydamasis už stalo. Tai skambėjo gerai, tiesą sakant, pernelyg gerai, kad būtų tiesa.

Džudė pasakė: - Tai paveldas. Knygų lentynos ir židinys turi likti nepaliesti. Dėl to negalima derėtis. Tiesą sakant, negaliu priimti jūsų pasiūlymo, jei nenorite to įforminti raštu."

Mes su Augustu išėjome iš virtuvės tarsi transo būsenoje ir galiausiai atsidūrėme ant kilimo, kuris dabar stovėjo priešais židinį. Spragsinti ir kambarį apšviečianti liepsnojanti ugnis privertė mane susimąstyti, kodėl jaučiuosi dar šalčiau.

„...elektra, - pasakė Džudė.

Mintyse nuklydau į knygų šalį ir nepastebėjau, ką ji kalbėjo.

„...ją išjungė. Vandenį irgi."

Ranka perbraukiau per vidurinę knygų lentyną, dabar jau turėdama supratimą, kai Augustas išėjo iš kambario. Pasisukau ir nusekiau paskui jį, kaip ir Džudė. Jis sustojo prie laiptų apačios, pažvelgė, kur esame, ir pradėjo lipti. Aš užsikabinau už turėklų ir taip pat pakilau į viršų. Maždaug pusiaukelėje turėklai pradėjo klibėti, kaip ir mano keliai. Atrodė, kad kojos įsirėmė į medinius laiptus, todėl jaučiausi netvirtai. Augustas jau buvo viršuje. Pastebėjau, kad jis kelią apšvietė telefone esančia žibintuvėlio programėle. Didžiavausi, kad jis pagaliau rado, kaip panaudoti vieną iš programėlių, kurias jam rekomendavau išbandyti.

Kai prisijungiau prie jo viršūnėje, pažvelgėme žemyn į Džudę, kuri laukė nukreipusi telefoną priešais save - taip pat naudojosi žibintuvėlio programėle. „Netrukus turiu užsirakinti, - pasakė ji.

„Mes tiesiog gerai pasišnekučiuosime, - pasakiau, kai Augustas atsitraukė nuo manęs link durų tolimajame koridoriaus gale. Einant storas kilimas po kojomis atrodė gniužulas, todėl skubėti buvo sunku. Augustas pravėrė duris ir parodė persikų spalvos vonios kambarį su kriaukle, vonia, tualetu ir dušu. Vonios kambarys buvo papuoštas aksesuarais - vienas iš tų kilimėlių, išmėtytų aplink jo pagrindą. Stilius nebuvo mūsų skonio, ir aš taip pasakiau, kai uždarėme duris ir perėjome į miegamąjį, nedidelį, dekoruotą mėlyna spalva su per sienas važinėjančiais automobiliais ir žvaigždėmis, kurios nušvito, kai į jas nukreipėme žibintuvėlį ant lubų.

„Man patinka tie žvaigždžių žibintai, - pasakė Augustas, ir jame atsiskleidė vaiko prigimtis. Nustebau, kad jam nepatiko ir automobiliai ant tapetų. Gal ir patiko, bet iš šių dviejų jam labiau patiko žvaigždės.

„Taip, nuimkime jas ir pakabinkime virš židinio - tai jei jį nusipirksime", - pasakiau.

Perėjome į kitą miegamąjį, svečių kambarį, pilną įvairiausių rūšių, rūšių ir spalvų gėlių. Ant durų nugarėlės buvo išpieštos saulėgrąžos.

„Labai jauku", - pasakiau, kai koridoriumi nuėjome į paskutinį kambarį - šeimininkų miegamąjį. Man atėjo į galvą, kad tokio dydžio name turėtų būti daugiau nei trys miegamieji.

Augustas pasakė: - Kai iš šio namo padarysime bungalovą, sklype galėsime įrengti daugiau kambarių. Čia tiek daug vietos iššvaistyta".

Apžiūrėjome vonios kambarį, kuris taip pat buvo labai pasenęs su persikų spalva - nors jame buvo SPA vonia, papuošta auksiniais čiaupais ir armatūra. O virš jos pro didelį lanko formos langą atsivėrė panoraminis vaizdas į tai, kas, kaip spėjome, turėjo būti galinis sodas.

Augustas užlipo ant vonios, paėmęs mane už rankos. Stovėjome kartu, vienas šalia kito žiūrėdami į sodą, kai pasirodė trys figūros. Kairėje stovėjo vyras, nors pagal ūgį buvo galima pamanyti, kad tai berniukas. Jo apranga - skrybėlė su snapeliu, lininiai marškiniai su raukiniais virš liemens, švarkas iki kelių ir bridžai liudijo ką kita. Vyrą už rankos laikė berniukas, kurio švarkas krito vos žemiau juosmens, o kelnės ties keliais buvo balzganos, tamsūs plaukeliai išsiskleidė iš po kepurės. Trijulę papildė moteris, laikanti vaiko ranką. Ji vilkėjo storą dygsniuotą paltą, kuris dengė jos drabužius, o ant galvos buvo užsidėjusi miegmaišį - tarsi netikėtai išėjusi į naktį. Visų trijų figūrų pilni veidai buvo įsmeigti į mėnulį ir žvaigždes - arba tai, arba jie buvo užburti.

„Ar jie tikri?" sušnabždėjau laikydamasi už Augusto peties, bet man nespėjus baigti, trys poros akių pažvelgė tiesiai į mus ir vienu metu išleido riksmą tokiais aukštais balsais, kurie turėjo pažadinti visus aplinkinius šunis. Jie trys pasakė,

„Kiekvieną dieną mes ateiname čia sudegti".

Mes užsikimšome ausis, nes jie pakartojo savo sirenų dainą, tada liepsnos, prasidėjusios nuo jų kojų ir kylančios aukštyn, apėmė juos, ir netrukus jų riksmai virto dejonėmis, kai jie sudužo ant žemės į pelenų krūvas.

Aš sušukau. Ir tada nutiko tai, ko nebuvo nutikę per visus mūsų santuokos metus - Augustas irgi ėmė rėkti.

Išlipome iš vonios, nubėgome laiptais žemyn, pro Džudę ir pro priekines duris tokiu greičiu, kokiu du tokie senukai kaip mes niekada nebūtų patikėję, kad tai įmanoma. Įsėdome į Džudės automobilį; ji vairavo, nes rodė mums nekilnojamąjį turtą. Įsėdusi ji pajudėjo, važiuodama girgždėjo padangomis.

Kai nuo namo mus skyrė pakankamas atstumas, Džudė dalykiškai pasakė: „Iš pat ryto jums sudarysiu kitų namų sąrašą, kuriuos galėsite apžiūrėti. Mes surasime jums tobulą namą. Rinkoje yra daug gražių vietų, iš kurių galite rinktis". Ji pažvelgė į mus per galinio vaizdo veidrodėlį.

Aš vis dar drebėjau ir laikiausi įsikibusi Augusto.

„Ar norėtum papasakoti, ką matei?" Džudė pasiteiravo.

„Ar tu jų h-neišgirdai?" Paklausiau.

Džudė papurtė galvą, sakydama „ne".

„Patikėk manimi, tau pasisekė", - pasakė Augustas. „O dabar parvežk mus namo. Mes pasiliekame vietoje."

Mes su Augustu daugiau niekada nekalbėjome apie namą.

MURDER

S ėdėjau automobilyje - bijojau išlipti. Iš už tamsinto stiklo viską mačiau, tad kodėl turėčiau kelti sau pavojų? Kam rizikuoti užsikrėsti, kai norėjau tik trupučio gamtos. *Kodėl tada tiesiog nepasilikti namie, gyvūnėli?* Girdėjau, kaip tavo švelnus balsas klausia manęs mano galvoje. Lyg būtum čia, sėdėdamas šalia manęs keleivio sėdynėje. Tu, būdamas mano miręs vyras Džeraldas - keturiasdešimt dvejus metus vedęs, kol COVID jį išvežė. Taip, mano Džeraldas pasidavė virusui pačioje šio beprotiško mūsų gyvenimo laikotarpio pradžioje. Dar prieš tai, kai tie, kurie teigė, kad yra išmanantys, pavadino jį pandemija. Net kai oficialiai buvo patvirtinta, kad Džeraldas turėjo sąlytį su juo ir buvo užsikrėtęs - jis tuo netikėjo. Jis pasidavė vertinimui tik todėl, kad įtikinau jį eiti kartu su manimi, žinote, kaip sakėme savo įžaduose - sveikas ir ligotas. Buvau šalia žmogaus, kuris užsikrėtė šia liga savanoriaudamas maisto banke. Man nereikėjo tikrintis, bet nusprendžiau, kad geriau saugotis, nei gailėtis, ir paskyriau sau savanorišką keturiolikos dienų karantiną - bent jau mes su Džeraldu galėjome būti kartu.

Kai atėjo rezultatai, paaiškėjo, kad Džeraldas užsikrėtė, o mano testas buvo neigiamas. Kadangi mes buvome vienas kito kišenėje, tikėtina, kad ir aš turėjau šią ligą, tik ji buvo besimptomė, todėl abu laimingai išėjome į karantiną, kaip ir buvome keturiasdešimt penkerius metus, kai buvome pažįstami.

Buvome pasiruošę drauge susidurti su šia liga, tada man buvo liepta laikytis atokiau nuo mano Geraldo, riboti kontaktus - laikyti tarp mūsų duris, dėvėti kaukę, dažnai plauti rankas - juk žinote, kaip reikia elgtis. Aš užėmiau svečių kambarį, Džeraldui atiteko mūsų kambarys. Atsisveikinome vienas kitam per sieną, kaip tai darė žmonės Waltonų šeimoje.

Vieną naktį, kai jis negalėjo užmigti, per sieną užtraukiau jam serenadą - kelis priedainius dainos, pagal kurią vidurinėje mokykloje šokome pirmąjį šokį, dainos „Make Me Do Anything You Want" iš „A Foot in Coldwater". Ją niūniavau sau, stebėdama, kas vyksta lauke. Už kelių metrų nuo manęs žolę rupšnojo būrys kanadinių žąsų. Šiek tiek pravėriau langą, kad girdėčiau, kaip jos šnekučiuojasi. Giliai įkvėpiau, įsileisdamas lauko orą, bet gaivus oras netrukdė prisiminti kitą, sunkiausią dalį, kai Džeraldą iš manęs atėmė ir paguldė į ligoninę. Man nebuvo leista su juo važiuoti greitosios pagalbos automobilyje, ir jis taip greitai ėjo žemyn, kad daugiau niekada nebemačiau jo gyvo.

Pirmiausia paskambinau vaikams. Žinoma, dabar jie visi jau suaugę ir turi savo vaikus. Vaikai, ožkos. Žinoma, turiu omenyje vaikus. Nežinau, kada grįžau prie bendrinio apibūdinimo. Tikriausiai todėl, kad Džeraldo nėra čia, kad lieptų man to nedaryti. Mūsų vaikai negalėjo atvykti dėl socialinio atotrūkio apribojimų. Jų plotai buvo grįžę į antrąjį etapą. Be to, nebuvo verta rizikuoti patiems užsikrėsti virusu, rizikuoti, kad virusas persiduos mūsų anūkams. Mes veidus timptelėjome - su malonios slaugytojos pagalba - bet Džeraldas nekalbėjo. Tuo metu šypsena dingo iš jo akių ir aš žinojau.

Po laidotuvių - į laidotuves, be manęs, niekas neatėjo - nežinojau, ką su savimi daryti. Dar blogiau buvo po to, kai išmokėjo draudimas. Visą gyvenimą taupėme ir taupėme - o dabar, kai jo nebebuvo, nebuvo kur eiti - ne, kai pandemija tykojo kiekviename kampe - ir mano Džeraldo nebuvo šalia, kad pasidalytų su manimi, todėl apskritai nebuvo prasmės eiti. Visi tie pinigai, o aš negalėjau sugalvoti nė vieno dalyko, kurio norėjau ar man reikėjo, išskyrus Džeraldą.

Artėjant rudeniui ir pradėjus žarstytis lapams, nesuskaičiuojamą daugybę kartų niekam nerodydamas atkreipiau dėmesį į ypač nuostabų medį. O tada horizonte pasirodė Padėkos diena. Paprastai ruošdavome šeimos šventę - su įprastais kanadietiškais patiekalais, tokiais kaip moliūgų pyragas, spanguolių padažas, kalakutas, kumpis, faršas, bulvių košė, daržovės ir kopūstų salotos. Džeraldas paprastai išpjaustydavo paukštį, o aš pasirūpindavau viskuo kitu. Tada eidavome aplink stalą ir visi, net mažieji, sakydavo, už ką yra dėkingi per praėjusius metus. Prisiminiau mažojo Kevino pareiškimą, kad jis labiausiai dėkingas už „Bampa"

- senelį. Tą dieną Džeraldo akys nušvito tarsi saulė, išlindusi iš už debesies po kelių dienų lietaus.

Dukra pasiūlė man „surengti" virtualią Padėkos vakarienę. Jos širdis buvo teisingoje vietoje, bet idėja buvo absurdiška. Aš pats paruoščiau televizinius pietus su kalakutu ir valgiau juos žiūrėdamas „Čarlio Brauno Padėkos dieną".

Taigi grįžtu prie to, kad sėdžiu šiame prakeiktame automobilyje tamsintais langais - pernelyg bijau išlipti iš automobilio. Kai mano akys klaidžioja po šaligatvį, pastebiu Sonį ir Eveliną Maršalus ir, man nespėjus nė pasislėpti, jie pastebi mane. Jie skinasi kelią link manęs. Jie girdėjo apie Džeraldo mirtį ir nori atiduoti pagarbą, o man jau per vėlu užvesti automobilį ir pasitraukti iš šios aikštelės.

Dabar priešais automobilį, užsidėję kaukes, Sonis beldžiasi į mano langą, o Evelyn apeina keleivio pusę.

„Sveiki, - sakau pro uždarytus langus. Suskamba mano telefonas. Parodau į jį, duodamas suprasti, kad turiu spręsti skambučio klausimą, tada pažiūriu, kas skambina - skambina Evelyn. „Dar kartą sveiki, - sakau, kai Sonis apeina mano automobilio priekį, trumpam sustoja pažvelgti į mane pro priekinį stiklą, paskui eina toliau ir prisijungia prie savo žmonos.

Evelyn sako: - Mes girdėjome apie Džeraldą. Labai apgailestaujame ir tiesiog norėjome užsukti ir jums tai pasakyti. Taip pat pasakyti, kad jei jums ko nors prireiktų, apskritai ko nors, skambinkite mums. Norėtume būti šalia jūsų, kiek tik galėsime per šią pandemiją". Sonis apkabino žmoną.

„Man viskas gerai, - sakau. „Ačiū už malonų pasiūlymą ir už tai, kad užsukote". Padedu ragelį ir nuleidžiu telefoną, tikėdamasi, kad jie nueis.

Sonis kažką sako, o paprastai aš žinočiau, ką, nes gana gerai skaitau iš lūpų, bet su šiomis kaukėmis bet kas gali pasakyti bet ką. Jis ir Evelyn mosteli ranka, kai grįžta į kelią, ir nueina. Stebiu, kaip jie susikabina rankomis, kaip jų vis mažėja. Kai jie nueina, ant mano automobilio kapoto nutupia juoda varna ir pažvelgia į mane pro tamsintą stiklą. Aš nuleidžiu langą ir sakau: „Šūūū!"

Varna priartėja prie manęs, papurto plunksnas ir atsako iššaukiančiu „CAW, CAW!".

Vėl atlenkiu langą ir stebiu, kaip tas padaras žingsniuoja ant mano automobilio kapoto. Palikdamas paukščių pėdsakus ant mano dulkėto automobilio. Užvedu variklį ir purškiu vandenį ant priekinio stiklo. Paukštis nepajuda iš vietos. Keletą kartų perbraukiu valytuvais per stiklą. Jis vis tiek žiūri į mane, purto galvą, tada SPLOTAS išsižioja. Paspaudžiu garso signalą ir stebiu, kaip jis pakyla, pakimba, dar kartą kakoja, šį kartą pataikydamas į priekinį žibintą, o paskui pakyla link vandens.

Varnų grupė vadinama žmogžudyste. Kai Dželaldas mirė nuo žmogaus sukurto viruso, kuris buvo paleistas į mūsų planetą, jo mirtis nebuvo pavadinta žmogžudyste, nors ji turėjo būti pavadinta žmogžudyste.

Pasirausiu rankinėje ir išsitraukiu kaukę. Vieną kilpą įsivėriau į dešinę ausį, kitą - į kairę. Įsitikinu, kad ji sėdi teisingai, virš nosies, po smakru. Išlipu iš automobilio ir išeinu į saulės šviesą.

Gera mergaitė, Džeraldas gūžteli, kaip varnų žmogžudystė (MURDER OF CROWS) virš mano galvos susidaro ratas, o aš įžengiu į važiuojančios transporto priemonės priekį.

SANS MASQUE

Jis stovėjo vienoje kambario pusėje, o ji - kitoje. Abu apsirengę - arba apsirengę per daug - taip ji suvokė jo išvaizdą. Poliruotas - tai pirmas žodis, kuris atėjo į galvą, bet kažkas jame atrodė pernelyg gležnas. Tarsi jis būtų norėjęs, kad ji įsimylėtų jį labiau, nei jau buvo įsimylėjusi.

Bent jau jis pasirodė - nors ji atsisakė daryti tai, ko jis prašė, ir tai buvo pirmasis jų asmeninis susitikimas.

Jie susipažino per pažinčių programėlę. Tam nedraudžia joks įstatymas - kol kas. Laikui bėgant tarp jų užsimezgė santykiai. Savo žinutes jis visada užbaigdavo pulsuojančia širdies emodži. Ji visuomet pasirašydavo „Jūsų nuoširdžiai", tarsi baigdama laišką. Ji buvo pažinčių programėlės naujokė. scenarijus, bet esant griežtiems pandemijos įstatymams, kaip kitaip ji ketino su kuo nors susipažinti?

Po kiek daugiau nei dviejų mėnesių susirašinėjimo žinutėmis ir elektroniniais laiškais jis paprašė susitikti asmeniškai. Ji nenoromis sutiko. Tam tikra prasme, jei jie niekada nebūtų susitikę, ji galėjo įsivaizduoti, kad jis yra viskas, kuo save pateikia. Dar svarbiau, kad ji nenorėjo pasirodyti pernelyg nekantri ar desperatiška.

Jis tiek daug vargo, viską suorganizavo, įskaitant vietą, į kurią ketino ją nusivesti. Iš pradžių ji negalėjo patikėti savo laime. Kol laukė, kol jis patvirtins detales, jos emocijos iš susijaudinimo perėjo į skepticizmą. Ar jis tikrai galėjo rezervuoti tokią išskirtinę vietą tik jiems dviems? Kai jis atsiuntė SMS žinutę su konkrečiais duomenimis, ji leptelėjo, o tada atsakė šypsenėle su emotikonu. Jos pirmasis per visus santykius.

Po to ji iškart nuėjo prie savo spintos ir atidarė veidrodines duris. Ji rausėsi po drabužių pakabas, kol rado brangiausią savo suknelę - tą, kurią vadino prašmatniu švarku. Šią ji taip pavadino savo mirusios motinos atminimui. Tai buvo nukainoto dizaino numeris, kurį ji įsigijo internetu, ir jos didžiausias mados pasididžiavimas. Ji laikė ją priešais save, žiūrėjo į veidrodį ir bandė apsispręsti, kokiais papuošalais ją paryškinti: dirbtiniais deimantais ar perlais? Ji nusprendė rinktis pirmuosius.

Didžiojo renginio rytą ji atsikėlė anksti, kad patikrintų savo pašto dėžutę. Ji pusiau tikėjosi, kad gaus tekstą ar žinutę, jog jis turi atšaukti renginį. Tiesą sakant, dalis jos tikėjosi, kad jis atšauks, bet jos pašto dėžutė buvo tuščia, o SMS žinučių nebuvo. Ji nuėjo į virtuvę pasidaryti kavos ir vėl patikrino, ar jis nesusisiekė. Šį kartą ji net pažvelgė į šiukšlių dėžutę - ji taip pat buvo tuščia.

Visą dieną ji buvo užsiėmusi. Pirmiausia ilgai maudėsi garuojančioje vonioje ir šveitė odą. Po to suvalgė lengvus pietus. Vėl pasitikrinusi, ar nėra žinučių, ir jų neradusi, ji toliau tvarkėsi plaukus, paskui dailinosi nagus. Prieš darydamasi makiažą, ji naršė po socialinius tinklus. Neradusi jokių įrodymų apie jo pastarojo meto veiklą, ji įsispyrė į aukščiausius aukštakulnius - tokius, nuo kurių jos kojos atrodė ilgiausios. Makiažą užbaigė užtepusi saldainių obuolio raudonumo lūpų dažų sluoksnį ir žengė prieš veidrodį. Tobula.

Išskyrus vieną dalyką: prie jos derančią rankinę su sankaba. Į ją ji persidėjo telefoną ir debeto kortelę, tada grįžo pasiimti lūpų dažų ir dabar buvo pasiruošusi viskam.

Jai išėjus pro lauko duris ir užsidėjus kaukę, atvažiavo taksi. Ji užsisakė jį išvakarėse, kad nepavėluotų ir nevažiuotų per anksti. Ji norėjo, kad laikas būtų idealus jų pirmajam susitikimui gyvai.

***

Visą dieną jis praleido viską dukart tikrindamas, kaip visada darydavo tokiomis progomis.

Jis nekantriai laukė, kada pagaliau su ja susitiks asmeniškai. Internete ji atrodė drovesnė ir naivesnė nei visos kitos, su kuriomis jis bendravo. Ji atrodė tokia nedrąsi, tokia nereali, kad kategoriškai atsisakė atsiųsti jam savo nuogos nuotrauką. Nuoga, t. y. be kaukės.

Prieš jai sutinkant su juo susitikti, jis turėjo ją patikinti, kad bus laikomasi rekomendacijų. Na, ne tik laikėsi, per se, t. y. ji reikalavo ne mažiau nei jo asmeninės garantijos, kad jiems nebus trukdoma.

Kai viso pasaulio lyderiai krito, tarptautinė vyriausybė susikūrė tam, kad užpildytų atsiradusią spragą. Prie I. G. vairo stojęs pasaulis pareikalavo griežtesnių bausmių reikalavimų nesilaikantiems socialinių distancijų chuliganams. Naujai suformuotiems Tarptautiniams pandeminiams asocijuotiesiems nariams (I.P.A.) buvo suteikti įgaliojimai bet kokiomis priemonėmis užtikrinti socialinio nutolimo įstatymų vykdymą.

Kritus pasaulio lyderiams, kilo aršus visuomenės pasipiktinimas. Socialinę žiniasklaidą užplūdo dezinformacija. Žmonės reikalavo teisingumo, išėję į gatves su plakatais ir taikos ženklais. Kai jų nepavyko nutildyti ir kalėjimai buvo pilni iki kraštų, įstatyme buvo įrašytos viešos egzekucijos.

Per visa tai jis sugebėjo išlaikyti savo pinigus ir nebijojo jais naudotis, kai tai jam buvo naudinga. Jis pasitepė kelis delnus, kad užsakytų vietą, pasamdytų darbuotojus ir užtikrintų, jog jie liks netrukdomi. Jis nieko negalėjo padaryti dėl to, kad patalpose juos stebėjo akis. Vaizdo stebėjimo kameros, nes jų buvo visur.

Jo smokingas buvo surinktas ir tebebuvo suvyniotas į plastikinį užvalkalą, kurį jis dėvėjo važiuodamas namo iš cheminės valyklos. Jis buvo karantine garaže, kol prireiks. Atsargumo niekada nebūna per daug. Standartinis audinių karantino laikas buvo keturiasdešimt aštuonios valandos. Atsargumo sumetimais jis buvo paliktas garaže visą savaitę.

Visiškai apsirengęs, paskutinis dalykas, kurį jis padarė, tai užsidėjo kaukę prieš įlipdamas į automobilį. Eismas buvo nedidelis, todėl pastatyti automobilį buvo nesunku.

Jis norėjo, kad viskas būtų tobula.

Taip, kaip jis tikėjosi, kad ji bus.

***

Ji išlipo iš taksi automobilio ant šaligatvio ir uždarė tarpą tarp savęs ir renginio vietos.

Ant žemės, ant šaligatvio kreida užrašyta jai skirta žinutė. Joje buvo parašyta: „*Brangioji, sek paskui mane*. Ji nusišypsojo ir nusekė akmenyse išraižytu širdelių taku. Kas akimirką jos pirštai ieškojo nusiraminimo nuo veidą dengiančios kaukės. Dabar ji buvo tarsi dar vienas odos sluoksnis.

Į atidarytas duris ji žengė sekdama daugiau širdelių, vedančių ją koridoriumi.

Pagaliau ji priėjo tikėdamasi, kad jos laukia tikroji meilė, jos sielos draugas.

***

Kitoje kambario pusėje jų akys susitiko. Ji vilkėjo juodą suknelę be rankovių, o jis - juodą smokingą.

„Tu atėjai!" - tarė jis tvirtu teigiančiu balsu.

„Taip", - atsakė ji užgniaužusi kvapą šnabždėdama.

Apžvelgdama kambarį ji sulėtino širdies plakimą. Jo dėmesys detalėms buvo nepriekaištingas. Stalas buvo padengtas dviem asmenims, su geriausiu porcelianu, krištolu ir sidabru. Stalas tęsėsi per visą kambario ilgį. Viduryje stovėjo puošnus žvakidė, spinduliuojanti romantiką.

„Prašom prisėsti, - tarė jis.

Ji atsisėdo prie savo stalo, o jis prie savo. Dar nespėjus įsivyrauti nemaloniai tylai, jis pliaukštelėjo. Pro duris, kurių ji nepastebėjo, atėjo du padavėjai. Apsirengę nuo galvos iki kojų pilnais kostiumais, kurie neatsitiktinai atrodytų netinkamai Mėnulyje, jie priėjo prie jų. Pirštinėmis apmautomis rankomis jie pripildė šampano fleitas, o jų taurės - lengvą konsumaciją.

Jis stalo įrankiu spustelėjo savo taurės šoną, o ji padarė tą patį. Per vestuves šis ritualas kadaise buvo atliekamas kaip prašymas jaunavedžiams apsikeisti bučiniu. Vien nuo minties apie tai, atsiskleidžiant viešumoje, ji sudrebėjo. Šiame naujajame pandusų pasaulyje žvangėjimas rodė, kad iniciatorius nori pasiūlyti tostą.

„Už tave, - pasakė jis pakeldamas taurę.

„Už mus", - pasakė ji, įnirtingai raudonuodama, paslėpta po kauke.

Padavėjai periodiškai atvykdavo nešini padėklais. Paskutinį kartą pateikę flambuotą „Cherries Jubilee", padavėjai nusilenkė. Tai reiškė, kad jie nebegrįš.

„Jei tik galėčiau tave pabučiuoti, - pasakė jis garsiau, nei norėtų, bet pakankamai garsiai, kad galėtų paaiškinti savo kaukę.

Šie jo žodžiai ją uždegė. Dar nespėjusi suvokti, ką daro, ji atsistojo ir pabučiavo jį. Ji vėl atsisėdo ir įsivaizdavo, kaip bučinys tarsi plunksna skrieja oru per stalą.

Jis pagavo ją ir prispaudė prie lūpų. „To nepakanka", - tarstelėjo jis.

Ji vėl paleido atgal kėdę. Ji skrebtelėjo per tylą.

Jos aukštakulniai bateliai spragtelėjo, kai ji peržengė grindis. Ji suklupo iš susijaudinimo, kai ėjo palei stalą link jo.

Jai judant link jo, oro kondicionierius į jo pusę paskleidė jos saldžius, saldžius kvepalus. Iki tol jis matė tik jos koralų mėlynumo akis ir mažus ausų spenelius, po kuriais buvo užsegti kaukės dirželiai. Jo širdis plakė taip greitai, kad buvo tikras, jog išsiverš iš krūtinės. Norėdamas nusiraminti, jis vis sukosi vestuvinį žiedą ant piršto, svarstydamas, ar ši mergina to verta. Ar ji buvo pakankama, kad jis rizikuotų pažeisti įstatymą? Ar jis mirtų dėl jos?

„Sustok!" - sušuko jis, smarkiai pakeldamas ranką į orą kaip piktas mokyklos perėjos sargas.

Ji vis dar bėgdama prikando lūpą po kauke.

Jis pritvirtino kaukę į vietą.

Kai akis sienoje mirktelėjo jai už nugaros, jis sušnabždėjo: „Ar pamiršau paminėti, kad esu vedęs?"

Ji toliau skubėjo link jo, kai durys už jo atsivėrė.

„Ar pamiršau paminėti, kad esu iš IG?" - paklausė ji, kai du vyrai kosminiais kostiumais pargriovė jį ant žemės.

Padėkos

Mieli skaitytojai,

Ačiū nuostabiems draugams, šeimai ir komandai žmonių, kurie per daugelį metų emociškai palaikė mane ir mano rašymą, taip pat tiems iš jūsų (jūs žinote, kas esate), kurie padėjo atlikti techninius dalykus, tokius kaip korektūros skaitymas, redagavimas ir kt.

Ir ačiū, kad skaitote!

Ačiū jums visiems milijoną kartų!

Su didžiausia meile,

Cathy

Apie autorių

Cathy McGough gyvena ir rašo Ontarijuje, Kanadoje, kartu su vyru, sūnumi, kate ir šunimi.

Taip pat pagal:

FICTION
VISŲ VAIKAI
RIBBY PASLAPTIS
+
VAIKŲ IR JAUNIMO KNYGOS